MODERN HUMANITIES RESEARCH ASSOCIATION

CRITICAL TEXTS

VOLUME 13

Editor
RITCHIE ROBERTSON
(*Germanic*)

LOUISE VON FRANÇOIS
PHOSPHORUS HOLLUNDER UND
DER POSTEN DER FRAU

Louise von François (Fotografie von Karl Festge in Erfurt, um 1881)

LOUISE VON FRANÇOIS
PHOSPHORUS HOLLUNDER UND
DER POSTEN DER FRAU

Herausgegeben und eingeleitet von

Barbara Burns

MODERN HUMANITIES RESEARCH ASSOCIATION
2008

Published by

The Modern Humanities Research Association
1 Carlton House Terrace
London SW1Y 5AF

First published 2008

ISBN 978-0-947623-75-3

ISSN 1746-1642

Copies may be ordered from www.criticaltexts.mhra.org.uk

Inhalt

Vorwort

Die Erarbeitung dieser Studie wurde ermöglicht durch ein Forschungsstipendium des *Arts and Humanities Research Council*, an den mein besonderer Dank für die großzügige Unterstützung geht. Für wertvolle Hinweise und aufmunternden Zuspruch bin ich außerdem Prof. Dr. Ritchie Robertson, germanistischem Herausgeber der Critical-Texts-Serie, sehr verpflichtet.

Ein herzliches Dankeschön gilt dem Archiv Weißenfels, ganz besonders Silke Künzel, die per Email und in persona Fragen aller Art mit stetem Entgegenkommen und fachlicher Kompetenz beantwortet hat. Auch Dr. Michael Fischer vom Deutschen Volksliedarchiv, Freiburg im Breisgau, war mir bei der Beschaffung historischer Quellen sehr behilflich.

Für die Korrektur des Texts möchte ich ganz herzlich Fridrun Freise danken, die mit großer Geduld und fachkundiger Einsicht die Mängel in meinen Deutschkenntnissen ausgeglichen hat.

Einleitung

1. Louise von François: Leben und Werk

Phosphorus Hollunder und *Der Posten der Frau*, beide 1857 erschienen, gehören zu den Frühwerken einer Dichterin, die erst einige Zeit später mit dem historischen Roman *Die letzte Reckenburgerin* ihren literarischen Durchbruch erlebte. Als ihr prominenter Zeitgenosse Gustav Freytag 1872 die Verfasserin als „eine Dichterin von Gottes Gnaden" vorstellte, wandte sich der Louise von François die Aufmerksamkeit der literarischen Welt nicht nur in, sondern auch außerhalb Deutschlands zu. Freytag beschrieb das Werk als einer der „besten deutschen Romane, die in den letzten Jahrzehnten geschrieben wurden".[1] Es folgten Übersetzungen ins Englische, Dänische und Holländische, sowie neun Auflagen beim Berliner Verlaghaus Janke bis 1909.[2] François ist ein Beispiel dafür, wie eine anspruchslos lebende deutsche Autorin, die ihre schriftstellerische Tätigkeit inhaltlich bewusst auf ihre provinzielle nächste Umgebung und deren Geschichte beschränkte, in aller Stille internationalen Rang und überzeitliche Geltung gewinnen konnte. Kennzeichen ihrer Werke sind ein markiger Erzählstil, ein Talent sowohl für die historische Durchdringung der Stoffe als auch die psychologische Ausleuchtung der Figuren und nicht zuletzt eine Vorliebe für die Darstellung starker, tatkräftiger Frauen. Auch wenn sie in mancher Hinsicht im kulturellen Gedankengut des 18. Jahrhunderts verwurzelt war, kommt ihr als Vorläuferin der Frauenemanzipation in der deutschen Literaturgeschichte eine bedeutende Rolle zu.

1817 geboren, war Marie Louise von François gleichaltrig mit Theodor Storm und zwei Jahre älter als Theodor Fontane. Ihr Vater, Major Ernst Christian Otto Friedrich von François, stammte von hugenottischen Vorfahren ab, die bereits um 1680 die Normandie verlassen und sich in Brandenburg niedergelassen

---

[1] Gustav Freytag, „Ein Roman von Louise von François", *Im neuen Reich*, 8,2 (1872), 295-300 (S. 295); auch in Gustav Freytag, *Vermischte Aufsätze aus den Jahren 1848 bis 1894*, 2 Bde., hg. v. Ernst Elster (Leipzig: Hirzel, 1901/1903), I, 139-47 (S. 139).

[2] Es folgten 68 Ausgaben bis 1965, zuletzt ein Nachdruck der englischen Übersetzung in Amerika mit kritischer Einleitung von T. V. Laane, 1995.

hatten; ihre Mutter, Amalie Henriette geb. Hohl, gehörte einer alteingesessenen Weißenfelser Kaufmannsfamilie an. Louise war kaum 15 Monate alt, als der Vater an einer Magenkrankeit starb und – nach eigenem Wunsch nur im Feldmantel gehüllt – begraben wurde. Das Andenken an die hehren Moralvorstellungen des Vaters und die strenge, pflichtbewusste Art des preußischen Soldaten wurden von seiner heranwachsenden Tochter in hohen Ehren gehalten:

> Das Bild meines Vaters ist der stärkste Eindruck und der einzige deutliche meiner Kindheit geblieben; die Sehnsucht nach ihm die einzige, mindestens tiefste meines jungen Lebens. Mein größtes Glück war, von ihm sprechen zu hören, und da es nur Auszeichnendes war, was ich, wenn auch selten genug, von Verwandten, Bekannten und Dienern über ihn hörte, bildete sich während jener frühesten Zeit sein Bild in mir zu einer Idealgestalt aus, die ich mehr und mehr mit allen menschlichen Vorzügen ausstattete.[3]

Der männliche, militärische Einfluss nicht nur des Vaters, sondern auch des Onkels, des General-Leutnants Karl von François, dessen bunte Geschichten aus den Befreiungskriegen seine Nichte inspirierten, hat die Entwicklung der jungen Frau entscheidend geprägt. „Soldatenblut ist ein Erbe auch von Mann auf Weib,"[4] soll sie, die herkömmlichen Geschlechterrollen in Frage stellend, gesagt haben.

Nach dem Tode des Vaters zog die Mutter mit ihrer Tochter und dem neugeborenen Sohn nach Weißenfels zu ihren Eltern und Großeltern zurück. Kurz darauf heiratete Amalie den Gerichtsamtmann Adolph August Herbst. Louises Kindheit in der neu zusammengefügten Familie im Hohlschen Erbhaus am Markt verlief allem Anschein nach glücklich. Der Unterricht in der Privatschule, die sie zusammen mit anderen Mädchen ihres Standes besuchte, vermittelte nach dem für damalige Mädchenschulen typischen Lehrplan eine solide Grundbildung, war aber nicht mit dem zu vergleichen, den das Jungengymnasium im benachbarten

---

[3] Louise von François, „Schauen und Hörensagen: Aus meinen Kindertagen", hg. v. Adolf Thimme, *Deutsche Revue*, Januar 1929, 55-79 (S. 56).

[4] Zit. nach Hermann Hoßfeld, „Louise von François", *Westermanns Monatshefte*, 61 (1917), 679-84 (S. 679).

Naumburg, die berühmte Schulpforta, anbieten konnte. Obwohl sie in dem ihr gegebenen Rahmen die Möglichkeiten des Bildungserwerbs nutzte und später ihr Kindheits-Ich sogar als „Lesetigerin" beschrieb, die sich aufgrund ihrer Lernbegierde den Beinamen „Fräulein Grundtext" verdiente, bereute François im späteren Leben ihre Bildungslücken und versuchte diese durch umfangreiche Lektüre zu füllen. Doch auch in dieser Frühphase der Entfaltung ihrer Interessen blieb sie nicht ohne äußere Unterstützung. Die literarischen Neigungen des Mädchens wurden zunächst von dem Schicksalsdramatiker und streitbaren Publizisten Adolf Müllner[5] gefördert. Durch den freien Zugang zu seiner Bibliothek entdeckte sie die Romane Walter Scots, und er brachte ihr die Disziplinen des kritischen Lesens und des Auswendiglernens nahe. 1859 setzte François ihrem verstorbenen Mentor in der Figur des Hofrats in *Fräulein Mutchen und ihr Hausmeier* ein Denkmal.

Als François 1834 mit kaum 16 Jahren in das gesellschaftliche Leben der Stadt eingeführt wurde, besuchte sie mit großem Vergnügen die literarischen Abende, die die damals in Weißenfels lebende Schriftstellerin Fanny Tarnow veranstaltete. In Tarnows Salon fanden rege Diskussionen über klassische sowie zeitgenössische Dichtung statt. Hier lernte François sowohl die Werke moderner, liberaler Autoren wie Theodor Mundt und Karl Gutzkow kennen als auch die ihrer späteren geistigen Vorbilder Rousseau und Goethe. In Tarnow fand sie eine treue, intelligente Freundin, die sie zum Schreiben ermutigte und ihr jahrelang emotionalen und praktischen Beistand leistete.[6] Nicht nur die Begegnung mit neuen Büchern und Ideen ergab sich in Tarnows Kreis: François verliebte sich in einen jungen, eleganten aber mittellosen Offizier der Weißenfelser Garnison, Graf Alfred Görtz, und durfte die einzige Phase ungetrübter Glückseligkeit ihres Lebens genießen. Traurige Umstände führten jedoch dazu, dass François 1838 die zuvor mit Görtz eingegangene Verlobung löste, nachdem ein Gerichtsentscheid die Hoffnung auf die Wiederherstellung des väterlichen Vermögens zunichte machte,

---

[5] Müllner (1774-1829) war Jurist, Schriftsteller und Hofrat in Weißenfels.

[6] Vgl. „Aus den Briefen von Fanny Tarnow an Luise von François (1837-62)", hg. v. Adolf Thimme, *Deutsche Rundschau*, 53 (1927), 223-34. Die in dieser Sammlung nicht enthaltenen Briefe Tarnows an François befinden sich im François-Nachlaß im Museum Weißenfels.

das der Vormund von Raschkau durch unkluges Wirtschaften und Veruntreuung verloren hatte. Der spätere Verlust des mütterlichen Erbes durch geschäftliches Unglück in der weiteren Hohlschen Verwandtschaft verschlechterte die finanziellen Verhältnisse der Familie weiter, und der jungen Louise drohte nun als verarmter, unverheirateter Frau ein Lebensweg voller Entbehrungen und in gesellschaftlicher Isolation.

Die nächsten Jahrzehnte verbrachte François zeitweilig als Haushälterin für ihren verwitweten Onkel Karl in Minden, Halberstadt und Potsdam, bis sie 1855 nach seinem Tod endgültig nach Weißenfels zurückkehrte, um die kränkelnde Mutter und den blinden Stiefvater zu pflegen. Als Schriftstellerin trat sie relativ spät an die Öffentlichkeit: Durch äußere Not gezwungen[7] veröffentlichte sie mit fast 40 Jahren ihre ersten Erzählungen anonym. In dem Versuch, sich den bürgerlichen Rollenforderungen der Frau anzupassen, hielt sie sogar die literarischen Aktivitäten von ihrer Familie geheim. Ihre ambivalente Haltung diesem Beruf gegenüber entsprang dem Bewußtsein der herrschenden Vorurteile gegenüber Schriftstellerinnen und der potentiellen Deklassierung, die aus einer solchen beruflichen Selbstbehauptung hätte resultieren können. Erst ab 1859, mit der Novelle *Fräulein Mutchen und ihr Hausmeier*, veröffentlichte sie unter ihrem vollen Namen. Dazu entschloss sich François schließlich nach der Verleihung eines Preises für die 1858 erschienene Novelle *Hellstädt* und einem gratulierenden Brief der Tarnow, die ihre Freundin schon oft zu einem zuversichtlicherem Auftreten ermutigt hatte:

Aber, mein Herz, es betrübt mich, daß Sie so wenig Wert darauf setzen und blind gegen die ausgezeichnete Anerkennung sind, die Ihnen vor vielen Hunderten wird. Mir ist wenigstens in meinem Leben kein Beispiel vorgekommen, daß eine junge Schriftstellerin solchen Erfolg hat wie Sie und das *ohne Protektion, ohne Journalisten-*

---

[7] Am 17. Mai 1881 schrieb sie an Conrad Ferdinand Meyer: „Ich habe niemals aus innerem Drang geschrieben, nicht wie viele andere gute und schlechte Autoren, weil ich es nicht lassen konnte. Sonst würde ich mich wohl auch nicht den Vierzigern genähert haben, ehe ich mich, von Außen gedrängt, dazu entschloß. Das Heraustreten an die Öffentlichkeit war mir eine Widerwart." *Louise von François und Conrad Ferdinand Meyer: Ein Briefwechsel*, hg. v. Anton Bettelheim, 2. Aufl. (Berlin: de Gruyter, 1920), S. 8-9.

Intriguen. – Meine Luise, wenn Sie wüßten, wie mich das freut. Fürsten und Fürstinnen ohne Zahl rechnen es sich zur Ehre, in Literaturkreisen aufzutreten, und Sie, meine Luise, scheuen sich davor.[8]

Obwohl Bescheidenheit François lebenslang davon zurückhielt, Reklame für sich zu machen oder den Eitelkeiten des Autorendaseins nachzujagen, gewann ihr Name in der literarischen Welt an Ruhm. 1868 wurde die erste Novellensammlung in Buchform in zwei Bänden bei Duncker in Berlin veröffentlicht, 1871 folgten zwei weitere Bände bei Westermann in Braunschweig. 1874 schließlich brachte die Autorin ihre Arbeit an einem Sachbuch, einer Geschichte der Befreiungskriege, an der sie seit 1858 mit großem Fleiß schrieb, zu Ende. Die Qualität dieses Werkes, das unter dem Namen L. von François veröffentlicht wurde, um die Ablehnung der Leser durch die Preisgabe ihrer Identität als Frau zu vermeiden, bestätigte sich darin, daß es von der preußischen Militärakademie als Lehrbuch aufgenommen wurde.[9] *Die letzte Reckenburgerin* war der erste und erfolgreichste von drei in den siebziger Jahren erschienen Romanen. Den beiden weniger innovativen Nachfolgern, *Frau Erdmuthens Zwillingssöhne* (1873) und *Stufenjahre eines Glücklichen* (1877), fehlte es zwar nicht an Kunstfertigkeit und Humor, doch fanden sie nicht denselben Anklang. Außer den genannten Romanen verfasste François etwa 20 Novellen; auch die letzte von ihnen, *Der Katzenjunker* (1879), wies keinerlei Zeichen von Altersschwäche auf, sondern war ein umfangreiches und schwieriges Werk, das den Leser in eine rätselhafte Welt von Neurose und Schuld führt, in der die damals virulente Vererbungslehre eine zentrale Rolle spielt.[10]

In mancher Hinsicht floss selbst Erlebtes und Erlittenes in François' Dichtung ein: Der Verzicht auf eigenes Familienglück sowie der Konflikt zwischen Pflicht und Neigung sind Motive, die

---

[8] Brief vom 9. April 1858, zit. nach Ernst Schroeter, *Louise von François: Die Stufenjahre der Dichterin. Zur Erinnerung an die 100. Wiederkehr ihres Geburtstages am 27. Juni 1917* (Weißenfels: Lehmstedt, 1917), S. 43.

[9] L. von François, *Geschichte der preußischen Befreiungekriege in den Jahren 1813 bis 1815. Ein Lesebuch für Schule und Haus* (Berlin: Janke, 1874).

[10] Dazu ausführlich Tiiu V. Laane, „The Incest Motif in Louise von Fançois's *Der Katzenjunker*: A Veiled yet Scathing Indictment of Patriarchal Abuse", *Orbis Litterarum*, 47 (1992), 11-30.

in ihrem Werk mehrfach vorkommen. Im Mittelpunkt vieler Geschichten findet man außerdem selbständige, gereifte Frauenpersönlichkeiten, die schwere Schicksalsschläge überwinden. Neben der biografischen Prägung zeigt sich in ihren Werken ein didaktisches Element, das vor allem in François' Verfahrensweise, unterschiedliche moralische Werte verkörpernde Charaktere lehrhaft gegenüberzustellen, deutlich wird. In der Rationalität und im Idealismus des 18. Jahrhunderts geborgen, war sie für den eher skeptischen und pessimistischen Zeitgeist ihrer Epoche unempfindlich. Ihre ästhetische Ideologie fasst sie in einem Brief an Ebner-Eschenbach in einem Satz zusammen: „Die Kunst soll uns Erhebendes bringen."[11] Obwohl François in provinzieller Enge lebte, einen eingeschränkten Erfahrungskreis hatte und eine Vorliebe für altertümliche Inhalte mit historischem Hintergrund hegte, war sie jedoch in ihren Einstellungen keineswegs weltfremd. Mit anderen zeitgenössischen Schriftstellern teilte sie ein starkes soziales Gewissen, das sich in einer Abneigung gegen Standesvorurteile und religiöse Intoleranz ausdrückte, und ein geschärftes Wahrnehmungsvermögen für politische Zustände, das sie zu einer leidenschaftlichen Befürworterin der deutschen Einheit machte.

Vieles von dem, was wir über François' Charakter, ihre Überzeugungen und literarischen Vorzüge wissen, ist aus ihrem Briefverkehr mit Conrad Ferdinand Meyer bekannt. 1881 durch den Schweizer Dichter initiiert, der ihr brieflich seine Bewunderung für ihr Werk zum Ausdruck brachte, erstreckte sich die Korrespondenz über zehn Jahre bis zu seinem geistigen Zusammenbruch. Da ein erheblicher Gegensatz zwischen Meyers Pessimismus und François' eher idealistischer Weltanschauung bestand, konnte es nicht ausbleiben, dass Meyers Hoffnung, von seiner Kollegin Ratschläge für die eigene Schriftstellertätigkeit zu erhalten, unerfüllt blieb. Trotzdem fassten die beiden Dichter eine gewisse Zuneigung zueinander, und es entwickelte sich ein lebhafter Austausch über Literatur, Geschichte und Philosophie.

Die andere für den Lebensabend der François bedeutende Freundschaft war die mit der österreichischen Schriftstellerin Marie von Ebner-Eschenbach, die nach dem Erscheinen der *Letzten Reckenburgerin* ihre hohe Wertschätzung des Romans öffentlich

---

[11] „Marie von Ebner-Eschenbach und Louise von François", hg. v. Anton Bettelheim, *Deutsche Rundschau*, 27 (Nr. 1, Oktober 1900), 104-19 (S. 110).

bezeugt hatte. An den 1880 begonnenen Briefkontakt knüpften sich auch mehrere persönliche Begegnungen in südlichen Kurstätten und es entwickelte sich ein inniges Verhältnis, das von Konkurrenzdenken und Eifersüchteleien unberührt blieb. Beide Autorinnen nahmen regen Anteil am Werk der anderen; als François den *Posten der Frau* zu einem Schauspiel umarbeitete, vertraute sie ihrer Freundin, die unbedingt helfen wollte, den Text bühnengerecht zu gestalten, das Manuskript an. Im Frühling 1894, etwa ein halbes Jahr nach François' Tod, veröffentlichte Ebner-Eschenbach zwei Aufsätze zum Andenken an Leben und Werk der Dichterin. Obwohl nicht gerade methodisch als historisch-kritisch zu beschreiben, dienten diese Texte, zusammen mit dem Briefwechsel der beiden Frauen, als wichtige Quellen für die frühe François-Forschung. Eine sonst seltene Darstellung von François' Aussehen und Persönlichkeit bietet ein prägnantes Beispiel für die Art, wie Ebner-Eschenbach ihre Freundin wahrgenommen hat:

> Louise von François war im Alter eine zugleich imponierende und einnehmende Erscheinung. Groß, fast überschlank, mit tief dunkelbraunen Augen, die nicht bloß sahen, die schauten, deren Blick Herz und Nieren prüfte, die eigenes Licht zu haben schienen und leuchteten, wenn die lebhafte, geniale Frau in Eifer geriet, wenn etwas ihre Bewunderung oder Entrüstung erweckte.[12]

Im Jahre 1880 wurde François auf Lebenszeit Pensionärin der Schillerstiftung, was ihr ein gewisses Maß an finanzieller Sicherheit gewährte. Nach Abschluss ihrer Schaffensperiode führte sie ein stilles Leben in ihrer Heimatstadt, die kleinen Vergnügungen des Lesens, der Besuche und des gelegentlichen Reisens genießend. Die Glückwünsche von verschiedenen Dichtern und Verehrern zu ihrem siebzigsten Geburtstag bereiteten ihr besondere Freude, der aber bald darauf eine schwere Prüfung folgte, als sie das Augenlicht im rechten Auge verlor. Die anschließenden Jahre waren von gesundheitlichen Problemen und zunehmender Einsamkeit gekennzeichnet. 1893 starb François nach kurzer Krankheit im Alter von 76 Jahren und wurde in Weißenfels begraben.

---

[12] Marie von Ebner-Eschenbach, „Louise von François: Erinnerungsblätter", *Velhagen und Klasings Monatshefte* (Bielefeld), 8 (März 1894), 18-30 (S. 20).

9

Außer der Beschäftigung vereinzelter Literaturkritiker mit der *Letzten Reckenburgerin* blieb François' Werk lange am Rande des Forschungsinteresses. Für die moderne feministische Forschung, die seit den 80er Jahren das Werk vieler vergessener Schriftstellerinnen des 19. Jahrhunderts als ergiebiges Material wiederentdeckt hat, ist François' Position zu gemäßigt und zu unkonventionell, ihre Infragestellung der herrschenden Geschlechterrollen zu sehr von Kompromissen geprägt, um der näheren Betrachtung wert zu sein. Doch hat sich in den letzten Jahrzehnten eine nicht unbeträchtliche Anzahl vor allem amerikanischer Literaturwissenschaftler dem Aufruf von Eduard Engel gestellt, der schon 1906 in seiner *Geschichte der deutschen Literatur* konstatierte: „[a]n Louise von François ist noch viel gut zu machen."[13] Die kritische Auseinandersetzung mit dem, was Meyer in ihrem Schaffen als eine „eigentümliche Mischung von conservativen Überlieferungen und freien Standpunkten"[14] beschrieb, hat die älteren Interpretationen zu Leben und Werk der François zum Teil in Frage gestellt und ein neues Licht auf die Dichterin geworfen. Bei dem nunmehr stetig anwachsenden Interesse an deutscher Frauenliteratur lässt sich mit Zuversicht voraussagen, dass das Werk der Louise von François den Lesern des 21. Jahrhunderts noch weiterhin manchen Denkanstoß geben wird.

2. Phosphorus Hollunder

1857 in Dürrs *Novellenzeitung* erstmals erschienen, wurde *Phosphorus Hollunder* schon sehr früh von der Kritik zum Erfolg erklärt. Schon in dieser Novelle befinden sich die Keimzellen zu Themen, die das spätere dichterische Werk François' durchziehen: u.a. die Problematik der Standesunterschiede, der Konflikt zwischen Pflicht und Neigung und die Bejahung eines ethischen, vernunftorientierten Handelns. Der *Phosphorus Hollunder* war es auch, der 1881 zusammen mit *Zu Füßen des Monarchen* als erstes Bändchen der Collection Spemann in Stuttgart herauskam und

---

[13] Eduard Engel, *Geschichte der deutschen Literatur*, 2 Bde., 2. Aufl. (Leipzig: Koehler und Amelang, 1907), II, S. 977.

[14] Brief an François, „Ostern 1881" datiert, *Briefwechsel*, hg. v. Anton Bettelheim (wie Anm. 7), S. 1.

dadurch die Aufmerksamkeit C. F. Meyers auf die Weißenfelser Dichterin lenkte. In ihrer Korrespondenz mit dem Schweizer Kollegen schrieb sie mit seltsamem Unbehagen: „Ich freue mich der Popularität, die mir der alte Phosphorus Hollunder merkwürdigerweise eingetragen hat, nicht im Entferntesten."[15] Ihre Scheu vor fremder Beurteilung und strenge Selbstkritik an den eigenen Werken hielten sie anscheinend davon ab, den öffentlichen Ruhm zu genießen.

François' frühe Novelle handelt von einem jungen, affektierten Mann bürgerlichen Standes, der durch Leiden geläutert wird und zur Reife gelangt. Die Hauptfigur Hollunder ist ein wohlhabender und etwas selbstgefälliger vierundzwanzigjähriger Apotheker, der Wert auf materiellen Besitz legt, sich aber auch gerne als Gelehrten ausgibt. Mögen Ehrlichkeit und Tüchtigkeit Phosphorus als Geschäftsmann kennzeichnen, so versperrt ihm doch die Unreife den Zugang zu seinen Mitmenschen. Jede Anstrengung oder Erprobung ist ihm bisher erspart geblieben und seine Beschäftigung mit pseudokultivierten Angelegenheiten – hier seien z.B. das Verfassen von Liedern oder seine Auftritte als Festredner im Literarischen Verein genannt – erschöpft sich in einem aufgeblasenen Dilettantismus, der dem fehlenden Schwerpunkt in seinem Leben entspringt. Dass er den herkömmlichen Namen „Ernst" ablehnt und stattdessen seinen anderen, absonderlichen Namen „Phosphorus" bevorzugt, weist auf die „romantischen Neigungen seines Trägers" hin.[16] Er findet großen Gefallen an einem Namen, der „Lichtbringer, Lichtmagnet, Morgenstern" (S. 36) bedeutet und der zu seiner Rolle als Redner und Veranstalter von öffentlichen Feierlichkeiten passt. Trotz seinem Vorsatz, gut zu handeln und seiner Beliebtheit bei den älteren Damen der Stadt ist es aber der mit seinen romantischen Ambitionen verbundene Mangel an Nüchternheit, der ihm als Fehler angerechnet wird. Damit wird die Wortbedeutung des abgelegten Namens „Ernst" zu einem Leitmotiv der Novelle, das die zentrale Herausforderung an den Protagonisten, sich einer Wandlung der Einstellung und des Charakters zu unterziehen, permanent präsent hält.

In Phosphorus' äußerem Erscheinungsbild verdecken Dandyismus und Extravaganz die geistige Isolation eines

---

[15] Brief vom 12. September 1881, *ibid.*, S. 20.

[16] Hans Enz, *Louise von François* (Zürich: Rascher, 1918), S. 123.

Waisenkindes, das sich nach Zuneigung und Vertrautheit sehnt. In Herzensangelegenheiten ist er außerdem zu Unglück bestimmt, denn das Ziel seiner Leidenschaft ist eine junge Frau, die ihn nicht lieben kann: Blanka von Horneck ist die Verkörperung eines Frauentyps, der in François' Dichtung wiederholt auftaucht. Verführerisch schön, aber naiv, wird sie eines fatalen Fehltritts schuldig, der zum Untergang führt.[17] Während die eifrigen Versuche des gutherzigen Phosphorus, sie zu umwerben, ihr nur peinlich sind, lässt sie sich von dem flotten Assur von Hohenwart bezaubern, ohne die Gefahren seines Leichtsinns und seiner Ausschweifungen wahrzunehmen. Auch in dem hinreißenden Kavalier von Hohenwart muss man wieder eine für François typische Figur sehen, an deren Beispiel sich eine zeitkritische Dimension deutlich machen lässt. Assur ist zwar ein tapferer Soldat, der im Krieg den Grundsatz „bis zum Tode treu" gewissenhaft umsetzt, im Frieden aber ein verwegener, schrankenloser Mensch, der Unheil stiftet. Damit spricht die Dichterin unverhohlen den negativen Aspekt eines Berufes an, dem die zeitgenössische Allgemeinheit sonst mit Respekt entgegenkommt und der auch von ihr hoch geschätzt wird.[18]

Auffällig in dieser Novelle ist, dass die Gesellschaft als eine dezidiert männlich bestimmte gezeichnet wird, in der das Verhalten der Nebenbuhler Assur und Phosphorus von Standesdenken und Machtkonkurrenz geprägt ist. Dem Bedürfnis beider Männer, dem Rivalen gegenüber ihre Überlegenheit zu beweisen, liegt zum Teil eine beidseitige statusbezogene Unsicherheit zugrunde. Dem reichen Bürger fehlt der Rang, dem verarmten Aristokraten die finanzielle Sicherheit, um die Hand der Blanka von Horneck gewinnen zu können. Während der bürgerliche Phosphorus den Wert der Kultur, des Stammbaums und des durch Fleiß und Fähigkeit erworbenen Reichtums betont, verlässt sich der adelige Assur auf die Vorteile einer Offiziersuniform, eines stattlichen Körperbaus und des Rufs, ein kühner Held zu sein. Der Versuch der Männer, ihre jeweiligen Unzulänglichkeiten durch protziges

---

[17] In François' 1871 erschienenem Roman *Die letzte Reckenburgerin* findet sich mit der Figur der Dorothee (Dorl) Müller das in ihrem Werk bekannteste Beispiel eines solchen Frauentyps.

[18] Zum sozialkritischen Aspekt im Werk der Dichterin allgemein vgl. Tiiu V. Laane, „Louise von François's Critical Perspectives of Society", *European Studies Journal*, 8 (1991), 13-41.

Auftreten auszugleichen, wird von François nicht ohne Humor dargestellt.[19] So spricht Hollunder seine Herausforderung an den flotten Kavalier nicht dem Gegner ins Gesicht, sondern als Monolog in einen Spiegel: „Stelle mich dem Leutnant gegenüber in einem Turnier des Geistes, und er wird seinen Mann gefunden haben" (S. 37). Als er auf dem Ball Assur tatsächlich in einem kleinen Verbalturnier gegenübersteht, lässt er sich allerdings auch nicht einschüchtern. Mit typisch biederer Moral tadelt er seinen Opponenten dafür, dass dieser über Langeweile klage. Auf Assurs herablassende Antwort, „Pillendrehen ist auch eine unterhaltende Beschäftigung", versetzt er: „Jedenfalls nützlicher als Schnurrbartdrehen" (S. 51). Dank seiner Schlagfertigkeit geht Phosphorus siegreich aus dem Treffen hervor, auch wenn die verbalen Attacken auf beiden Seiten kleinlich und unrühmlich wirken. Der Umstand, dass François Phosphorus in diesem scherzhaften Verbalduell das letzte Wort zubilligt, lässt auf ihre Einstellung zu einem degenerierten, haltlosen Offiziersstand schließen, der die Prinzipien ihres Vaters in Bezug auf Ehre, Treue, Ordnung und Dienst nicht mehr aufrecht erhält.

Obwohl Phosphorus zu Anfang der Novelle als angeberische und etwas lächerliche Figur geschildert wird, ist im Laufe der Entfaltung der Geschichte eine Gewichtsverlagerung zu erkennen. Nach dem Tode von Blankas Mutter zeigt er durch die Anteilnahme am Leiden seiner Geliebten und durch die verständige Toleranz, mit der er ihrem verstörten Benehmen begegnet, dass er langsam zu verantwortungsbewusstem, mitmenschlichem Verhalten heranreift. Eine Reihe von Hinweisen begleitet diese Persönlichkeitsentwicklung: Schon früh entschuldigt Frau von Horneck mit einsichtsvoller Liebenswürdigkeit den „läppischen Dilettantismus" ihres zukünftigen Schwiegersohns als harmlose Folge des Müßiggangs, wobei sie als Heilmethode für ein solches Unausgereiftsein „eine ernste Erfahrung, eine bedeutende Pflicht, ein wahrer Schmerz gleich einer Taufe des Geistes" (S. 42) voraussagt. Dass diese reinigende Erprobung Phosphorus bevorsteht, deutet sich schon mit der Festlegung des

---

[19] Die implizierte Gesellschaftskritik wird bei François – ähnlich wie in noch stärkerer Ausprägung bei Fontane – durch einen ironisch-humoristischen auktorialen Schreibstil zum Ausdruck gebracht.

Hochzeitsdatums auf den Johannistag an.[20] Die Tauf- und Wassersymbolik, mit der dieser Feiertag aufgeladen ist, signalisiert durch den implizierten Schwellenritus die Hoffnung auf eine Neugeburt beziehungsweise einen neuen Anfang. Allerdings wird dieser Neuanfang für den Protagonisten zu einem unvermuteten und qualvollen Prozess. Mit Blankas Betrug trifft ihn an diesem unglücklichen Johannis- und Hochzeitstag ein schwerer Schicksalschlag, der einen tiefgreifenden Bewusstseinswandel einleitet.

In Blanka offenbart sich das Dilemma einer jungen aristokratischen Frau aus verarmter Familie, die bei der Wahl des Ehemannes vor allem wirtschaftliche Kriterien berücksichtigen muss. Im Vordergrund steht nicht das Bedürfnis der Frau nach Liebe und Zärtlichkeit, sondern der Versorgungscharakter der Ehe, der im Falle der Verbindung mit Phosphorus mit einer sozialen Aufwertung in finanzieller Hinsicht verbunden ist. Frau von Horneck versucht, den Vorurteilen ihrer Tochter deshalb gegen Phosphorus entgegenzuwirken, indem sie seinen ehrenhaften Charakter lobt. Blanka ist jedoch ein realistisch gezeichneter Teenager, der der für Heranwachsende typischen Gefühlsintensität ausgesetzt ist, aber selbst noch keine richtige Zukunftsperspektive entwickelt hat. Das Ringen darum, die eigene Neigung mit den Erwartungen anderer zu vereinbaren, wird an ihrem zwiespältigem Verhalten deutlich. Einerseits zeigt sie Verdrossenheit, bleibt den Ratschlägen ihrer Mutter gegenüber stur und meidet jeden Kontakt mit dem Mann, der sie anwidert. Andererseits aber gibt sie ihre Einwilligung zu der Verlobung mit Phosphorus, indem sie bei einem symbolträchtigen Tanzspiel Assur vor den Augen aller Anwesenden einen Korb überreicht. Wenn Blankas Impuls nach Selbstbestimmung ins Leere stoßen muss, so tritt hier ein realistischer und zugleich kritischer Aspekt der Novelle zutage: Assur erscheint als anmaßender Vertreter männlicher

---

[20] Seit dem 5. Jahrhundert wird der 24. Juni als Gedenktag der Geburt Johannes des Täufers gefeiert. Im Volksleben übernahm die Johannisnacht die Rolle der alten Mittsommernacht, die als Hexensabbat galt und deren Feier mit allerlei heidnischen Bräuchen verbunden war, u.a. mit dem Pflücken und Weihen von Heilkräutern und dem Tanz um das Johannisfeuer. Noch bis ins neunzehnte Jahrhundert sprangen Liebespaare gemeinsam über das Johannisfeuer, um im Leben immer verbunden zu bleiben. Allerdings sind für François eher die christlichen Assoziationen des Johannistages – die Idee des Wachrüttelns sowie die Tauf- und Reinigungssymbolik – von zentraler Bedeutung.

Verantwortungslosigkeit, der in Blanka eine Leidenschaft erweckt, die zunächst zu ihrem Treuebruch Phosphorus gegenüber und schließlich zu ihrem eigenen Tod führt.

Obwohl Blanka die Schuld an einer Katastrophe mitträgt, die das Leben eines aufrichtigen Mannes zerrüttet, wird sie nicht als böse, sondern vielmehr als schwach dargestellt. Sowohl die eigene Unreife als auch die Liebe und die Verpflichtung der Mutter gegenüber halten sie davon zurück, sich mit ihren Bedenken auseinanderzusetzen. Mit dem Herannahen der Hochzeit lässt sich bei der jungen Frau eine zunehmend bedrückend in Erscheinung tretende Entfremdung von ihrem gesamten Lebensumfeld – den Mitmenschen, dem Verlobten und den Hochzeitsvorbereitungen – erkennen, die am Johannistag einen Höhepunkt erreicht. Ihre Beklemmung drückt sich in der Weigerung aus, ihr schwarzes Trauerkleid für ein bräutlich weißes zu tauschen, und ihr kaum vernehmbares Jawort zeugt von ihrer Bedrängnis im Angesicht einer freudlosen Zukunft. Tragendes Symbol dieser Szene ist der Trauring, der unheildrohend von Blankas zitternder Hand zu Boden rollt und nicht wieder auffindbar ist. Dieses von der versammelten Gemeinde mit Schaudern bezeugte Omen deutet auf das verhängnisvolle Ende der Beziehung, die von vornherein zum Scheitern verurteilt war.

Der inneren Verzweiflung der Braut steht die romantische Atmosphäre in der mit Blumen und Kerzen geschmückten Villa des Bräutigams im harten Kontrast gegenüber. Als trügerisch erweist sich die hoffnungsvolle Assoziation der Rosen und Orangenblüten, denn es ist die Liebe zu einem anderen, die in Blanka aufgeblüht ist und die die Erwartung der Fruchtbarkeit mit sich bringt. Die situative Spannung wird erhöht, indem ihr Verschwinden zunächst dem Leser wie auch ihrem Mann ein Rätsel bleibt. Durch die besorgten Rufe des immer panischer werdenden Phosphorus wird die Stille in der von ihm mit hingebungsvoller Sorgfalt eingerichteten Gartenidylle zerstört. Als ihm schließlich klar wird, dass Blanka mit Assur über den Fluss entflohen ist, wirft er sich, da die Flüchtigen schon den Kahn genommen haben, vollständig angezogen ins Wasser den beiden hinterher. Durch dieses Bad unterzieht sich Phosphorus seiner schon angekündigten Taufe, die den Wendepunkt der Geschichte markiert. Die Taufsymbolik kündigt eine Reinigung und einen neuen Anfang an.

Neben dem Taufmotiv klingt in dieser Episode das Motiv des vergeblichen Kampfs des Einzelnen gegen das ihm zugedachte

Schicksal an. Die Suche nach Blanka ist ergebnislos; ebenso aussichtslos ist Phosphorus' Verlangen, an seinem Beleidiger Rache zu nehmen. In François' Kunstauffassung ist es an diesem Punkt sehr wichtig, dass ihr Protagonist die Phase der Resignation überwindet. Als Phosphorus sich von dem Stadium rasender Wut erholt hat, werden Enttäuschung und Lebensverachtung durch eine neue Perspektive aufgehoben. Das erlebte Trauma hat zur Folge, dass er an Reife und Weisheit gewinnt und sich in Erfüllung seines zweiten Namens „Ernst" in die Erweiterung seiner beruflichen Kenntnisse vertieft. Durch die schwere Belastungsprobe zur Vernunft gebracht, gibt er also der Bitterkeit nicht nach, sondern sublimiert die eigene Neigung, indem er seine Lebenskraft umleitet und Anstrengungen zum Wohl der Allgemeinheit unternimmt. Phosphorus widmet sich nicht nur der wissenschaftlichen Forschung und gründet Gewinn bringende industrielle Unternehmen, sondern beweist darüber hinaus ein sittliches und soziales Verantwortungsbewusstsein, das sich als Ziel setzt, durch tätige Menschenliebe gegen die wirtschaftliche Notlage der Armen und die Ungerechtigkeiten in der Gesellschaft anzugehen.[21]

Trotz seines angewachsenen Wohlstands und der öffentlichen Anerkennung seiner wohltätigen Bemühungen bleibt Phosphorus aber bis zum Ende der Novelle eine einsame und gebrochene Figur. François gibt dem Wunsch einer anspruchslosen Leserschaft nach einem Happy End nicht nach, bei dem der Held entweder seine verlorene Liebe zurückgewinnt oder mit einer anderen zum Glück findet. Der Schluss der Novelle, in dem Phosphorus das verwaiste Kind Blankas unter seinen Schutz stellt, nimmt ein Motiv auf, das wiederholt im Werk der Autorin zu finden ist und den Wert des menschlichen Erbarmens und gewissenhaften Handelns betont. Obwohl Blankas Kind nicht das Seine ist und obwohl seine ehemalige Braut die Augen beim Sterben nicht auf ihn, sondern auf ein Bild des verantwortungslosen und längst verschollenen Assur richtet, erhält Phosphorus zum Trost und zur Erinnerung „ein Wesen, für das er lebt und das an ihm hängt mit der Zärtlichkeit eines eignen Kindes" (S. 76). Der „herbeigezwungene Umschlag"

---

[21] Der Aufstieg eines erfolgreichen und gewissenhaften Mittelstands war ein beliebtes Motiv vieler Schriftsteller des 19. Jahrhunderts, u.a. Keller, Freytag, Lewald, Spielhagen und Auerbach. Siehe Ernest K. Bramsted, *Aristocracy and the Middle Classes in Germany. Social Types in German Literature, 1830-1900*, 2. überarb. Aufl. (Chicago: University of Chicago Press, 1964).

in der Geschichte ist für Martin Gregor-Dellin ein Aspekt, der die literarische Qualität der Novelle erheblich beeinträchtigt: „Ein Mädchen vermählt sich aus Vernunftgründen mit einem um sie werbenden Mann, um ihn auf der Stelle zu betrügen. Das könnte eine Studie von Ibsenscher Schärfe sein – ohne ihren Schluß."[22] Auch wenn der versöhnende Ausgang ein bitter-süßes Gefühl hinterlässt und unbefriedigend erscheint, entspricht er jedoch dem bewährten Modell einer Dichterin, die der Verzweiflung entgegenwirken will. Für François, die den Trost bewusst verweigernden Stil der Naturalisten ablehnte, verwirklicht ein solcher Schluss die Versöhnung der realistischen Bewusstheit der Unzulänglichkeiten des Lebens mit dem künstlerischen Drang, einen erbaulichen Ton zu treffen.

Entscheidend für die intendierte Rezeption der Novelle ist, dass der zentrale Fokus nicht auf der rührenden Liebesgeschichte, sondern in der Läuterung und Regeneration des Helden liegt. Als Blanka in Armut und Krankheit dahinsiecht und zuletzt stirbt, schließt Phosphorus durch sein selbstloses Handeln ein langes Kapitel seines Privatlebens und stellt die soziale Ordnung durch die Adoption des Kindes wieder her. Aus der Perspektive des Erzählers hat Blanka „ihre schwere Irrung schwer gebüßt" (S. 74), Phosphorus dagegen hält sich von einer solchen Meinungsäußerung zurück. Ein einziges Mal spricht er ihr Vergehen an. Jedoch wird seine Frage „war es ihre Schuld, daß sie mich nicht lieben konnte?" (S. 71) mit Bedacht rhetorisch formuliert, um zu zeigen, dass er sich der Unergründlichkeit dieser Problematik bewusst ist. Indem Phosphorus sich anscheinend nie mit Blankas Schuld auseinandersetzt, klammert er den Gedanken völlig aus, dass sie etwa seiner Liebe nicht würdig sein könne oder dass er sie als Person zu Unrecht in den Himmel erhoben habe. Diese Blindheit den Mängeln der Geliebten gegenüber ist allerdings nicht unbedingt als Charakterdefekt zu interpretieren, denn aus ihr sprechen auch seine Stärken – nämlich Treue, Unvoreingenommenheit und Verantwortungsbewusstsein. Durch die charakterliche Wandlung der Hauptfigur bringt François ihre Überzeugung zum Ausdruck, dass der Einzelne sich von einem erschütternden Erlebnis erholen und zu größerer Weisheit gelangen kann. Phosphorus tauscht den alten, eitlen Lebensstil gegen eine

---

[22] Martin Gregor-Dellin, *Was ist Größe? Sieben Deutsche und ein deutsches Problem* (München: Piper, 1985), S. 193.

neue altruistische Weltanschauung ein, die sich in seinem tatkräftigen Einsatz zum Nutzen der Gemeinschaft spiegelt.

Kennzeichnend für die Werke von François ist zudem die positive Darstellung von Alleinstehenden. Nicht nur in der vorliegenden Novelle ist eine zweispältige Haltung gegenüber der Ehe dauerhaft präsent. Auffallend ist, dass sämtlichen Figuren, ungeachtet ihres Familienstands, die Erfahrung tiefen Glücks versagt ist und sich alle mit Enttäuschungen abfinden müssen. Phosphorus gelingt es, sich ohne den Trost der Ehe für industriellen und sozialen Fortschritt zu engagieren. Durch seine nicht an Eheglück gebundene charakterliche Unabhängigkeit und Selbständigkeit sticht er als Vorbild aus den anderen Figuren heraus und wird damit zu einem positiven Prototyp im Werk der Dichterin, wobei die meisten analog konstruierten Figuren Frauen sind. Sein Wunsch, mit seiner Geliebten ein häusliches Idyll zu teilen, ist unerfüllbar, weil seine Pläne auf einer Fantasie basieren, die der Wirklichkeit seiner unerwiderten Liebe nicht entspricht. Assur, sein Gegenpart, ist anders als Phosphorus nicht imstande, seiner Braut den begehrten Halt und Schutz in der Ehe anzubieten. Sein Handeln zeigt vielmehr die destruktive Kraft erotischer Leidenschaft, die sich gegen alle Moral und Vernunft des Einzelnen bemächtigt. Seine Entscheidung, Blanka zu heiraten, entspringt eher einem unbesonnenen Gefühl der Ritterlichkeit als einer Verpflichtung zur lebenslangen Treue.

Auch aus der Perspektive der weiblichen Figuren besteht eine beträchtliche Ambivalenz dem Ehestand gegenüber. Einerseits wird der Trieb zum Heiraten als elementare Überlebensstrategie der Frauen geschildert. Frau von Horneck stellt ihre unverheiratete Verwandte als klägliches Beispiel der Abhängigkeit hin: „Sieh unsere arme Cousine Viktoria an, wie sauer es ihr wird, sich durch Musik- und Sprachstunden notdürftig zu erhalten" (S. 45). Obwohl Blankas Mutter das Ledigendasein als „einen harten Kampf" (S. 45) bezeichnet, gibt sie andererseits ganz pragmatisch zu, dass der Frau auch in der Ehe Widrigkeiten und Kummer zufallen, die stoisch ertragen werden müssten. Als Opfer der Charakterfehler ihres Mannes hat sie lernen müssen, diese mit festem Willen zu ertragen und sich mit dem Gedanken zu trösten, dass ihr Leiden eine allgemeingültige weibliche Erfahrung ist: „,Welche Frau hätte nicht irgendeinmal gute Miene zum bösen Spiel, wie oft selbst zu Unbill und Frevel ihres Gatten machen müssen?'" (S. 55). In der Figur der Frau von Horneck, die als nüchterne Realistin gezeichnet wird, tritt auch die Kritik der Dichterin an der Ehe als Institution, in der emotionale Gefährdungen einfach in Kauf genommen werden müssen, deutlich zu Tage. Blankas Mutter geht selbstverständlich davon aus, dass die Frau in der Ehe Kompromisse schließen und sich manchmal sogar verstellen muss, wobei von Resignation oder Groll explizit nicht die Rede ist. Durch diese Respekt einflößende und bestimmt auftretende Figur scheint François somit die Ehe als eine Institution zu billigen, die Frauen ein gewisses Maß an Ordnung und Sicherheit bietet, zugleich aber eine unsentimentale Haltung zu beweisen, die das romantische Klischee der ehelichen Glückseligkeit sowie den patriarchalischen Glauben an die Überlegenheit des Mannes in Frage stellt.

Im Zuge der literaturwissenschaftlichen Beschäftigung mit dem *Phosphorus Hollunder* sind in der Vergangenheit sehr unterschiedliche Aspekte des Werks hervorgehoben worden, wie das folgende Spektrum möglicher Interpretationsansätze bezeugt. Ernst Schroeter hat im Wesentlichen eine autobiographische Grundlage erkannt: In dieser Geschichte, behauptet er, male „die Dichterin sich ihr eigenes Schicksal aus, wenn sie, einer unsicheren Zukunft entgegengehend, dem adligen Bräutigam in die Ferne gefolgt wäre."[23] Für Lionel Thomas liegt das Hauptinteresse in der Darstellung der Spannungen, die von den Standesunterschieden verursacht werden,[24] während Uta Scheidemann ein Schlaglicht auf das bei der Dichterin beliebte Motiv der Adoption eines Kindes wirft, „worin möglicherweise ein geheimer Wunsch der kinderlosen Frau zum Ausdruck" komme.[25] Uta Schuch betont die didaktische Seite der Novelle und schreibt, dass „die dominierende Wirkungsabsicht darin besteht, junge Mädchen zu warnen, sich nicht von Äußerlichkeiten, Nebensächlichkeiten wie Stillosigkeit, schlechtem äußerem Geschmack bei der Partnerwahl beeinflussen

---

[23] Ernst Schroeter, „Das Modell und seine Gestaltung in den Werken der Louise von François", *Bilder aus der Weißenfelser Vergangenheit*, hg. v. Weißenfelser Verein für Natur- und Altertumskunde (Weißenfels: Selbstverlag des Vereins, 1925), 187-252 (S. 203).

[24] Lionel Thomas, „Luise von François: ‚Dichterin von Gottes Gnaden'", *Proceedings of the Leeds Philosophical and Literary Society*, 11 (1964), 7-27, S. 12-13.

[25] Uta Scheidemann, *Louise von François. Leben und Werk einer deutschen Erzählerin des 19. Jahrhunderts* (Frankfurt a.M.: Lang, 1987), S. 59-60.

zu lassen.“[26] Obwohl ein moralerzieherisches Element durchaus vorhanden ist, lässt sich François' Leistung im *Phosphorus Hollunder* nicht auf einen einzigen Schwerpunkt reduzieren. Bei der Behandlung der Entwicklungsgeschichte der Hauptfigur, die sich über viele Jahre erstreckt, lassen sich in der Novelle Analogien zu zentralen Merkmalen des Bildungsromans nachweisen, auch wenn der Umfang der Handlung gattungsgemäß bescheidener ausfällt. Der Prozess der Selbstfindung bedeutet für Phosphorus eine harte Auseinandersetzung mit der Welt. François' Darstellung dieses Prozesses liegt der feste Glaube zugrunde, dass ein Mensch das Stadium der Eitelkeit überwinden und geistigen Adel erreichen kann, wenn er den Wert selbstlosen Engagements erkennt und danach zu handeln lernt.

3. Der Posten der Frau

Die Novelle *Der Posten der Frau*, die im Oktober/November 1857 in Cottas *Morgenblatt für gebildete Leser* veröffentlicht wurde, spielt vor dem Hintergrund des Siebenjährigen Krieges zwischen Preußen und Österreich (1756-1763).[27] Die Wahl eines so komplexen Kontexts mag dem heutigen Leser, der die näheren politischen Zusammenhänge jener Zeit nicht mehr kennt, auf den ersten Blick ziemlich ambitioniert vorkommen. Doch in François' Lieblingsgattung der historischen Novelle zeigt sich ihre erzähltechnische Kunstfertigkeit von der besten Seite. Trotz der veralteten Sprache und der zum Teil absonderlichen Figuren, die als Vertreter der Gesellschaftsschichten jener Epoche nicht unbedingt zeitbeständig sind, gelingt es der Dichterin, die dargestellte Realität so zu konstruieren, dass die zeitgenössischen sowie überzeitlichen Dimensionen des Werks allgemein verständlich sind und die Geschichte auch ein modernes Publikum noch fasziniert und unterhält. Die Hauptfigur, Gräfin Eleonore von Fink, ist eine gebürtige Preußin, die versucht, durch das sächsische

---

[26] Uta Schuch, *„Die im Schatten stand". Studien zum Werk einer vergessenen Schriftstellerin: Louise von François* (Stockholm: Almqvist & Wiksell, 1994), S. 100.

[27] Um das im Ersten und Zweiten Schlesischen Krieg an Friedrich II. von Preußen verlorene Schlesien zurückzugewinnen, verbündete sich die Kaiserin Maria Theresia von Österreich in diesem Krieg mit Frankreich und Russland. Siehe auch Anm. 90.

Kriegsgebiet zu ihrem Vater im heimatlichen Preußen zu fliehen, weil sie mit dem Leben an der Seite ihres Mannes Moritz von Fink, eines leichtsinnigen und feigen sächsischen Offiziers in französischen Diensten, unzufrieden ist. Mitten in der Nacht begegnet die Flüchtige dabei einem vornehmen, Respekt einflößenden Fremden – erst später stellt sie fest, dass es niemand anders als der preußische König Friedrich II. ist –, der sie auf ihre Pflicht ihrem Mann und Kind gegenüber hinweist und sie nach Hause zurückschickt. Allerdings verlangt der König nicht von Eleonore, dass sie sich einem unwürdigen Ehemann und Herrn unterwirft, sondern äußert die Meinung, dass sie als starke und entschlossene Frau an der Stelle ihres Mannes „die Hosen anziehen" (S. 123) solle.

In der Novellenhandlung spiegeln sich nicht nur die Emanzipationsbestrebungen der Frauen, sondern auch zeitgenössische Prozesse politischer Veränderung. *Der Posten der Frau* wird von Uta Schuch zu den „um die Jahrhundertmitte hochaktuellen historischen Tendenzromanen" zugeordnet.[28] Gerade im Jahr 1857 war das öffentliche Interesse an den Geschehnissen des Siebenjährigen Krieges aufgrund der Feiern des hundertjährigen Gedenktages der inzwischen legendär gewordenen Schlacht bei Roßbach sehr rege. François versetzt die Handlung der Novelle in die Zeit direkt vor und nach dem Sieg der preußischen Armee über die Reichsarmee und die Franzosen bei dieser 10 Kilometer nordwestlich von Weißenfels liegenden Ortschaft, und lässt in ihrem Werk eine ganze Reihe historisch verbürgter Personen auftreten.[29] Die Niederlage der feindlichen Heere am 5. November 1757 bewirkte einen Wendepunkt im Krieg, die damals zu einem neuen Selbstwertgefühl der Preußen führte. Durch die fiktive Darstellung einer bedeutsamen und mit Aufbruch konnotierten Episode aus der deutschen Geschichte hoffte François, ihre Leserschaft in einer aktuellen politischen Lage

---

[28] Uta Schuch, *„Die im Schatten stand"*, S. 88.

[29] Ernst Schroeter zitiert die bescheidene Bemerkung François' Meyer gegenüber: „Die Erfindung ist meine schwächste Seite" (Brief vom 17. Mai 1881, *Louise von François und Conrad Ferdinand Meyer*, hg. v. Anton Bettelheim, S. 10) und behauptet, man könne das „in keiner Dichtung besser erkennen als am *Posten der Frau*, wo wir Schritt für Schritt das Anlehnen an die Wirklichkeit und doch die Entwicklung zur prächtigen, gehaltvollen Dichtung beobachten können" (E. Schroeter, *Das Modell*, S. 204-05).

anzusprechen, in der ein gesamtdeutsches Nationalbewusstsein wieder aufblühte und das ideologische Engagement für nationale Einigung Hochkonjunktur hatte.

Wie in vielen anderen Werken der Autorin kommt somit der historischen Einbettung des Erzählten eine bedeutende Rolle zu. Durch die Verlebendigung eines zeitlich weit entrückten Hintergrunds beleuchtet François aktuelle Fragen, die sowohl die schon im Titel erwähnte Aufgabe der Frau als auch das Thema der politischen Selbstbestimmung betreffen. Was das letztere betrifft, ist die Position der Dichterin relativ eindeutig; ihre Protagonistin Eleonore beschreibt Friedrich den Großen als „den Anker eines emporstrebenden Vaterlandes" (S. 91) und mahnt ihren Sohn, nicht den Weg ihres Gatten zu gehen: „Er liebt einen Herrn. Du aber, mein Sohn, daß du ein Mann werdest, kenne, liebe ein Vaterland." (S. 144). Im Hinblick auf die Frauen-Thematik scheint François auf den ersten Blick eher konservativ gesinnt, da ihre Handlung den Lehrsatz bestätigt, dass der Platz der Frau zu Hause sei. Diese Zuweisung bedeutet in der Novelle jedoch keine bedenkenlose Zustimmung zu patriarchalischen Mustern, sondern wird genutzt, um die Verdienste einer tatkräftigen Frau offenzulegen, deren Standhaftigkeit und Initiative die Gesellschaft zusammenhält und stärkt. Somit thematisiert diese Novelle zwei ganz unterschiedliche Hauptanliegen der François: den Wunsch, das liberale Bürgertum auch nach der gescheiterten 1848er Revolution zum Einsatz für ein vereinigtes Deutschland aufzufordern und – aus der Perspektive einer vernunftgeleiteten Befürworterin der Frauenrechte – die Bejahung eines selbständigen, erfüllten und zugleich verantwortungsbewussten Frauendaseins in und außerhalb der Ehe.

In *Der Posten der Frau* dienen die Kriegsereignisse in Sachsen nicht einfach als Kulisse, die der Novelle Lokalkolorit und historische Glaubhaftigkeit verschaffen. Vielmehr fungiert der Kriegszustand als Katalysator für das Handeln der Heldin, die ihren Mann nicht nur aus Gründen einer konträren politischen Überzeugung, sondern auch wegen seines schwächlichen, seichten Charakters verachtet. In den Augen Eleonores, die ihren Vater als Inbegriff preußischer Ehre und Tapferkeit verherrlicht und daraus ihr eigenes – allerdings mit Stereotypen geprägtes – Idealbild eines Ehemanns entwickelt hat, ist ihr weichlicher sächsischer Ehemann nicht wert, ihr Gebieter zu sein. Die von den militärischen Feindseligkeiten verursachte dramatische Spannung fungiert gleichzeitig als metaphorische Spiegelung des inneren Kampfs der Heldin, die mit der Entscheidung über den wahren Gegenstand ihrer Treue ringt und als Flüchtige der ständig drohenden Gefahr des Entdeckt- oder Verletztwerdens ausgesetzt ist. Dass sich die Geschichte in unmittelbarer Nähe des Kampfs entfaltet, verstärkt zudem erzähltechnisch den Aufruhr der Gefühle der Protagonistin und macht ihre Bedrängnis und die Dringlichkeit ihres Vorhabens deutlich. Außerdem erhöht diese Situierung die historische Glaubwürdigkeit des Auftretens Friedrichs, da seine Anwesenheit in Weißenfels für diesen Kontext urkundlich bezeugt ist.

Eleonores Treffen mit dem König bildet den ideologischen Höhepunkt einer dramatisch gesteigerten Handlung, die in dem prägnanten Gespräch gipfelt. Die Worte Friedrichs, mit denen er sich weigert, der Gräfin den gewünschten Schutzbrief mitzugeben, der ihr die Durchreise nach Preußen genehmigt hätte, scheinen zunächst gefühllos und sogar frauenfeindlich zu sein. Er weist ihre Klage zurück, dass ihr in der Ehe Unrecht geschehen ist, und ermahnt sie, ihr Los stillschweigend hinzunehmen und sich geduldig um ihre Pflichten als Frau und Mutter zu kümmern. Dabei vermeidet er jedoch jede Überheblichkeit und erkennt die Schwierigkeit ihrer Aufgabe explizit an, indem er ihren Mut mit dem eines Soldaten vergleicht: „[V]ielleicht sind es nicht die schwersten Kämpfe, die mit dem Schwert in der Hand zum Austrag kommen" (S. 125). Diese Aussage, die einen qualitativen Unterschied zwischen dem nur kurzfristig auf dem Schlachtfeld erforderlichen Mut des Mannes und der lebenslangen Ausdauer und Entsagung der Frau in einer Ehe ohne Liebe impliziert, deutet auf unvermutete Einsicht und Demut auf Seiten des Sprechers hin.

Eleonores Schilderung ihres persönlichen Dilemmas dem hochrangigen Gesprächspartner gegenüber verdeutlicht die Diskrepanz zwischen den Erwartungen, die sie als unerfahrene und etwas verwöhnte Frau an die Verbindung hatte, und der Realität der Ehe mit Moritz von Fink, der sie beleidigt und unterdrückt. Es ist ihre innere Not, die sie bis an die Grenze der Verzweiflung treibt und sie endgültig das Risiko der nächtlichen Flucht wagen lässt. Damit nehmen zwar Eleonores Leiden und Hilflosigkeit die Leserschaft in gewissem Maße für die Hauptfigur ein, gleichzeitig eröffnet François in diesem Werk allerdings eine Doppelperspektive, unter der das Recht auf individuelle Entscheidung und deren Folgen betrachtet werden: Einerseits lässt die Dichterin Eleonores klar zu Tage tretenden Selbstbezug durch den König scharf missbilligen und drückt damit aus, dass die sozialen Konventionen ihre Gültigkeit haben und die Ehe als gesellschaftliche Institution verstanden werden muss, die für

Stabilität und Ordnung sorgt. Andererseits übt sie Kritik an den gängigen, häufig im Unglück endenden Heiratspraktiken, bei denen von einer Frau erwartet wird, dass sie ihr Leben ihrem Mann unterordnet. Angesichts dieser grundlegenden Ambivalenz ist die dargestellte Lösung des Konflikts zwischen Pflicht und Gefühl, die sich zudem im Rahmen der herrschenden Sittengesetze und sozialen Anforderungen bewegt, sowohl angemessen als auch glaubwürdig. Obwohl Friedrich den individuellen Glücksanspruch der Gräfin als egoistisch und belanglos abweist, kommt für ihn eine Herabsetzung Eleonores nicht in Frage: Er lehnt im Gegenteil die oft mit dem idealen Rollenbild einer adeligen Frau verbundene Passivität ab und stellt ihr stattdessen die freie Entfaltung eines engagierten, kreativen Menschen in Aussicht. Indem der König Eleonore das Recht erteilt, ihre Rolle aus einer neuen Perspektive zu sehen, erweitert er ihren Horizont und macht den Krieg für sie schließlich zu einer bereichernden Angelegenheit: Sie ist demnach z.B. berechtigt, in Abwesenheit ihres Mannes die Vollmacht über das Familienschloss zu übernehmen, und kann sich dort als eigenständigen Beitrag zum großen Geschehen der Pflege der Verwundeten widmen. Außerdem bewahrt Friedrich sie vor dem unrühmlichen Schicksal einer gescheiterten Ehe und dem damit einhergehenden Verlust von Reichtum und gesellschaftlichem Status. Anstatt Eleonores Autonomie zu schwächen, versucht Friedrich, in ihrem Interesse die für sie beste Lösung zu finden, die sich noch im Rahmen sittlich akzeptablen Verhaltens bewegt.

Die Infragestellung und Umdeutung herkömmlicher Männer- und Frauenrollen veranschaulicht François in dieser Novelle auf der Motivebene der Kleidungsstücke und Schönheitsnormen. Eleonore erscheint zum ersten Mal in der Geschichte – nach vollendeter Toilette für das bevorstehende Tanzfest – in einem üppigen Ballkleid und mit kunstvoller Haartracht. Obwohl sie mit ihrem eleganten Gewand, ihrem natürlichen Charme und ihrer kultivierten Haltung dem Frauenideal ihres Standes entspricht, wird jedoch das äußere Bild der weiblichen Perfektion durch die Lustlosigkeit der Protagonistin unterminiert. Eleonores Kleidung kennzeichnet sie optisch als Opfer einer repressiven gesellschaftlichen Ordnung und bewirkt sogar praktisch eine Eingrenzung ihres Handlungsrahmens. In eingeschnürtem und gepudertem Zustand ist sie unfähig, eine sinnvolle Tätigkeit auszuüben, und der gerade eingetroffene französische Herzog von Crillon findet sie in einer Situation erzwungener Passivität. Wenn sie diese Lethargie als Träumerei herunterspielt – „Ich träumte nur ein wenig, [...] weil ich allein, zwischen Putz und Tanz, just nichts Besseres zu tun wußte" (S. 96) –, so verbirgt sie ihr Unbehagen an der Situation vor ihrem Gast nur um des Scheines und der Konventionen willen.

Noch am selben Abend jedoch lässt sich Eleonores Ärger nicht mehr in den durch die Verhaltensnormen bestimmten Grenzen halten, als ihr eifersüchtiger Mann sie stundenlang in einem ungemütlichen Nebenraum des Tanzlokals einsperrt, um zu vermeiden, dass sie mit dem attraktiven Herzog von Crillon tanzt. François bedient sich der eindeutigen Symbolkraft des breiten Reifrocks, den die Gefangene ausziehen muss, um durch das Fenster aus ihrem Kerker auszubrechen: „Da steht das eherne Gerüste gleich einem Haus, das erste Hindernis auf neuer Bahn, ein Symbol des Herkommens, mit dem sie bricht" (S. 108). Das Abwerfen des schweren, beengenden Kleidungsstücks, das für die Unterwerfung und Unfreiheit der Frau steht, erlaubt es der Protagonistin, eine neue Lebensweise zu entdecken. Nachdem sie den Rock zurückgelassen hat, ist es für Eleonore nur noch ein kleiner Schritt, bis sie – im übertragenen Sinn – die Hosen anzieht, wie es ihr der König angeraten hat.[30] Sie überwindet das Stadium der Trägheit, das vom Wunschdenken über einen verbesserten Charakter ihres Mannes geprägt war, indem sie den Beschluss fasst, die angeblich männlichen Eigenschaften, die Moritz von Fink fehlen, selbst zu entwickeln und ihrem Wesen zu Eigen zu machen. Ihre Selbstbehauptung wird durch die Einsicht untermauert, dass sie tüchtiger und willensstärker als ihr Mann ist. Als Friedrich Eleonore später zu Hause besucht, findet er sie „entschlossen wie ein Mann" (S. 135) mit anspruchsvollen Aufgaben beschäftigt. Sein Kompliment: „[D]ie Hosen passen Ihnen gut, Madame" (S. 147) lässt darauf schließen, dass auch er das sture Befolgen konventionsgebundener, geschlechtsspezifischer Verhaltensmuster verwirft. Mit Humor bestätigt er das Recht und die Fähigkeit der Frau, ihre Energie und Ideen sowohl in der Privatsphäre als auch im öffentlichen Rahmen in Taten umzusetzen.

---

[30] Laut Thomas Fox gestaltet Eleonore ihr Verhältnis zu ihrem Mann zu einer Geschäftspartnerschaft um, in der sie sogar die Bedingungen stellt. (T. Fox, „A Woman's Post: Gender and Nation in Historical Fiction by Louise von François", *A Companion to German Realism, 1848–1900*, hg. v. Todd Kontje (Rochester, NY: Camden House, 2002), 109–31 (S. 113)).

Mit dieser Novelle zeigt sich François ganz klar als Verehrerin Friedrichs II. Hans Enz zufolge erscheint der preußische König „ganz als der tapfere, kluge und durchaus ohne jede Sentimentalität gerechte Herrscher".[31] Während die Dichterin die Worte „Ritter" und „ritterlich" in Bemerkungen über Eleonores Vater und insbesondere den Herzog von Crillon verwendet, bezieht sich der Begriff „Held" ausschließlich auf den König. In diesem Zusammenhang ist auch der Interpretationsansatz des Literaturwissenschaftlers Thomas Fox interessant, der in mancherlei Hinsicht eine Verbindung zwischen Friedrich und der Heldin der Geschichte feststellt.[32] Der junge Friedrich habe auch einen gescheiterten Versuch gemacht, seinen Posten zu verlassen,[33] und teile als gereifte Herrscherfigur mit der Gräfin die angeblich „männliche" Eigenschaft der Entschlossenheit; eine Anspielung auf die symbolisch mit Macht konnotierten Hosen des Königs[34] am Anfang der Novelle verstärke das anschließend für den Charakter der Eleonore bedeutungsvolle Motiv. Dagegen wird Eleonores Mann Moritz als schwacher Höfling des ebenso schwachen, im Exil ausharrenden sächsischen Königs geschildert.

Trotz der Fokussierung auf die Rechtschaffenheit Friedrichs und die Bedeutung des preußischen Sieges bei Roßbach ist die Darstellung der Personen in *Der Posten der Frau* sonst relativ unparteiisch. Die Charakterschwächen des Moritz von Fink wiederholen sich beispielsweise nicht bei den anderen sächsischen Figuren in der Novelle; dagegen hat der seelsorgerische Rat des sächsischen Pfarrers Eleonore gegenüber viele Gemeinsamkeiten mit den Worten Friedrichs. Ein zentraler Beleg dafür, dass François nicht gegen „den Feind" an sich eingestellt ist, ist ihre Darstellung des französischen Herzogs von Crillon. Er wird als Musterbeispiel für einen ehrenhaften Befehlshaber eingeführt, der den Sittenkodex des Krieges einhält und zum Schluss sogar als Gefangener seine

---

[31] Hans Enz, *Louise von François*, S. 66.

[32] Thomas Fox, „A Woman's Post", S. 113.

[33] Als 18-jähriger Kronprinz unternahm Friedrich, der der Erziehungsgewalt seines strengen Vaters entgehen wollte, mit Hilfe seines Freundes Hans Hermann von Katte einen misslungenen Fluchtversuch über Frankreich nach England.

[34] Und wenn mein König Friedrich kommt
Und klopft nur auf die Hosen,
Da läuft die ganze Reichsarmee,
Panduren und Franzosen! (Siehe auch Amn. 123.)

Würde bewahrt. Dass Eleonore von dieser charmanten und kraftvollen Gestalt angetan ist, ist nicht nur ein Symptom ihrer unglücklichen Ehe, sondern auch ein Anzeichen für einen paradoxen und pauschalen Feindesbegriff. François' Zukunftsvision geht letztlich über eine auf einzelne Länder wie Sachsen oder Preußen fokussierte Politik der Kleinstaaterei hinaus; ihr Bemühen gilt vielmehr der langfristigen Stabilität einer gesamtdeutschen Nation, in der sich die Teilstaaten nicht mehr untereinander bekriegen.

Mehr als 20 Jahre nach der Veröffentlichung von *Der Posten der Frau* entschied sich François zu einer dramatischen Darstellung desselben Stoffes. Die Novelle, die in hohem Maße aus Dialogen bestand und deren Handlung weitgehend auf Geschehnisse eines Tages beschränkt, war prinzipiell für eine Umarbeitung zu Drama gut geeignet. In der Neufassung des Werks blieb die Geschichte im Wesentlichen bestehen, darüber hinaus wurden allerdings auch neue Figuren eingeführt, um den Inhalt um eine romantische Nebenhandlung zu erweitern.[35] Als Lustspiel konzipiert, zeichnete sich das Stück durch manche Anklänge an Lessings *Minna von Barnhelm* aus. Beide Dramen thematisieren den Siebenjährigen Krieg und in beiden wird der Gegensatz zwischen Preußen und Sachsen zum Motiv verdichtet. Während sich die politische Symbolik glücklich in die Bühnenfassung übertragen ließ, wird jedoch das Thema der weiblichen Selbstbehauptung weniger überzeugend umgesetzt. Die für François ungewohnte Gattung, die zu jener Zeit als die angesehenste der Kunst galt und deswegen so erstrebenswert schien, war für die Autorin eine erhebliche Herausforderung. Trotz der Mitwirkung ihrer Kollegen Erich Schmidt und Marie von Ebner-Eschenbach, die sich des Stücks in freundlicher Unterstützung annahmen, wies das Werk technische Schwächen auf, die es zum Scheitern verurteilte.

Heinrich Homberger, der den Text des 1881 bei Spemann erschienenen Schauspiels rezensierte und die Änderungen, die François unternommen hatte, im Detail besprach, beurteilte das Stück schließlich als „ein bedeutendes, aber nicht bühnenmäßiges

---

[35] Hans Enz, *Louise von François*, S. 115-21, beschreibt eingehend diese Änderungen. Dazu auch Ernst Schroeter, *Louise von François: Die Stufenjahre der Dichterin*, S. 50-53.

Werk".[36] François selbst war mit dem Endergebnis ihrer Bemühungen unzufrieden und beschrieb das Werk in einem Brief an Meyer als „[d]em Namen nach ein Lustspielchen [...], dem Wesen nach ein Mondkälbchen, dessen Veröffentlichung im Grunde eine Thorheit ist". Diese die eigene Leistung herunterspielende Selbstkritik, die wie falsche Bescheidenheit der damals beliebten Dichterin aussieht, birgt in der Tat ein Körnchen Wahrheit, denn zwei Jahre später erlebte das Stück im Hoftheater zu Meiningen die erste und einzige Aufführung. Zu diesem Zeitpunkt stand aber François, des Dichtens müde, bereits am Ende ihrer literarischen Laufbahn und sah sich nicht mehr im Stande, die weitere Arbeit, die nötig gewesen wäre, um das misslungene Werk zu verbessern, noch durchzuführen.

Dass jedoch auch die Novelle in zunehmenden Maße für eine moderne Leserschaft hätte problematisch werden können – und zwar in puncto der Kriegsdarstellung –, hätte François nicht voraussehen können. Der Erzählstil der Dichterin lässt nicht nur auf die damals weit verbreitete prinzipielle Zustimmung zum Krieg schließen, sondern auch auf eine unkritische Hinnahme des Gemetzels und der Verwüstung, die mit den Kampfhandlungen einhergehen. Obwohl die Kriegsatmosphäre durch die Schilderung der geheimen Truppenmanöver im Schutze der Dunkelheit oder die Beschreibung des mit Flammen erleuchteten Nachthimmels heraufbeschworen wird, wird das Gefecht selbst nicht direkt erwähnt. Durch diese Taktik vermeidet François die literarische Auseinandersetzung mit Gewalttätigkeiten oder beunruhigenden Szenen. Die Bemühungen der Protagonistin, den Fluss zu überqueren, werden beispielsweise eher im Stil eines Abenteuers geschildert: Bei ihrem kühnen Versuch, in die Freiheit zu entkommen, ist die im vollen Gange befindliche Schlacht für Eleonore fast nur eine ärgerliche Begebenheit, die ihre Pläne behindert. Zwar denkt sie dabei an das Wohlergehen ihres „Ritters", des Herzogs von Crillon, sowie ihres „Helden", des Königs, und hofft auf die Unversehrtheit ihres Kindes und der Bediensteten, die sie zu Hause verlassen hat, davon abgesehen aber bleibt der Standpunkt der Gräfin im Grunde selbstsüchtig: Ihre Perspektive umfasst kein Mitgefühl für Soldaten oder Zivilisten außerhalb ihres Bekanntenkreises, geschweige denn ein

---

[36] Heinrich Homberger, „Der Posten der Frau", *Essays, Nord und Süd*, hg. v. Ludwig Bamberger und Otto Gildemeister (Berlin: Besser, 1892), S. 132-79.

tiefgehendes Unbehagen im Angesicht des menschlichen Leidens und der Vergeudung des Lebens im Krieg.

Auch in der karitativen Rolle, die sie am Schluss der Novelle übernimmt, beweist Eleonore weiterhin eine dem Krieg gegenüber etwas distanzierte Haltung. Für sie persönlich bringen die Folgen der Feindseligkeiten weder Schmerzen noch Entbehrungen mit sich, sondern verstärken vielmehr die Bewusstwerdung und Bestimmung ihrer eigenen Identität als gnädige Wohltäterin. Damit gelangen nicht die Verwundeten und Hungrigen, sondern Eleonore als Dirigentin und Entscheidungsträgerin in den Fokus. Außerdem gelingt es François, durch die sprachliche Anlehnung an den Ritterroman den Schleier des Vergessens über die Kehrseite des Krieges zu breiten und so beinahe die Illusion zu vermitteln, dass weder Opfer noch ethische Probleme damit einhergehen. Indem sie Begriffe wie „Mut" und „Treue" betont, ohne die Grausamkeit in Betracht zu ziehen, mit der solche „Tugenden" in diesem Zusammenhang zwangsläufig verbunden sind, umgeht sie die Widersprüche im Sittenkodex des Krieges und schirmt den Leser gegen eine belastende Realität ab.

Als Kriegsnovelle ist François' *Der Posten der Frau* in gewisser Hinsicht eine ambivalente Leistung. Einerseits muss die Art, mit der sie das kriegerische Heldentum in den Vordergrund stellt, im Zeitalter der Moderne einen tiefen Skeptizismus hervorrufen; andererseits aber bietet das Werk ein Korrektiv zur populären Literatur ihrer Zeit, in der zumeist die Tugenden des (männlichen) Kämpfers gerühmt werden. Mit dem gleichen patriotischen Engagement, das ihre Zeitgenossen den männlichen Helden angedeihen lassen, rückt François die herangereifte, pflichtbewusste Frau in den Brennpunkt. Ohne ihre Rolle zu idealisieren, befreit sie die nicht am Kampf beteiligte Protagonistin aus dem Zustand der passiven, in Sorge und Machtlosigkeit gefangenen Zuschauerin und lässt sie den aktiven Part einer tatkräftigen Bürgin für soziale Ordnung und Moral ergreifen. Eleonore beweist denselben Mut und dieselbe Selbstaufopferung, die sonst als männliche Charakteristika gelten. Sobald sie als selbständiges Individuum neben den Männern bestehen darf, verschwindet ihr früheres Gefühl der Ungleichheit und sie ist nun – ohne dass sie die gesellschaftlichen Normen auf den Kopf stellt – dazu im Stande, sich mit den geltenden, von einem patriarchalischen System gesetzten Maßstäben zu arrangieren. Insofern sind die der Novelle zu Grunde liegenden Vorstellungen alles andere als überholt; vielmehr weist das Werk auf den „Posten der Frau" im zwanzigsten Jahrhundert voraus, als Frauen in den Kriegszeiten zu einer neuen Identität heranwuchsen, die das Klischee des herkömmlichen Frauenideals fundamental in Frage stellte.

Phosphorus Hollunder

Phosphorus Hollunder

Phosphorus Hollunder saß am Schreibtisch seines mit Komfort und Zierlichkeit ausgestatteten „Museums" – wie er es nannte – in der Apotheke zum Hollunderbaum,[37] die er neuerdings vom Keller zum Giebel modern hatte herstellen lassen. Er memorierte die Rede, mit welcher er heute, am Sylvesterabend, die Schwesternloge zu erbauen gedachte. Denn Phosphorus Hollunder war Maurer,[38] – welcher Apotheker wäre in Herrn Hollunders jugendlicher Heldenzeit es nicht gewesen? – Er galt für den begeistertsten Sprecher in der Loge zur Feurigen Kugel, zumal an den Schwesternabenden, wo sein Vortrag kein schönes Auge trocken gelassen haben soll.

Er hatte laut gelernt und ein helloderndes Feuer in seinem Gemüt entzündet. Mit großen Schritten ging er nunmehr im Zimmer auf und ab. Der Strom der Phantasie war sicher in das Gedächtnis geleitet; ein Anstoß nicht zu befürchten; wenn aber ja, so ist Phosphorus Hollunder der Mann, der sich auf seine Inspiration verlassen darf.

Angeregt durch liebliche Bilder von Frauenhuld und Frauenwürde, welche naturgemäß den Stoff seiner heutigen Rede bilden, drängt ihn aus allgemeinen Regionen eine unwiderstehliche Macht in die Heimlichkeit seines Herzkämmerleins zurück und zaubert den Gegenstand seiner lange verschwiegenen Minne leibend und lebend vor den entzückten Blick. Da steht sie, die Hehre, die Cäcilia[39] aller seiner zarten – leider nie veröffentlichten Lieder. (Den Zeitgenossen Hollunders brauchen wir kaum zu

---

[37] Den Anstoß für die ungewöhnliche Benennung der Hauptfigur bekam François durch den Namen eines bekannten Mitbürgers: Johann Ludwig Phosphorus Lindner war Inhaber der Hirschapotheke am Markt und Mitglied der Weißenfelser Literarischen Vereinigung. Auch Lindner war wie die Figur des Hollunder Freimaurer. Trotz dieser und weiterer äußerlicher Ähnlichkeiten (siehe auch Anm. 77, 82 und 84) weist die Persönlichkeit des Helden der Novelle keine tiefergehenden charakterlichen Gemeinsamkeiten mit dem Träger des Namens im wahren Leben auf.

[38] Die Freimaurer sind eine internationale humanitäre Initiationsgemeinschaft, die sich im 18. Jahrhundert in Deutschland verbreitete. Obwohl die Logen nur Männer aufnahmen, veranstalteten sie Gästeabende, denen auch Frauen eingeladen wurden (siehe auch Anm. 55).

[39] Die heilige Cäcilia gilt als Patronin der Musik.

sagen, daß „Urania"[40] und „Die bezauberte Rose"[41] seine Vorbilder und Lieblingsdichtungen waren; das jüngere Geschlecht wird sich derselben aus der Literaturgeschichte erinnern.)

Das Herz geht dem Redner über. Während er in starker Bewegung auf und nieder schreitet, ruft er aus:

„Verschmähst du mich, Blanka? Weisest mich von dir? O Mädchen, halte ein! Besinne dich, bedenke, ich bin ein gebildeter Mann, ein wohlangesehener Mann, – nicht auch ein wohlanzusehender Mann?"

Sein Blick fiel bei der letzten, nur gelispelten Frage in den goldumrahmten Trumeau[42] zwischen den Fensternischen; errötend senkte er die Augen jedoch hastig zu Boden und fuhr mit weichen Tönen in seiner Selbstempfehlung fort:

„Bedenke, ich bin ein guter Mann; oder wenigstens, ich könnte es werden, denn ich liebe dich, Blanka, und die Liebe macht gut."

Die alabasterne Stutzuhr schlug in diesem Augenblick sechs und spielte die Melodie von „Wie der Tag mir schleichet, ohne dich verbracht."[43] Eine Mahnung an die Toilette; denn um sieben sollte die Versammlung ihren Anfang nehmen, und Herr Hollunder war an bedeutenden Tagen gern der Erste. Er zog daher den palmendurchwirkten Kaftan[44] aus, der in Verbindung mit dem purpurfarbigen Fez[45] ihm ein ausnehmend muselmännisches Ansehen gab, wennschon er in allem übrigen durch morgenländische Kennzeichen oder Neigungen je nachdem weder interessieren noch abstoßen konnte. Rauchte er doch nicht einmal und trank statt des Kaffees Schokolade. Auch war sein Haar von

---

[40] *Urania* (Halle, 1801), eine poetische Behandlung der Philosophie Kants, war das Hauptwerk des deutschen Dichters Christoph August Tiedge (1752-1841).

[41] Romantisches Versepos in drei Gesängen (1818) von Ernst Konrad Friedrich Schulze (1789-1817).

[42] Pfeilerspiegel.

[43] Lied (1781) des deutschen Schriftstellers Friedrich Wilhelm Gotter (1746-1797). Im Original heißt es: „Wie der Tag mir schleichet, / Ohne dich vollbracht!" Gotter schrieb über 40 Theaterstücke sowie Singspiele und Gedichte.

[44] Langes Woll- oder Seidenhemd, das auf der Frontseite und den Ärmeln oft bestickt ist und das über den Hüften gegürtet wird.

[45] Kopfbedeckung in der Form eines stumpfen Kegels aus meist rotem Filz mit schwarzer Quaste, benannt nach der Stadt Fez in Marokko.

der Helle des Flachses, und sein Nasenbein schlug auch nicht entfernt einen orientalischen Adlerhaken.

Ohne sich in seinen peripatetischen Ergüssen stören zu lassen, begann er darauf sich in den Gesellschaftsanzug zu hüllen, der fürsorglich auf dem Sofa ausgebreitet lag. Indem er die Weste von himmelblauem Moiré[46] überstreifte, durchzuckte es ihn aber plötzlich wie bei dem Stich eines giftigen Insekts, und es dauerte eine Weile, bis die grelle Dissonanz in elegische Molltöne überging.

„Was kann dir dieser Leutnant sein, Blanka?" fragte er. „O, fliehe ihn, fliehe ihn! Er wird dich verderben. Es ist nicht Sitte und Treue in ihm, und Sitte und Treue sind die Pfeiler, auf welche das Weib sein Glück zu bauen hat. Und doch lächelst du ihm, Geliebte! O, wohl sehe ich es, wie holdselig du lächelst, wenn er unter deinem Fenster vorübergaloppiert. Ich sehe es, und es schneidet mir durch das Herz. Was reizt dich an dem Leutnant, Blanka? Kann Reiten glücklich machen? Oder eine blitzende Uniform? Heißt das Bildung: über Hindernisse setzen, ein keuchendes Pferd zu Tode jagen? Das As in der Karte, den armen Vogel im Fluge treffen ohne Fehl? Er wird dein Herz treffen, Mädchen. Er ist ein roher Gesell. Ich habe ihn beobachtet am Pharotisch[47] und bei der Bowle. Da offenbart sich des Mannes Natur. Ich spiele niemals, und beim Glase werde ich traulich und mache Verse, wie die Freunde sagen. Aber dieser Leutnant, o, o! Was elektrisiert euch Frauen, sobald er sich zeigt? Hat er Bildung? Hat er Geist? Hat er nur ein Herz? – Er trägt einen Orden, weil er, es ist wahr, einmal eine kühne, eine edle Tat getan. Aber es geschah in jachem[48] Affekt, nicht aus besonnener Wahl. Das ist sein Wert, der dauernd ein zärtliches Weib beglückt. Er besitzt auch eine schöne Gestalt und – – –"

Wieder fiel Phosphorus Hollunders Blick in den Spiegel, und er lächelte nicht ohne Befriedigung, während er die Schleife des weißen Atlastuches breit zog. „Und – Schönheit ist allerdings ein Schlüssel, der uns die Pforten der Menschenherzen erschließt. Das

---

[46] Ripsbindige Gewebe aus Seide mit typischem Wellenmuster, das einen Licht-Schatten-Effekt erzeugt.

[47] Tisch, an dem das nach einer Abbildung des Pharaos auf einer Spielkarte benannte Glücksspiel „Phar(a)o" gespielt wurde.

[48] Schnell.

beweist dein Anblick, Blanka, dein allesbewältigender Anblick! Aber Schönheit des Leibes allein? Nein, Geliebte, wäre nicht auch deine Seele edel und hold, ich würde dich fliehen, wie eine Schlange.

„Du bist arm, mein Kind," fuhr er nach einer Pause fort, indem er die blitzende Diamantnadel in dem spitzengeränderten Jabot[49] befestigte. „Du bist arm, mein Kind, und das beglückt mich; so werde ich dir manche Freude bereiten dürfen, die du jetzt nicht kennen lernst. Denn ich gebe so gern; und wem gäbe ich lieber als dir? Dein wäre alles, was mein ist, und ich nur dein Sklave.

„Aber du bist ein Edelfräulein; bist du auch stolz, Mädchen? Blanka von Horneck, ein ehrwürdiger Name! Indessen auch der Hollunder Erinnerung reicht Jahrhunderte zurück. Betrachte über der Apotheke den Baum in grauen Stein gemeißelt, das Wahrzeichen unseres Geschlechts, und darunter die Jahreszahl 1530. Wir haben uns die schöne Sitte des Adels angeeignet in Bild und Schrift, das Andenken unserer Ahnen ehrfürchtig zu wahren. Drei Jahrhunderte blicken wir zurück auf Väter, die unserer Stadt zum Muster bürgerlicher Tugend und Treue gereichten, auf häusliche, züchtige Mütter, Vorbilder ihres Geschlechts. Drei Jahrhunderte lang vererbte die Apotheke auf einen Erstlingssohn, einen Phosphorus, das heißt Lichtbringer, Lichtmagnet, Morgenstern! Ein bedeutungsvoller Name! Ich habe ihn wieder angenommen statt des nüchternen „Ernst", den meine Eltern ihm beigefügt hatten. Ernst Hollunder – wie unmelodisch, wie nichtssagend! – Die jüngeren Söhne unseres Geschlechts widmeten sich dem geistlichen oder gelehrten Stande. Es gibt manchen namhaften Hollunder in den Annalen der Wissenschaft. Gern wäre ich ein jüngerer Sohn gewesen; auch ich bin der einzige. Ich befasse mich wenig mit meinem Geschäft; ich habe höhere Interessen; doch der Pflicht, welche solche Vergangenheit auferlegt, durfte ich mich nicht entziehen; ich mußte die Apotheke übernehmen. – Ich bin eine Waise, ohne Geschwister, ohne nahe Verwandte," rief jetzt der gute Hollunder mit übergehenden Augen, „ach, liebe mich, Blanka, werde du mein alles!"

Mühsam bewältigte er die weichmütige Anwandlung und trat nun, mit dem schwarzen Leibrock die festliche Toilette beendend, noch einmal musternd vor den Spiegel. Ein Blick genügte, ihm sein

---

[49] Rüsche aus feinem Stoff, die am Brustschlitz des Männerhemds angesetzt war.

Selbstgefühl wiederzugeben. „Und dann, Blanka von Horneck!" rief er plötzlich, den Kopf stolz in den Nacken werfend, „Blanka von Horneck, was ist Adel heutigentages? Adel ist Bildung. Stelle mich dem Leutnant gegenüber in einem Turnier des Geistes, und er wird seinen Mann gefunden haben," setzte er nach einer Pause, sie und sich selbst entschuldigend hinzu. – „Aber, nein doch nein. In dir ist keine Schwäche, kein Vorurteil. Du bist rein wie eine Frühlingsblüte. Dein großes, demütig gesenktes Auge, die edle Humanität deiner Mutter sind mir Bürgen; du bist, deinem ritterlichen Namen zum Trotz, ein Kind deiner Zeit; du verschmähst nicht das bürgerliche Gewerbe eines Gatten unter dem Ehrenmantel der Bildung. Indessen – solltest du – sändest du – hättest du – o, nur ein Wort – Geliebte – nur einen Wink – und ich opfere dir meinen Stammbaum, ich verpachte die Apotheke, ich kaufe mir ein Rittergut; Blanka, ich mache dich zur Ehefrau."

*

Die Uhr schlug halb sieben; Herr Hollunder mußte sein Selbstgespräch beenden, soviel er noch auf dem Herzen hatte; doch fühlte er auch jetzt schon sich erleichtert und frei; seine Werbung war so gut wie angebracht, seitdem er ihre Berechtigung sich selbst klargemacht hatte. Blanka von Horneck, die er seit seinen Schuljahren im stillen verehrt, mußte ihn jetzt verstehen ohne Worte; er hatte eine sichere Stellung ihr gegenüber eingenommen. Nun nur noch ein Bürstenstrich durch die hochgelockte Tolle über seiner Stirn, ein Flakon *Eau de lavande*[50] über das seidene Taschentuch gesprengt, die weißen Handschuhe angepreßt, den Karbonari[51] übergeworfen und freudig bebenden Schrittes hinüber in die Loge zur Feurigen Kugel.

Im Vorsaal stieß er auf die alte Justine, die seine Kinderfrau gewesen war und nun das Hausregiment führte. „Was machst du hier auf dem zugigen Korridor?" sagte er gütig, „du wirst dich erkälten, liebe Muhme."

---

[50] Klassischer Herrenduft aus Lavendel.

[51] Mantel ohne Ärmel, benannt nach den Mitgliedern eines kalabrischen republikanischen Geheimbundes. Im frühen 19. Jahrhundert trugen diese sogenannten Karbonari, die sich in stillgelegten Kohleminen trafen (ital. *carbone* „Kohle"), dieses Kleidungsstück.

„Ich stehe Wache, Herr Hollunder," versetzte die Alte, mit weniger Freundlichkeit als ihr Herr.

„Du stehst Wache? Wache gegen wen?"

„Gegen die gottlosen Buben, die Lehrlinge unten."

„Gegen meine jungen Herren?"

„Ja, gegen die ausverschämten jungen Herren, just gegen die."

„Aber erkläre mir, Muhme – –"

„Nun, was ist da viel zu erklären? Der Herr Hollunder waren wieder einmal im Zuge mit einer Predigt; da laure ich dann auf, um die Schlingel fortzujagen, wenn sie auf dem Wege nach dem Kräuterboden hier am Schlüsselloche horchen und kichern, die nichtsnutzige Brut!"

„Spreche ich wirklich laut, wenn ich allein und in Gedanken versunken bin, Justine?"

„Laut und vernehmlich wie von der Kanzel herab, mein Herr Hollunder. Aber nur nicht geniert; ich passe auf. Und was mich anbelangt, meine Ohren müssen in der letzten Zeit gewaltig schwach geworden sein; ich habe dicht am Schlüsselloch den Zusammenhang heute nicht unterscheiden können."

Herr Hollunder lächelte. Das kommt von Alleinsein, dachte er bei sich selbst. Man wird sein eigener Unterhalter, man wird am Ende noch ein Egoist. Übrigens glaube ich wirklich, daß ich zum Redner geboren bin!

„Ärgere dich nicht, alte Seele," tröstete er darauf mit freundlicher Würde seine alte Duenna,[52] „ärgere dich nicht, wenn die jungen Herren mich einmal wieder belauschen sollten. Sie werden nichts Unziemendes aus meinem Munde vernehmen. Ein alter Römer hat einmal gesagt," – so setzte er im Fortgehen mehr an sich selbst gerichtet hinzu, – „er möchte von Glas sein, daß seine Mitbürger jederzeit den Grund seiner Seele überblicken könnten.[53] Es gibt auch deutsche Männer, die wie dieser Römer denken!"

Herr Hollunder stand schon unter der Tür, als er sich noch einmal zurückwendete, um seiner Wirtschafterin zuzurufen:

„Laß es heute, am Sylvester, den jungen Herren ja an nichts fehlen, liebe Muhme. Spare keine feine Zutat beim Heringssalat, weil ich ihn nicht mit verzehre. Der kleine Keller ißt so gern

---

[52] Erzieherin.

[53] Nicht ermittelt.

Kuchen. Sei mir beileibe nicht knauserig mit Stollen und Pfefferkuchen, hörst du, Alte. Du aber, treue Seele, bleibe mir ja nicht etwa auf, bis ich zurückkehre. Schlafe gemächlich hinein in das neue Jahr, in welchem der liebe Gott dich erhalten möge frisch und kräftig wie bisher."

Herr Hollunder ging; die alte Justine wischte sich eine lange Weile die Augen.

„Welch ein Herr!" schluchzte sie. „Der richtige Engel, mein Phosphorus! Und wenn ich dermaleinst vor Gottes Thron erscheine, werde ich sagen: Ich habe ihn auferzogen! und voller Gnaden empfangen werden. Großmutig wie ein Löwe. Die ausverschämten Bengel soll ich noch extra traktieren!"

Währenddessen nahm Herr Hollunder den Weg durch seine Apotheke. „Ich kann diesen festlichen Abend nicht in Ihrem Kreise feiern, meine Herren," sagte er, indem er seinem Provisor die Hand drückte. „Ich verlasse mich, wie in allen Stücken, auf Sie, mein lieber Speck. Machen Sie freundlich den Wirt an meiner Statt. Er versteht sich auf einen kräftigen Punsch so gut wie auf jedes andere heilsame Gebräu. Sie können ihm vertrauen, meine jungen Herren. Ich wünsche Ihnen allen einen fröhlichen Eintritt in das neue Jahr!" Die jungen Herren wünschten desgleichen und aufrichtigen Herzens; denn niemals hatten Lehrlinge einen gütigeren Lehrherrn gehabt als die des kaum vierundzwanzigjährigen Herrn Hollunder. Einer wie der andere würde daher durchs Feuer für ihn gegangen sein, wenn er es sich auch nicht zur Sünde anrechnete, auf dem Wege nach dem Kräuterboden an seiner Tür zu horchen und seine Gemütsergüsse zu bekichern.

*

Über unseres Freundes Erlebnisse während der nächstfolgenden Weihestunden müssen wir schweigen, da das Mysterium des königlichen Baues dieselben deckt.[54] So viel darf ohne Treuebruch indessen ausgeplaudert werden, daß Blanka von Horneck, die nebst ihrer Mutter, der Witwe eines ehemaligen Bruders, eine Ehreneinladung erhalten hatte, ihm niemals so holdselig erschienen

---

[54] Freimaurer sind an Verschwiegenheit über ihre Rituale gebunden; das in der Loge Gesagte und Erfahrene darf nicht nach außen getragen werden. Der „königliche Bau" bezieht sich auf den Tempel des Königs Salomo in Jerusalem, ein zentrales Symbol in der Freimaurerei.

war wie heute in ihrem weißen Gewande mit den lichtblauen Schleifen. „Blau, die Farbe des Himmels und Ihrer Augen, die Farbe der auserwählten Seelen," wie er ihr während seiner Tischnachbarschaft zuflüsterte, indem er einen verschämten Blick auf sein blaues Gilet fallen ließ. Er fühlte sich in einer unbefangeneren Stimmung als sonst ihr gegenüber, trat mit seinen Ansprüchen kühner hervor, und als nach dem feierlichen Neujahrsgruße die Gesellschaft sich trennte, bot er, zu ritterlichem Geleit, beiden Damen von Horneck seinen Arm. Nur die Mutter nahm denselben dennoch an; das Fräulein hüpfte unter dem Vorgehen, daß die Schneebahn für drei Personen zu schmal sei, hinter der voranleuchtenden Laterne der Dienerin.

„Sie haben eine warme Schilderung von dem Werte und der Bestimmung des Weibes entworfen,[55] Herr Hollunder," sagte nach einiger Zeit die Majorin von Horneck, da sie es für angemessen hielt, ihren Beschützer durch ein anerkennendes Wort über seinen Vortrag zu belohnen. „Möchten Sie das Traumbild Ihrer Seele im Leben verwirklicht finden!" „Ich habe es gefunden!" fiel Herr Hollunder rasch und feurig ein, stockte aber jählings, errötete dem nächtlichen Dunkel zum Trotz und setzte nach einer Pause mit innigem Klang hinzu: „Auch Sie, gnädigste Frau Majorin, sind mir solch ein erfülltes Traumbild der Seele. Ich habe meine selige Mutter nie gekannt; sooft ich mir aber ein Bild von ihr zu machen suche, erscheint er mir unter Ihrer edlen, hochverehrten Gestalt."

Was hätte ein junger Mann der Matrone Schmeichelhafteres sagen können. Frau von Horneck drückte schweigend seine Hand; er zog sie an die Lippen, und da sie just vor dem Hause standen, suchte er, sich empfehlend, die der Tochter zu gleicher Huldigung zu fassen. Blanka entzog sie ihm hastig und schlüpfte in die Tür. Dennoch ging unser Freund in einem Rausche von Seligkeit nach Hause. Der warme Handdruck der alten Dame deckte das frostige Ablehnen der jungen. Er träumte in der heiligen ersten Jahresnacht von seiner Mutter im Himmel und von den blauen Augen ihrer Nachfolgerin unter dem Wahrzeichen des Holunderbaums.

---

[55] Reden zu diesem Thema waren in freimaurerischen Kreisen an Silvester oder Neujahr eine häufige Erscheinung. Vgl. z.B. den berühmten Vortrag „Über die Bestimmung und Bildung des weiblichen Geschlechts", den Ignaz Aurelius Feßler (1756-1839) am 1. Januar 1801 an der Großloge Berlin hielt. Siehe *Berliner Freimaurerrreden: 1743-1804*, hg. v. Karlheinz Gerlach (Frankfurt a.M.: Lang, 1996), S. 370.

*

Frau und Fräulein von Horneck blieben dagegen in ihrem Schlafzimmer noch stundenlang wach. Das schöne Kind hatte sich, abgespannt von der langen Abendtafel mit ihren Reden und Liedern, alsobald niedergelegt; die Mutter setzte sich an der Tochter Bett und sprach: „Der Rückblick aus dieser Nacht in ein abgelaufenes Jahr, in ein abgelaufenes Leben, ein unwillkürlich banges Ahnen der Zukunft, hat je öfter je mehr etwas Herzbewegendes. Mir ist es nicht wie ruhen zumute. Ich möchte noch ein Weilchen mit dir plaudern, Blanka; vorausgesetzt, daß du nicht allzu ermüdet bist."

„O, wenn du zu mir redest, du gute, kluge Mama, da werde ich wieder munter und wenn ich noch so müde bin," versetzte die Tochter, sich zärtlich an die Mutter schmiegend. „Dir hörte ich zu die ganze Nacht; und wenn du mir erlaubst, liegen zu bleiben, verstehe ich dich noch einmal so leicht und antworte dir viel klüger als beim Sitzen oder Gehen."

„So laß dein Köpfchen ruhen, kleine Schmeichelkatze," entgegnete die Mutter. „Denn du könntest dich nicht klar und ernst genug fühlen angesichts einer Entscheidung, die sich kaum über diese Nacht hinaus verzögern lassen wird."

„Ich, ich mich entscheiden?" fragte Blanka erstaunt. „Über was denn, Mama?"

„Herrn Hollunders Ansichten in bezug auf dich scheinen mir unzweifelhaft, Blanka. Es wäre ein großes Unrecht, dem redlichen Manne gegenüber eine Zweideutigkeit oder auch nur ein Hinhalten walten zu lassen. Du mußt dich zu einer Wahl entscheiden, liebe Tochter."

„Zu einer Wahl? Gibt es denn hier eine Wahl, Mama?"

„Nach meiner Meinung, nein. Aber doch vielleicht nach der deinen. Oder wärest du bereits entschlossen, seine Hand anzunehmen?"

„Hollunders Hand, dieses Narren Hollunder, Mütterchen?"

„Hüte deine Zunge, Blanka. Ich kenne wenig bessere Menschen als Hollunder, der dir beglückendere Aussichten zu bieten hätte."

„Als Hollunder? Du scherzest wohl, liebe Mutter?"

„Nein, mein Kind. Ich spreche im heiligsten Ernst, nach strengen Erfahrungen des Lebens. Oder schätzest du diese nimmermüde Güte, diese gleichmäßige Heiterkeit, schätzest du ein unschuldiges, warmes Herz so gering, um dagegen etliche lächerliche kleine Anhängsel in Betracht zu bringen, welche der erste beste Schicksalssturm abstreifen wird? Hollunders Geschmacklosigkeiten sind Auswüchse einer mühelosen Jugend, einer allzu bequemen Lage in kleinstädtisch bürgerlichen Verhältnissen, eines Berufes, der zwischen Gewerbe und Studium die Mitte hält und dem er sich leider bis jetzt nicht mit ausfüllendem Ernste widmet. So verfällt er in Spielereien, in einen mitunter, ich gebe es zu, etwas läppischen Dilettantismus, während junge Edelleute, zumal im Militärstande, während einer langen Friedenszeit wie die unsere – – –"

„Aber Mama, welch ein Vergleich! Unsere Offiziere – –"

„Die Gegenüberstellung würde überflüssig gewesen sein, wenn ich nicht wüßte, Blanka, wie ausschließlich du dich, als Soldatenkind, in diese gesellschaftlichen Kreise gestellt fühlst. Ich wiederhole daher: während junge Militärs, in der ähnlichen Lage, ihre Kräfte nicht hinlänglich zu verwerten, nur allzuoft in das entgegengesetzte Extrem verfallen und einem maßlosen Sinnesgenusse frönen. Einen mir vorschwebenden Namen aus dieser Kategorie will ich unterdrücken. Du errätst ihn, liebe Tochter. Dünkt es dir nun aber verzeihlicher, zu spielen, zu trinken, aus bloßem Zeitvertreib Sitte und Tugend Hohn zu sprechen, als, im unbestimmten Drange nach etwas Höherem, in Gebieten umherzuschweifen, für welche die berechtigende Kraft des Talents gebricht? Keine häufigere und leichtfertigere Neigung bei unserer Abschätzung der Menschen, liebe Blanka, als eine Irrung des Geschmacks höher anzuschlagen, das heißt verwerflicher zu finden, als einen Fehler des Gemüts, das Lächerliche mehr als das Laster, den Überschwang der Idealität mehr als deren gänzliches Verneinen. Menschen wie Hollunder werden bald genug im rechtmäßigen Takte schreiten lernen, wenn eine ernste Erfahrung, eine bedeutende Pflicht, ein wahrer Schmerz gleich einer Taufe des Geistes sie überkommt. So wie an einem Bildwerke von Holz oder Stein die edle künstlerische Gestalt erst zutage tritt, wenn ein Regenguß die Farbe abspült, mit welcher kindischer Ungeschmack ihr ein lebhafteres Ansehen zu geben versuchte. Auch die Ehe ist solch ein klärendes Bad; eine geliebte, gebildete Frau leitet einen Mann unmerklich auf die geziemende Bahn und macht ihn zu dem, wofür die Natur ihn bestimmte. Der Übergang mag peinlich sein, mein gutes Kind; aber der Erfolg ist gewiß und der Lohn unermeßlich."

„Ich bin nicht erfahren genug, liebe Mutter," entgegnete Blanka, „um mit deinen Ansichten zu rechten. Ich weiß nur, daß mein innerstes Wesen sich gegen sie sträubt. Ist es mir doch niemals in den Sinn gekommen, daß du ein derartiges Los für mich im Sinne haben könntest. Phosphorus Hollunder! – schon dieser lächerliche Name!"

„Ist die Schule unseres Lebens danach gewesen, um Vorurteile in ihr großzuziehen?" fragte die Mutter. „Warum ist der Name Hollunder dir lächerlich, Blanka?"

„Wer denkt nicht dabei an ein Transpirationsmittel, Mama?" versetzte Blanka kichernd. „Zumal bei einem Apotheker."[56]

„Keine Possen, Kind! Setze ein Adelszeichen vor den Namen, und du wirst ihn wohllautend und ehrwürdig finden, so gut wie Ochs, Kalb, Gans, Riedesel und hundert andere, mit denen sich weit lächerlichere Vorstellungen verbinden lassen. Hat dir mein eigener Familienname ‚von Schweinchen' jemals Anstoß erregt? Drei kleine Buchstaben vermögen dich mit einer just nicht galanten oder sauberen Namensvetterschaft zu versöhnen, und Phosphorus von Hollunder würde dein Öhrchen, kleine Törin, durchaus nicht mißfällig berühren, gelt?"

Blanka schüttelte den Kopf in einer Stimmung, die zwischen Weinen und Lachen die Mitte hielt. „Einen Mann Phosphorus zu nennen!" sagte sie.

„So taufe ihn um," entgegnete Frau von Horneck lächelnd, „nenne ihn Ernst; seine Mutter hat ihm diesen zweiten Namen beigefügt, vielleicht weil sie deine Bedenken vorgefühlt. Ich weiß indes recht wohl, daß dein Einwand nur ein Vorwand ist und daß der Name dir nur darum widersteht, weil er dich an das bürgerliche Gewerbe erinnert. Das Gewerbe kränkt deinen Stolz. Aber worauf bist du stolz, Blanka? Weißt du etwas mehr von deinen Vorfahren, als Herr Hollunder von den seinen? Daß sie brave, ehrenhafte Leute gewesen sind, hier in einer bescheiden bürgerlichen, dort in einer bescheiden militärischen oder Beamtenstellung; mag der Ausgangspunkt der letzteren ein wenig glänzender, der der ersteren ein wenig dunkler gewesen sein: ihr beiderseitiger Bildungsgrad wird seit Generationen sich nicht wesentlich unterschieden haben. Was aber den Apotheker anbelangt, – liebe Blanka, würdest du gegen einen Landwirt etwas einzuwenden haben? Warum scheint es dir nun geringer, mit Gewissenhaftigkeit und Kenntnis die

---

[56] Die Anwendung des Holunders war schon in der Heilkunde der Antike vielfältig; u.a. war er für seine medizinischen Eigenschaften als schweißtreibendes Mittel bekannt.

Kräfte der Natur zu verwenden, um der schwersten Menschenplage, der Krankheit, entgegenzuwirken, warum scheint es dir geringer, als seinen Acker zu bebauen, Vieh zu mästen, Korn und Wolle zu verhandeln und auf diese Weise, gleichfalls im Dienste der Natur, die ersten Lebensbedürfnisse zu befriedigen? Gestehe es, Kind, nur darum, weil du auch solche, die du für deinesgleichen hältst, derlei ländliche Hantierungen treiben siehst und dir noch kein adliger Apotheker bekannt geworden ist. Also aus Vorurteil. Wollte ich dir nun aber auch, wenngleich nicht die Berechtigung, so doch eine verbreitete Wirksamkeit gewisser geistiger Gewöhnungen, die wir Vorurteile nennen, zugestehen, so müßte ich dir in diesem Falle doch eine weit verbreitetere Wirksamkeit entgegensetzen, denn Herr Hollunder ist ein so wohlhabender Mann, daß alle gang und gäben Vorurteile vor seinem Reichtum verschwinden müssen."

„Ich verstehe dich nicht mehr, liebe Mutter," wendete Blanka ein. „Heute empfiehlst du den Reichtum eines Mannes, und wie oft hast du mir das Verächtliche einer Spekulationsheirat vorgehalten?"

„Ich tue es noch, mein Kind, insofern eine Heirat nur Spekulation, insofern es nur der äußere Glanz ist, welchen ein Mädchen in der innersten menschlichen Verbindung sucht. Bei einem Manne von Hollunders Charakter wird der Reichtum zu einem erfüllendem Segen. Ich weiß, daß es einer ernstgebildeten Frau, – daß es vielleicht auch dir, liebe Blanka, die Zufriedenheit nicht verkümmern wird, wenn sie ein baumwollenes Kleid statt eines seidenen trägt, ein einfaches Mahl von Fayence[57] genießt, statt Leckerbissen von kostbarem Gerät. Vielleicht, sage ich, da ja in dem sich so mächtig verbreitenden Luxus unserer Zeit eine bedenkliche Versuchung selbst für die Bescheidene liegt. Unter allen Umständen jedoch ist es auch für die Bescheidenste schwer, den Bissen zu berechnen, mit dem sie den Gastfreund bewirten, den Groschen, mit welchem sie den Dürftigen unterstützen möchte, ihre wärmsten Impulse allezeit unter Kontrolle zu halten. Bei deiner erregbaren Natur, liebe Blanka, ist es doppelt schwer. Ich fürchte, ich fürchte" – Frau von Horneck seufzte bei dieser Wendung –, „daß sich viel von deines Vaters Wesen in dem deinen fortgeerbt hat, mein armes Kind."

---

[57] Mit einer deckenden Zinnglasur überzogene Tonkeramik.

„Du fürchtest das?" fragte Blanka betroffen, da sie gewohnt war, den frühverstorbenen Vater mit uneingeschränkter Hingebung zu verehren. „Du fürchtest es? War mein Vater nicht edel und gütig? Liebtest du ihn nicht, meine Mutter?"

„Er war ein edler, gütiger Mann, und ich liebte ihn, Blanka," antwortete Frau von Horneck und seufzte wiederum bei den Worten. „Dennoch habe ich viel mit ihm und durch ihn gelitten. Denn sein Temperament und Geschick lagen in dauerndem Zwiespalt, ohne daß eines mächtig genug gewesen wäre, das andere von Grund aus zu bewältigen. Ich werde dir diese Erfahrungen ehestens näher bezeichnen, da ich dich vor einer Krise stehen sehe, in der sie dir zur Lehre werden können. Heute möchte ich dir nur noch sagen, wie tief es mich beglücken würde, wenn ich dich ähnlichen Konflikten entzogen wüßte, wurzelnd in einem Boden, in welchem herzensfreundliche Triebe sich entfalten dürften – ohne sich, häufig mehr als unsere Irrtümer – in Klippen umzuwandeln, an welchen ein Lebensschiff nur allzuoft scheitert."

Blanka ergriff der Mutter Hand; sie fühlte sich je länger je tiefer von deren Ernst bewegt. Frau von Horneck fuhr fort: „Du hast in der bescheidenen, aber gesicherten Einrichtung, welche mein Jahrgeld mir gestattete, wohl Beschränkung, aber keine Not, keine Sorgen kennen lernen. Schließe ich die Augen, bleibst du mittellos zurück, ohne eine Familie, in deren Verband du dich natürlich und schicklich einrichten dürftest – –"

„O, sprich nicht von dieser unausdenkbaren Möglichkeit, Mutter!" rief das junge Mädchen mit überströmenden Augen. „Du kannst, du darfst nicht vor mir sterben. Wie sollte ich leben ohne dich?"

„Doch, mein Herz, sprechen wir einmal von dieser Möglichkeit; sie dürften dir weniger fern liegen, als du ahnest," entgegnete Frau von Horneck sanft. „Mein kräftiges Aussehen täusche dich nicht. Ein plötzliches Sterben ist fast erblich in meiner Familie; auch mein Leben kann rasch abgeschnitten werden. Was dann mit dir, mein armes Kind? Eine günstige Heirat für eine unvermögende Tochter der gebildeten Stände wird heutzutage je mehr und mehr zu einer Chance wie das große Los, und auf bisher noch wenig gebrochener Bahn selbständig durch die Welt zu dringen, bedingt für uns Fauen einen harten Kampf. Glaubst du dich solchen Kampfes fähig, Blanka? Sieh unsere arme Cousine Viktoria an, wie sauer es ihr wird, sich durch Musik- und Sprachstunden notdürftig zu erhalten. Denke dich in ähnliche Lagen als Lehrerin, Erzieherin, Gesellschafterin, allemal als eine Abhängige. Stelle dagegen ein

Los an der Seite eines geehrten, eines liebenden Mannes, in
gesichertem, bürgerlichem Besitz; ein Walten in angemessener
weiblicher Sphäre, in unverkümmerter Freiheit, gütige Neigungen
und anmutige Fähigkeiten zu Tugenden und Wohltaten
auszubilden."

„Aber ich liebe diesen Hollunder nicht!" rief Blanka aufgeregt.
„Er ist mir gleichgültig; nein, nein, er ist mir widerwärtig!"

„Ich will diesen starken Ausdruck deiner Überraschung zugute
halten, Blanka," versetzte die Mutter. „Schon die Gleichgültigkeit
würde als Einwand genügen. Denke darüber nach, ob sie der
Achtung und Dankbarkeit, die du nicht versagen kannst, dauernd
widerstehen kann, ob letztere sich nicht in Freundschaft und
endlich in Neigung umwandeln könnten, ob du dich unfähig fühlst,
im Recht- und Gutestun den Ballast für dein Lebensschiff zu
finden. Bringe auch die Gewöhnung in Anschlag, die selbst üble
Zustände erträglich macht, wie viel mehr aber den Trefflichen zu
gebührender Schätzung verhilft. Die ausgleichende Macht der Ehe
und des Familienlebens ist eine unbestreitbare Erfahrung. Ferne sei
es von mir, dich zu überreden, wo ich dich nicht überzeugen kann.
Aber es war meine Pflicht, die Vorurteile zu zerstreuen, die
schattenartig das Bild eines guten Menschen umfloren; den
Blendungen der Jugend gegenüber deine innere wie äußere Lage in
das gehörige Licht zu setzen. Jetzt schlafe, mein Kind, und Gott
wache über dich in einem neuen Jahr."

Frau von Horneck beugte sich tränenden Auges über die
geliebte Tochter, die, ihre Arme um der Mutter Hals geschlungen,
lange Zeit schluchzend an ihrem Herzen lag. Dann drückte sie
einen Kuß auf Blankas Stirn und legte sich zur Ruhe.

Blanka war erschüttert. Die Vorstellung, ihre Mutter verlieren
zu können, durchzitterte sie zum ersten Male, bestürmte sie mit
Angst und Entsetzen. Aber eine frohe Jugendlichkeit vermag so
düstere, wesenlose Bilder nicht festzuhalten. Andere und wieder
andere drängen sich vor. Phosphorus Hollunder als Bräutigam!
Weiter trägt der jungfräuliche Blick noch nicht. Er prallt schon ab
an dieser ersten Klippe. Und wie durch Zauber taucht am Rande
derselben eine andere Gestalt empor; undeutlich, unbestimmt, es ist
wahr, aber mit allen Reizen der Schönheit, der Ritterlichkeit, kühn
erfassenden Verlangens. Assur von Hohenwart,[58] der junge

---

[58] Der seltene Vorname scheint durch den im November 1852 in Weißenfels
verstorbenen Husaren-Premierleutnant Assur von Salisch inspiriert worden zu

Husar,[59] der, seit kurzem in die Stadt versetzt, alle Zungen von sich reden, alle Mädchenherzen schlagen macht. Die Mutter hatte, ohne ihn zu nennen, warnend auf ihn hingedeutet; aber Mütter müssen wohl eine andere Sehlinie haben als ihre Töchter.

Die Tochter sieht ihn, das verunglückte Kind zu retten, dem Ziehbrunnen zustürzen, sich am Seile in die grausige Tiefe winden, sieht nach einer Pause lautlosen Erstarrens den Edlen mit zerfetzten Händen, blutend, besinnungslos in die Höhe ziehen, das gerettete Kind im Arm. Das Zeichen dieser heldenmütigen Tat glänzt wie ein Stern auf der jugendlichen Brust. Dann, wenige Wochen erst sind er her, dann sieht sie sich selbst, lauschend hinter der Gardine hervor, als der Vielbesprochene zum ersten Male unter ihrem Fenster vorübersprengt. Plötzlich hemmt er das feurige Roß, und mit kühnem Blick die Lauscherin erspähend, senkt er huldigend die Spitze seines Degens vor der Errötenden.

Und dieser ritterlichen Erscheinung gegenüber steht lächelnd Phosphorus Hollunder, wie er im Teekränzchen allbekannte Balladen deklamiert, mit schwacher Stimme Liebeslieder zur Gitarre singt, wenn nicht gar über dem Herdfeuer widerliche Mixturen braut. Sie wagt es, sich als Braut an Assur von Hohenwarts Arme durch die Hauptstraßen wandelnd vorzustellen, mit stolzem Glück die nachschauenden Blicke der Bewunderer und der Neider genießend. Dann wieder, an Phosphorus Hollunders Arme, dem spöttischen Lächeln der Bekannten ausweichend, mit niedergeschlagenen Augen ihren Gruß vermeidend, sich durch Hintergäßchen drückend. Hundert ähnliche Bilder drängen, scheuchen, jagen einander, bis endlich der Schlaf geschlichen kommt, der gute, bilderlöschende und bilderzaubernde Schlaf. „Assur von Hohenwart – Phosphorus Hollunder" – flüstert die Lippe noch, halb schon im Traum. „Assur! Assur!" – und sie schlummert ein.

*

---

sein. Der würfelförmige Grabstein, der vom Offizierskorps des Regiments als Denkmal gestiftet wurde, war François offenbar bekannt.

[59] Truppengattung der leichten Kavallerie.

Am Neujahrsabend war Resourcenball.[60] Herr Hollunder, als
Vorsteher, der erste auf dem Platze. In seidenen Strümpfen,
Schnallenschuhen, chapeau claque,[61] Weste und Binde von weißem
Atlas, mustert er noch einmal die Orden, Schleifen, Sträußchen,
Bonbons und Nippes, die er aus eigener Tasche angeschafft und
mit denen er einen hohen Christbaum geschmückt hat. Herr
Hollunder weiß, wem er beim Kotillon[62] mit den sinnigsten
Darbietungen seine Gunst bezeigen wird.

Im Hintergrunde des Saals erhebt sich auf einem haut pas[63]
zwischen Blumengruppen eine Art von Thron, über welchem,
goldflimmernd, ein riesiger Pantoffel schwebt. Einem Teil des
schönen Geschlechts, und just dem wichtigsten Teil für den
Ordner, ist durch die gestrige Schwesternloge das unbestreitbare
Herrscherrecht der Sylvesterstunde verkümmert worden. Herr
Hollunder wird den Beeinträchtigten heute glänzend Genugtuung
geben. Er neigt sich a priori vor der Würdenträgerin, welcher er das
Zepter zu einem mütterlichen Regimente unter dem schwebenden
Pantoffel überreichen wird; ach, nicht bloß für diese eine
Jahresstunde überreichen möchte. Alles, was er sinnt und schafft,
ist Symbol, ist zarter Wink. Trotz dieser Beflissenheit ist Herr
Hollunder indessen nicht unbefangen, wie sonst bei seiner
gesellschaftlichen Pflicht. Während er mit Anmut und Würde die
ersten eintretenden Damen bewillkommnet, schlägt sein Herz wie
ein Hammer unter dem glänzenden Gilet, und krampfhaft heftet
sich zwischen Bückling und Bückling das Auge nach der Tür,
durch welche die Ersehnte eintreten wird. Trägt sie den Strauß, den
er am Morgen in seinem Treibhause gepflückt, ihrer würdig, einer
Königstochter, sinnvoll gleich einem Selam,[64] eigenhändig

---

[60] Gesellschaftliches Ereignis, das von heiratswilligen jungen Männern häufig
genutzt wurde, um standesgemäße Mädchen mit guten Charaktereigenschaften
kennenzulernen.

[61] Klappzylinder.

[62] Zu Beginn des 18. Jahrhunderts in Frankreich entstandener Gesellschaftstanz
mit scherzhaften Überraschungen, ursprünglich für vier Paare.

[63] Podium.

[64] Die Kunst, durch Blumen Gedanken und Empfindungen auszudrücken, stammte
aus dem Orient. Darin war nicht nur jeder Blume eine eigene Bedeutung
zugewiesen, sondern auch der Art, wie sie zusammengestellt, gebunden und
getragen wurden. Das Interesse an der Blumensprache (nach dem Besuchern

gebunden und nebst einer zierlichen Karte für die hochverehrte Frau Mutter als Neujahrsgruß übersendet hat? Trägt sie ihn, so wird er dieses Zeichen der Huld für einen Schiedsspruch des Schicksals halten.

Der Saal ist überfüllt. Herr von Hohenwart lehnt mit gekreuzten Armen unter der Tür des Speisezimmers; Herr Hollunder schwebt angstvoll gespannt und doch gefällig die Reihen auf und nieder. Endlich, endlich – da tritt sie ein an der Seite der stattlichen Mutter! Phosphorus Hollunder zwingt einen jauchzenden Aufschrei in seine Brust zurück, denn zu einem duftigen Gewande trägt die Holde im Haar den weißen Kamelienzweig, den er als Krone in seinen Strauß gewunden.[65] Ihr einziger Schmuck! Blanka sah blässer aus als gewöhnlich, ihr großes Auge war umflort und ruhte häufig am Boden, aber nicht nur unserem Freunde erschien sie von zauberlichem Reiz; auch Herr von Hohenwart, dieser Kenner und gefürchtete Kritiker der Frauenschöne, betrachtete das holde Geschöpf mit Entzücken. Herr Hollunder stürzte den Eintretenden entgegen, reichte Frau von Horneck die Hand zur eröffnenden Polonäse,[66] gab mit seinem weißseidenen Taschentuche dem Orchester das Signal zur eröffnenden Polonäse, und voran schritt er der vielgliedrigen wandelnden Schlange mit der Miene eines Triumphators. Als gewissenhafter Vorsteher hatte er die Musik zu den Tänzen selbst ausgewählt, und war die Polonäse auf die Arie „Kennst du der Liebe Qualen?"[67] auch nicht ganz neu, so entsprach ihr Text doch wie kein zweiter den Gefühlen des sinnigen Ordners, der sich nicht versagen konnte, durch kunstvolle Verschlingungen und Verschiebungen die Paare

---

zugänglichen Teil eines Harems „Selam" oder „Selamlik" genannt), erreichte in Europa zwischen 1820 und 1850 seinen Höhepunkt.

[65] In diesem Zeitalter war es nicht ohne symbolische Bedeutung, wie eine Frau die ihr von einem Mann zugesandten Blumen ansteckte. Trug sie sie im Haar statt an der Brust, deutete dies auf die Unmöglichkeit einer Beziehung hin.

[66] Feierlicher polnischer Schreittanz, seit dem 18. Jahrhundert im ¾-Takt.

[67] Hier gemeint: „Kennst du der Liebe Sehnen? / kennst du der Liebe Schmerz? / Mir pressen heiße Thränen, / das arme treue Herz; / Und doch, o Mädchen, lieb ich dich, / und schenke dir mein Herz; / glaub' mir gewiß, ich leb' für dich, / und nur für dich schlägt laut dies Herz." Am Ende der letzten Strophe wird die zweite Hälfte der ersten wiederholt: „Und doch, o Mädchen, lieb ich dich" usw. (*Neues Lieder-Buch.* No. 1. Hamburg. Zu bekommen in der Brauerschen Buchdruckerei. Dammthorwall No. 92 [o.J.], S. 23, Nr. 19; Verfasser nicht ermittelt.)

bunt zu mischen. Just als bei der Strophe „Und doch, o Mädchen, lieb ich dich" – er hatte dieses Lieblingslied wiederholt in Konzerten vorgetragen – das Tempo sich schwungvoller zu bewegen anhob, reichte er Blanka zu einer zierlichen Tour die Hand. Seine Augen strahlten den Text zu der Melodie, er wagte einen schüchternen Händedruck und schlüpfte dunkelerrötend der nächsten Dame zu. Wer vermöchte die Wonne des guten Menschen zu schildern? Und als die Geliebte dann beim Antritt zum ersten Walzer mit verlegenem Lächeln, das ihm als holde Schämigkeit erschien, für seinen köstlichen Blumengruß dankte, als er sie bebend in seinen Armen hielt, ihr Atemhauch sich in den seinigen mischte, da, da – o du überseliger Held Hollunder!

Später am Abend führte auch Herr von Hohenwart, der bisher nicht getanzt hatte, Blanka auf ihren Platz zurück. Ihr Busen wogte, die Wangen glühten, die Augen waren weit geöffnet und die Lippen halb, wie die eines ländlichen Kindes. So engelleicht war sie noch nie im Arme eines Tänzers durch den Saal geflogen, mit solcher Inbrunst hatte noch niemals einer sie dicht an sich heran gepreßt. Sie hatte die Lider nicht vom Boden erhoben, aber sie wußte, daß alle Blicke auf dem unvergleichlichen Paare geruht hatten. Sie fühlte sich gefeiert und beneidet wie noch nie. Herr von Hohenwart fragte sie, ob sie den eben beginnenden Kotillon noch für ihn frei habe. Sie mußte ablehnen.

„Die Tanzlust kommt Ihnen spät, Herr von Hohenwart," sagte sie scherzend.

„Sie gönnten mir den Vorzug eines Tanzes nicht früher, Gnädigste," entgegnete er, indem sein dunkles Auge das ihre suchte. „Meinen Sie, daß ich noch wie ein Fähnrich tanze, um zu tanzen?"

Sie fühlte eine Blutwoge über ihre Wangen gleiten. Hatte sie selbst heute zum ersten Male doch getanzt nicht bloß, um zu tanzen. Mit gezwungenem Lächeln sagte sie: „Aber was gewährt Ihnen ein Ball, wenn nicht den Tanz?"

„Was?" erwiderte er. „Nun, was das Leben überhaupt: einen Moment der Schönheit und außerdem – Langeweile."

„Langeweile?" rief Herr Hollunder, der herbeigetreten war, um Blankas Nachbarin zum Kotillon zu führen, da auch für ihn die Gefeierte vom letzten Balle her versagt gewesen war. Wie gern würde er die Krone der Tänze, hinter ihrem Stuhle harrend, überschlagen haben, hätte seine Dirigentenpflicht nicht mächtig in ihm pulsiert und das gute Herz ihn gedrängt, ein ältliches

Mauerblümchen eine frohe Stunde hindurch wieder blühen zu machen.

„Langeweile?" wiederholte er. „Ach, da beklage ich Sie, mein Herr Leutnant. Ich habe noch niemals Langeweile empfunden."

„Pillendrehen ist auch eine unterhaltende Beschäftigung," versetzte Herr von Hohenwart, zu Blanka gewendet, unbekümmert, daß Hollunder die Bemerkung hören konnte.

„Jedenfalls nützlicher als Schnurrbartdrehen," gab dieser zurück, vom Zorne schlagfertig inspiriert. Denn, wenngleich unser Freund im allgemeinen von den Dämonen des Kleinlebens die Empfindlichkeit und üble Laune so wenig kannte als die Langeweile, durch den Hohn aus diesem Munde und in dieser Gegenwart fühlte er sich empört.

Er führte seine Dame in die Reihe, und Herr von Hohenwart lachte so unbefangen, als ob von einer Beleidigung aus diesem Munde nicht die Rede sein könne.

„Ich gratuliere Ihnen zu diesem Prachtexemplar von einem Verehrer, Gnädigste," sagte er. „Ein närrischer Kauz, wie alle Apotheker."

Blanka zitterte, ihre Pulse flogen, Glut und Blässe wechselten auf ihren Wangen; sie wußte nicht, ob vor Scham, vor Zorn, vor welchen überwältigenden Empfindungen.

„Wie schön Sie sind!" rief Herr von Hohenwart entzückt.

Sie erhob sich hastig und folgte ihrem herbeieilenden Tänzer in die Reihe.

Der vortanzende Herr Hollunder überbot sich in sinnvoll erfundenen Touren. Fräulein von Horneck ward mit seinen Blumen und Gaben überschüttet, seine exzentrische Huldigung zum Geflüster der Gesellschaft. Wiederum fühlte sie alle Blicke auf sich gerichtet, aber wie krampfte jetzt das Herz sich ihr zusammen unter diesen Blicken.

Nach dem Neuerfundenen kam nun aber auch das Altbewährte an die Reihe. Zunächst die Lieblingstour, in welcher der Tänzer seine Dame auf einen Stuhl inmitten des Kreises Platz nehmen läßt und ihr nebst einer Rose ein Körbchen überreicht, um mit diesen Symbolen von zwei Kavalieren den einen zu beglücken, den anderen abzuweisen.[68] Assur von Hohenwart und Phosphorus

---

[68] Das Gesellschaftsspiel leitet sich (wie auch das Sprichwort „jemandem einen Korb geben") davon ab, dass im 18. Jahrhundert eine Dame einem verschmähten Liebhaber ihre Ablehnung dadurch kund tun konnte, dass sie ihm bestimmte

Hollunder waren die Blanka präsentierten Herren. Sie fühlte einen Stich im Herzen, als sie dieselben auf sich zuschreiten sah. Durfte sie den überdreisten Ritter noch ermutigen? Den erwartungsvoll bebenden Freier durch ein nicht mißzuverstehendes Zeichen entfernen, oder – oder –? Ihre Augen trafen wie von selbst die ernst auf sie gerichteten der Mutter. Hastig sprang sie auf und reichte userm Helden die Blüte, dem andern den Korb. Er setzte ihn gelassen auf den Stuhl und tanzte die Tour mit der stattlichen Gemahlin seines Rittmeisters, während Blanka im Arm des Erkorenen voranwalzte. Sie fühlte seinen dankbaren Händedruck, seinen strahlenden Blick; sie wußte, daß er sein Schicksal entschieden glaubte. Ihr schwindelte. Ein dunkler Flor breitete sich über ihre Augen; ohnmächtig sank sie in die Arme der Mutter, die sich mit ihr entfernte, sobald sie sich von dem Anfall erholt hatte.

Unter der Tür warf Blanka noch einen Blick in den Saal zurück.

Das Pantoffelregiment hob eben an mit der letzten Kotillontour, dem Kehraus. Der arme Hollunder lehnte geisterbleich in einer Ecke; die Schönen waren barmherzig genug, seine Qual zu respektieren: keine holte ihn. Herr von Hohenwart verließ lachend den Saal, um im Nebenzimmer an der Champagnerbowle älterer Kameraden teilzunehmen. Er soll in dieser Nacht von sprudelnder Laune gewesen sein, eine kleine Bank proponiert,[69] mehr Geld, als er besaß, verloren und beim Nachhausegehen mit einem jugendlichen Schwarm einen Straßenunfug getrieben haben, infolgedessen er mit der Polizei zu Händeln kam. Er wurde darauf eine Woche lang nicht auf seinem wilden Rappen durch die Straßen jagend bemerkt. Man munkelte von Strafrecht, von gravierenden finanziellen Verlegenheiten. Der militärischen Laufbahn des übermütigen Kavaliers wurde ein übles Prognostikon gestellt.

*

Das Aufsehen dieser außerordentlichen Ballereignisse und die sich daran knüpfenden Mutmaßungen ihrer Folgen waren in

---

Blumen mit symbolischer Bedeutung (z.B. Jungfer im Grünen oder Löwenmäulchen) zukommen ließ. Aus Feingefühl wurden die Blumen oft in einem veschlossenen Korb überbracht.

[69] Vorgeschlagen; d.h. Assur schlägt vor, eine Pharo-Bank einzurichten.

unserer Stadt noch nicht ausgeklungen, als eines Mittags Frau und Fräulein von Horneck im grünumrankten Fenster ihres Wohnzimmers sich gegenübersaßen. Die Mutter ließ ihre Handarbeit fallen, mit sorglichem Ernst ruhte ihr Blick auf der Tochter, die unter dem Vorwande von Kopfweh das Gesicht, in die Hände vergraben, auf das Fensterbrett neigte. Jählings schreckte sie empor, das Ohr richtete sich nach der Tür; sie hörte Tritte, erbebte und war im Begriff, nach der entgegengesetzten Seite zu entfliehen, als ein mahnender Blick der Mutter sie willenlos auf ihren Platz zurückzog.

Ein leises Klopfen, und Herr Hollunder schwebte in das Zimmer. Ja wahrlich, er schwebte, mit Bräutigamsschwingen und eine Bräutigamsglorie über der umlockten Stirn. Herzhaft küßte er erst der Mutter, dann schüchtern der Tochter die Hand und hob darauf an: „Wie froh macht es mich, Freunde und Bekannte nunmehr an meinem Glücke teilnehmend zu wissen und den hohen Gewinn meines Lebens nicht mehr in meinem Herzen verschließen zu brauchen. Der Stich der Verlobungsanzeigen, deren Anschaffung Sie, verehrte Mutter, mir gütigst überließen, hat etwas aufgehalten. Spät gestern abend sind sie indessen von Leipzig eingetroffen; ich habe die für den hiesigen Ort bestimmten heute morgen in Ihrem Namen verteilen lassen und erlaube mir, die in die Ferne zu versendenden Ihnen zu überreichen."

Er legte bei diesen Worten mit einer Miene, welche die Befriedigung einer gelungenen Überraschung ausdrückte, in Frau von Hornecks Hand ein Kuvert, das diese freundlich dankend öffnete. Etliche der Blätter fielen auf den Tisch, Blanka warf einen Blick darauf, wurde leichenblaß und verließ, ohne ein Wort zu äußern, mit raschen Schritten das Zimmer. Was möchte so Entsetzenerregendes ihr aufgestoßen sein?

Es waren rosa glacierte Karten von ansehnlichem Umfang; in der Mitte machte die Baronin Wilhelmine von Horneck, geborene Freiin von Schweinchen, die Anzeige der Verlobung ihrer einzigen Tochter Blanka mit dem Herrn Ernst Phosphorus Hollunder; korrekt der Üblichkeit gemäß. Ungemäß war nur die Zutat einer Randzeichnung in Golddruck, von dem kunstsinnigen Bräutigam eigenhändig entworfen. Als Mittel- und Eckstücke prangten größere Embleme: eine aufgehende Sonne, ein Altar mit lodernder Opferflamme, eine Ritterburg von einem Holunderbaum beschattet, die verschlungenen Wappen der Horneck und Schweinchen mit ihrem Geweih und Borsten tragenden Schildhaltern; zwischen ihnen hindurch aber wand sich eine

Arabeske, in welcher die herkömmlichsten Sinnbilder zärtlichen Glücks, als da sind Rosen und Vergißmeinnicht, Füllhörner, Herzen und verschränkte Hände, geflügelte Amoretten und sich schnäbelnde Täubchen durch blühende Holunderranken verbunden waren.

Frau von Horneck schaute eine Weile schweigend vor sich nieder, und der arme Hollunder begann zu ahnen, daß er den Geschmack der edlen Dame nicht sonderlich getroffen habe. Endlich nahm sie das Wort: „Eine zierliche Arbeit, wohlgeeignet für ein Albumblatt; indessen, verzeihen Sie, lieber Sohn, für den gegenwärtigen Zweck würde mir eine einfache Anzeige geeigneter erschienen sein. Eine Annonce schließt Demonstrationen der Freude aus, und Zieraten am unrechten Ort sollten billigerweise vermieden werden. Überhaupt, mein guter Hollunder, gestatten Sie bei dieser Gelegenheit der, welcher Sie so bereitwillig Mutterrechte eingeräumt haben, den Rat und die Bitte, in allen Stücken so schlicht als möglich in Ihrem Auftreten zu sein, wenn Sie den in bescheidenen Verhältnissen herangebildeten Sinn meiner Tochter nicht durch allzu grellen Abstand beängstigen wollen.“

„Ich glaube, Sie zu verstehen, meine verehrte Mutter,“ erwiderte der gute Hollunder, helle Tränen in den Augen. „Sie sind sehr nachsichtig, sehr schonend! Ach, ermüden Sie nur nicht, durch Ihren Rat die Lücken in meiner Bildung auszufüllen, um mich meiner lieben Blanka würdig und fähig zu machen, sie zu beglücken.“

Nach einer Weile entfernte er sich, betrübt über das Nichtwiedererscheinen seiner Braut, betrübter über den Grund desselben. Frau von Horneck blickte ihm mit inniger Rührung nach, seufzte tief auf und ging dann in die Nebenstube, wo Blanka unter krampfhaftem Schluchzen auf ihrem Bette lag. Sie suchte die Aufgeregte zu beschwichtigen; diese aber rief händeringend: „Diese Lächerlichkeit richtet mich zugrunde! Mit Fingern wird man auf mich weisen. Wie soll ich wagen, den Leuten wieder unter die Augen zu treten?“

„Unbefangen lächelnd, mein Kind,“ antwortete die Mutter; „mit dem Bewußtsein richtiger Schätzung einer kleinen Geschmacksverirrung.“

„Klein, Mutter, klein? Und lächeln, wo man vor Scham in die Erde sinken möchte?“

„Du übertreibst, Blanka. Welche Frau hätte nicht irgendeinmal gute Miene zum bösen Spiel,[70] wie oft selbst zu Unbill und Frevel ihres Gatten machen müssen? Welche Frau wäre durch die Ehe geschritten ohne lächelnde Larve, wenn auch das Herz ihr blutete? Und welcher Frau läge es nicht ob, mit leiser Hand den Verirrten auf die rechte Bahn zu leiten, nicht bloß bei Lappalien, wie diesen!"

Da aber das junge Mädchen sich durch kein Zureden beruhigen ließ, sagte die Mutter nach einer Pause ernsten Bedenkens:

„Ich fürchte, unsere Entscheidung war übereilt. Wenn dein Widerstreben so tief wurzelt, daß schon beim ersten, geringfügigsten Anlaß Mut und Selbstüberwindung dir gebrechen, so wäre es Sünde, das Glück eines guten Mannes auf das Spiel zu setzen. Noch ist es Zeit zu einer Ablehnung. Man soll keine Aufgabe übernehmen, für welche man die erforderliche Kraft bezweifelt, zumal wenn man nicht sich allein für den Erfolg verantwortlich ist. Ich habe dich für härter gehalten, als du bist. Fasse dich jetzt und laß uns miteinander das Richtige prüfen und entscheiden."

Das schwerste Verhängnis schnitt diese Prüfungen ab, bevor sie zum letztgültigen Entscheid geführt hatten, ja, bevor selbst die treffliche Mutter sich völlig klar darüber geworden war, daß, je zarter und zärtlicher ein junges weibliches Herz, man um so unfähiger ist, mit Altersweisheit und Gründen der Billigkeit gegen sein natürliches Verlangen, Reiz der Sinne und der Phantasie, und weit mehr noch gegen Abneigungen, ja selbst das blanke Vorurteil durchzubringen. Die Zweige der Weide neigen und biegen sich bei der leisesten Berührung und fallen doch allezeit in den ihnen gemäßen Hang zurück.

Frau von Horneck erkrankte noch am nämlichen Abend. Ein Nervenschlag lähmte Besinnung und Sprache und machte ihrem guten Leben jäh ein Ende. War es doch, als habe die bis dahin so rüstige Frau diesen nahen Ausgang vorgefühlt und mütterliche Angst sie gedrängt, ihr schutzloses Kind in treuen Händen zu bergen.

Blankas Zustand glich einer Zerrüttung. Es war ein Schlag aus blauem Himmel; der erste, der tiefste, ja, der einzige, der sie treffen konnte. Bis zum letzten vernichtenden Akt lag sie lautlos über der

---

[70] Lehnübersetzung des französischen „faire bonne mine à mauvais jeu", das aus dem Bereich des Glückspiels stammt.

toten Gestalt; stumm und stumpf starrte sie wochenlang in das Leere. Sie schien für alle übrigen Verhältnisse die Erinnerung verloren zu haben; ihres Verlobten Treue, stille Trauer, die anspruchslose Würdigung ihres Schmerzes bemerkte sie nicht einmal.

Fräulein von Schweinchen siedelte in die Wohnung der Waise über. Doch hatte Blanka von klein auf zu ausschließlich in und mit ihrer Mutter gelebt, um sich der einzigen Verwandten zuzuwenden, und die arme alte Dame war zu dringlich durch ihre Erwerbspflichten in Anspruch genommen, um sich dem trostlosen Kinde, soviel als ihm not getan hätte, zu widmen. Der Verkehr mit früheren Bekannten, ja, bloß deren Anblick, war Blanka zuwider. Aller Wert, alle Bedeutung des Lebens dünkte ihr mit dem Mutterleben ausgelöscht. Man hätte sie in ein Kloster führen, sie lebendig einsargen können, sie würde keinen Widerstand erhoben haben. In der Selbstsucht ihres Schmerzes dachte sie an nichts, an niemand als die Tote, und dennoch, oder vielleicht gerade darum, dachte sie nicht daran, die letzte mütterliche Warnung zu beachten, ihr neugeschlossenes Verhältnis zu prüfen und, wenn erforderlich, zu lösen. Zuckte im Verlauf aber dann und wann ein mahnendes Bewußtwerden ihrer Lage und deren Verpflichtungen in Gegenwart und Zukunft, einem grellen Funken gleich, durch ihr Gemüt, so erdrückte die Last ihrer Hülflosigkeit doch rasch jeden rettenden Entschluß. Was besaß sie? was verstand sie? was vermochte sie? an welche Leistung war sie gewöhnt? welcher Anstrengung gewachsen? nicht einmal der der duldenden Ergebung. Schwerlich hat ein Kind jemals mehr der mütterlichen Führung bedurft; aber schmerzlicher hat auch keines deren Entbehrungen gefühlt und gebüßt. So lebte sie hin von Tag zu Tag, ohne in ihrer Not das Notwendige fest in das Auge zu fassen und sich ihm in einer oder der anderen Weise gerecht zu machen. Wochen, Monate schlichen hin. Die Tante, über diesen Starrsinn in Verzweiflung, gab ihr eines Tages zu Gehör, daß eine baldige eheliche Verbindung in ihrer inneren und äußeren Lage das Gebotenste scheine. Hollunder trat während dieser Vorstellung ein. Er drängte, er schmeichelte nicht, gab nur leise seine Sehnsucht zu verstehen, indem er seine Wünsche den Heischungen eines trauernden Gemütes unterordnete. Die treue Liebe des Kindes war ein Reiz mehr in seinen Augen, eine Bürgschaft für die dereinstige treue Liebe des Weibes und seines höchsten Glücks. In diesem gütigen Herzen war kein Moment der Ungeduld und beleidigter Eigensucht. Ob Blanka diesen Adel verstand? Ob sie denselben nur ahnete? Vielleicht daß eine egoistische Leidenschaft sie aufgerüttelt hätte, sie dem Manne näher gebracht oder von ihm losgerissen; dem Manne, welchem sie jetzt ohne Widerspruch, ohne Furcht, wie ohne Hoffnung zusagte, binnen weniger Wochen sich ihm zu eigen zu geben für das Leben.

Fräulein von Schweinchen, die für den Abend verpflichtet war, entfernte sich in Begleitung des dankbar freudigen Bräutigams. Blanka blieb allein. Für den Johannistag[71] war ihre Hochzeit anberaumt; jetzt hatten wir Mai. Eine Monatsfrist, wie kurz und doch wie lang, um ein Menschenlos zu wenden und zu enden. Ihre Mutter hatte nur weniger Stunden zum Aufhören hienieden bedurft. „Meine Mutter wird sich erbarmen und mich zu sich hinüberholen vor dem Johannistag," dachte Blanka.

Dennoch schnürte die Brust sich ihr zusammen. Ihr Atem ging schwer. Sie öffnete das Fenster. Eine milde, balsamische Maienluft zog herein, Sehnsucht erweckend, bis in das dumpfe Gemüt der Waise. Es zog sie in das Freie, nach dem Grabe der Mutter. Wohl dämmerte es schon; aber sie konnte nicht widerstehen.

Sie saß auf dem grünen Hügel und verjammerte die Zeit. Statt Mut und Klarheit hatte sie an heiliger Stätte nur neues, verwirrendes Weh gefunden, Klagen und unstillbare Tränen. „Hilf mir, Mutter!", stöhnte sie und rang sich die Hände wund. Sie hatte sich zu einem lieblosen Leben verpflichtet und konnte nicht leben, ohne zu lieben.

Das abendliche Dunkel drängte zum Aufbruch. O, daß sie sich hier hätte betten dürfen für ewig; heute, diese Stunde noch! Keine Stätte dünkte ihr unheimlicher als ihr mutterloses Haus; es sei denn jene, die ihrer harrte, wenn sie dieses Haus verließ. Sie riß sich los.

Als sie aus dem Friedhofspförtchen trat, schauderte sie. Der Weg bis zum Stadttor war nur kurz, aber einsam; in der umbuschten Schlucht[72] schon nächtliches Dunkel, ringsum lautlose Stille. Und doch war ihr, als spüre sie eine Nähe, wehe ein Odemzug sie an, höre sie ein Regen. Und im nächsten Augenblick

---

[71] Der 24. Juni, Gedenktag der Geburt Johannes des Täufers (siehe Anm. 20).

[72] Im Vergleich zur Novelle *Der Posten der Frau* wird Weißenfels als Schauplatz dieser Geschichte nicht ausdrücklich genannt. Die Beschreibung des schluchtartigen Gangs zum höher gelegenem Friedhof, des neuen Bahnhofs am jenseitigen Flussufer und der Häuser, deren Gärten direkt am Fluss lagen und mit einem Bootssteg ausgestattet waren (S. 63), zeigt deutlich, dass François auch hier Weißenfels vor Augen hatte.

schrie sie hell auf. Eine hohe Gestalt stand an ihrer Seite; Assur von Hohenwart umfaßte die Schwankende mit beiden Armen. Sie hatte ihn seit jenem Abend, an dem sie die ersten Worte mit ihm gewechselt, nicht wiedergesehen. Ob aber auch seiner nicht gedacht? Hatte auch sein Bild der Todeshauch verweht?

„Ich bin Ihnen gefolgt, Blanka," flüsterte er. „Ich mußte Sie noch einmal sehen, bevor ich Sie vielleicht für immer verliere. Seit Wochen trachte ich nach dieser Minute. Ich verlasse den Dienst, diese Gegend – vielleicht noch mehr. Mir bleiben nur wenige Stunden. Hören Sie mich an. Ich kann nicht so von Ihnen scheiden."

Ihre Glieder zitterten. Schauer, halb der Furcht, halb ungeahnten Entzückens, rieselten über ihren Leib. Ihre Stimme war gelähmt. Willenlos ließ sie ihre Hände in denen des Verführers. Er horchte auf.

„Stimmen! Tritte!" sagte er, indem er sie in ein zur Seite liegendes Gebüsch zu ziehen suchte. „Sie widerstreben? Sie mißtrauen mir? Fühlen Sie denn nicht, daß ich Sie liebe? wie ich Sie liebe, Blanka? Blanka, ich muß Sie sprechen. Gestatten Sie mir heute abend den Eintritt in Ihr Haus. Es ist eine Abschiedsstunde, Blanka."

Sie stöhnte wie ein Kind und machte einen Versuch, sich ihm zu entwinden.

„Ein Abschied vielleicht auf ewig," drängte er, indem er sie dicht an sich heranzog. „Soll ich dich auf die erbärmlichste Weise verlieren? Meine Perle durch feile Krämerhände besudeln sehen?"

Dieser schnöde Unglimpf gab der Betörten die Fassung wieder. Dort ragte das Kreuz über dem Grabe der Mutter. Ihr Schatten umschwebte sie, als sie den Mann verhöhnen hörte, welchen die Verklärte mit letzter Liebessorge zu ihres Kindes Beschützer erwählt hatte. Sie riß ihre Hände aus den umstrickenden. „Fort!" kreischte sie auf, „fort!"

„Blanka!" rief Assur und preßte sie mit heißem Verlangen an seine Brust; „Blanka, liebst du diesen Mann?"

Verzweifelnd, schwindelnd windet sie mit letzter Anstrengung sich aus seinen Armen, flieht, ohne umzublicken, den Abhang nieder. Vor ihren Ohren schwirrt sein nacheilender Schritt, gellt der Ruf: „Blanka!" lange, nachdem rings um sie her alles still geworden, hallt er noch nach, als sie, atemlos ihr Zimmer erreichend, die Tür hinter sich abschließt und halb in Wahnsinn, halb in Erschöpfung zu Boden stürzt. Ein Sturm jach[73] in der Brust entfesselt, hat den Bleidruck der Apathie verscheucht. Furcht und Hoffnung, Widerwillen und Verlangen, einer immer frevelhafter als das andere, selbst vor ihrem umflorten Gewissen, wirbeln durch das fiebernde Blut. Wunsch und Vorwurf jagen und verdrängen sich. Aus dem verlassenen Kinde ist plötzlich ein Weib geworden.

In diesem unbeschreiblichen Zustande fand sie ihre Verwandte. Das alte Fräulein wollte seinen Augen kaum trauen ob des Mädchens verwandelter Erscheinung und Stimmung, ob der glühenden Wangen, der leuchtenden Blicke, der raschen Worte und Schritte. Hatte das Bewußtsein ihres Glücks wirklich nur in der jungfräulichen Brust geschlummert? die Aussicht der nahen Erfüllung die Lebensgeister erweckt? Der Vernunft gemäß mußte die brave Lehrmeisterin es bezweifeln; aber sie glaubte es gern, und darum glaubte sie es. Der Glaube ist ja allezeit die Planke beim Schiffbruch des Begreifens. Sie wähnte die fieberisch Erregte der Ruhe bedürftig und war es selbst nach ihrem erschöpfenden Tagewerk. Da Tante und Nichte nicht, wie Mutter und Tochter es getan, in einem Zimmer schliefen, sagten sie sich Gute Nacht nach kurzem Beieinander.

Blanka legte sich nicht. Sie schritt im Zimmer auf und ab ohne Rast. Das Fenster stand noch offen: lindkühle Nachtluft fächelte ihre glühende Stirn, Düfte von Narzissen und Flieder strömten in die hochatmende Brust. Im Wäldchen drüben schluchzte die Nachtigall in den Naturlauten der Liebe, „himmelhoch jauchzend, zum Tode betrübt".[74] Süßes, unnennbares Sehnen, wonniges Ahnen schmeichelten sich mit diesen Tönen und Düften in der Jungfrau Busen. Sie sah Assurs hohe Gestalt, spürte seinen brennenden Blick, fühlte bebend den Druck seiner Hand, seinen wogenden Atem, als er sie eine Minute lang an seiner Brust gehalten. Ihr war, als hielte er sie noch; als müsse er sie dort halten für ewig. Sie hörte noch einmal seine von Leidenschaft zitternden Worte. Halb

---

[73] Heftig.

[74] „Freudvoll / und leidvoll, / gedankenvoll sein, / Langen / und bangen / in schwebender Pein, / Himmelhoch jauchzend, / zum Tode betrübt – / Glücklich allein / ist die Seele die liebt." Johann Wolfgang von Goethe, *Sämtliche Werke, Briefe, Tagebücher und Gespräche*, hg. v. Friedmar Apel, Hendrik Birus und Dieter Borchmeyer (Frankfurt a.M.: Deutscher Klassiker Verlag, 1985-1999), V: *Dramen 1776-1790*, hg. v. Dieter Borchmeyer (1988), S. 505. (*Egmont*, Clärchens Lied, Dritter Aufzug.)

unbewußt beugte sie sich aus dem Fenster, lauschte nach seinem Tritt, spähte nach seiner Gestalt. Der abnehmende Mond war aufgegangen; die Straße hell und totenstill. Viertelstunde auf Viertelstunde verrann.

Vom Harren matt, wirft sie sich endlich auf ihr Bett. Unter einem Schlummerschleier winkt und lacht die ersehnte Gestalt; im Traume schweigt der Zweifel. Jählings fährt sie in die Höhe! Der Ruf ihres Namens hat sie erweckt. Gedämpft, aber deutlich: „Blanka!" Und welche Stimme! Sie stürzt nach dem Fenster, das sie nicht geschlossen. Ein Blumenstrauß fällt zu ihren Füßen nieder. Sie beugt sich hinaus, sieht noch den Schatten einer hohen Gestalt, hört einen raschen Schritt, in der Bahnhofstraße verhallend. Er! Er entfernte sich. Wohin? Warum? Seine Worte fielen ihr ein: „Ich verlasse das Land – vielleicht noch mehr"; seine Bitte um ein letztes Lebewohl, das sie verweigert. Hatte sie redlich, hatte sie grausam gehandelt? Schon vermochte sie Recht und Unrecht nicht mehr zu unterscheiden. Ist Liebe nicht das oberste Gesetz? fragte sie sich. Und Blanka hatte niemals einen Roman gelesen und nur Worte der Tugend aus dem Munde einer Mutter vernommen.

Sie dachte nicht daran, sich niederzulegen, nicht an ihr Abendgebet, nicht an ihre selige Mutter. Ihr deuchte, daß sie niemals wieder ruhen werde. Sie stand am Fenster, durch das ein frischer Dämmerungswind blies. Im losen Nachtkleide und doch fieberheiß preßte sie den blühenden Abschiedsgruß an die Brust, an ihre brennenden Lider, sog seine Düfte ein, als wären es die Atemzüge, die sie vor wenig Stunden berauscht hatten. Ihr ganzes Wesen war in Aufruhr.

Der Morgen graute. Was ist das? Zwischen den Rosen ein weißer Schimmer. Ein zerdrücktes Blatt. Wie ihre Finger zitterten, indem sie es glätteten! Wie ihre Augen funkelten beim Anblick der hastigen und so kühnen Züge.

„Du denkst mir zu entfliehen? Törichtes Kind! Weißt Du denn nicht, daß Du mich liebst, wie ich Dich? Weißt Du denn nicht, was lieben heißt? Mein bist Du, mein! Lebe ich oder sterbe ich, mein! Keine Pflicht, kein Schwur, keine Erden- oder Himmelsmacht kann Dich mir entwinden."

*

Am Mittagstisch brachte Fräulein von Schweinchen, merklich beflissen, die Gerüchte zum Vortrag, die sie auf ihren

Morgengängen eingeheimst hatte. Leutnant von Hohenwart hatte plötzlich seinen Abschied gefordert, bis zu dessen Eintreffen Urlaub erhalten und in der Nacht die Stadt verlassen. Man sprach allgemein von einem bevorstehenden Duell mit einem Kameraden, infolge von Beleidigungen am Spieltisch; das soundsovielste des übermütigen Patrons. Bei Heller und Pfennig nannte man seine Schuldenlast, rekapitulierte die rücksichtslosen Liebesabenteuer, die Überschreitungen jeglicher Art, welche den Tollkopf schon von Regiment zu Regiment getrieben und schließlich, seiner militärischen Tüchtigkeit zum Trotz, seine Stellung unhaltbar gemacht hatten. Die sich einsichtiger Dünkenden, und das alte Fräulein gehörte zu ihnen, erörterten, wie es in Zeiten langen Friedens, gleich der, in welche diese Ereignisse fielen, die Tagesordung ist, die gefahrvollen Anomalien eines Berufes, der, auf der einen Seite sklavisch bindend, auf der anderen zügellos, Eitelkeit, Vorurteile, einen barbarischen Ehrbegriff hegend und pflegend, Generationen hindurch ein tatlos zuwartendes Scheinleben führt. Man zählte die Opfer auf, welche diese widerspruchsvolle Einrichtung schon gefordert hatte und noch forderte.

Derlei Zuträgereien, auch von anderer Seite – nicht nur von der ihres Verlobten –, umschwirrten Blankas Ohr. Sie wandelte wie in einem wüsten Traum. Dazwischen das Bewußtsein ihres heimlichen Begegnens, des versagten Lebewohls, die Todesqual um sein bedrohtes Leben. In jeder unbeobachteten Minute überlas sie sein glühendes Abschiedswort und barg es dann wieder auf ihrem Herzen, gleich einem Talisman, der ihn zu feien und sie zu befreien vermöge. Manchmal erschrak sie vor sich selbst, wenn sie die eigenen Lippen flüstern hörte: „Im Leben und Sterben mein!"

Endlich, nach einer Woche stummer Höllenpein, verbreitete sich die Kunde über den Ausgang des Duells. Beide Gegner waren verwundet, keiner lebensgefährlich, wie es hieß. Herr von Hohenwart, der unfehlbare Schütze, sollte seinen Beleidiger großmütig geschont haben, indem er ihm das Pistol aus der Hand feuerte und die letztere nur leicht dabei streifte. Sein eigener Arm war zerschmettert.

In einer Ortschaft jenseits der Grenze wartete er, nebst seiner Heilung, den Spruch des Kriegsgerichts ab. Dieser wurde als der mildeste vorausgesetzt und auf vollständige allerhöchste Begnadigung gewärtigt, da der Ehrenrat zu dem Zweikampf seine

Zustimmung gegeben hatte, Herr von Hohenwart der Beleidigte und der Ausgang kein tödlicher war.[75] In plötzlichem Umschlag verwandelte der geschmähte leichtfertige Damenheld sich zum chevalier sans peur et sans reproche,[76] – eine Woche lang oder zwei, um dann allgemein vergessen zu werden.

Blankas Gemütszustand in den Wochen, die zwischen diesem Ereignis und dem festgesetzten Hochzeitstage lagen, glich dem Wanken und Schwanken eines lecken Schiffs. Wohl sah sie jetzt ihre äußere wie innere Lage in deutlichem, ja häufig in grellstem Licht. Sie wußte, was eines Mannes Weib sein bedeute. Neigung, Ehre und Gewissen drängten sie zu einem aufrichtigen Wort, zu einer befreienden Tat. Aber wie das eine aussprechen, die andere durchführen? Arm, hülflos, freundlos, wie sie war, ohne ein Erinnerungszeichen von dem einzigen Menschen, für den und mit dem sie standhaft das Äußerste zu tun und zu leiden sich fähig gefühlt haben würde. Wer hätte ihr helfen können, als er? Zu wem hätte sie flüchten können, als zu ihm? Zu ihm? Liebte er sie denn noch? Hatte er nicht auch mit ihr bloß sein Spiel getrieben? Nein, nein, nein! Aber hatte sie ihn nicht von sich gewiesen, ihn herzlos gekränkt? Wohin hatten Irrung und Schicksal ihn gescheucht? Nirgends ein Halt. Die Mutter im Grabe, der Geliebte verschollen. Die Zeit rollte vorwärts. Die Unglückliche fand keinen Abschluß.

Und der liebreiche Hollunder? O gewiß, er spürte ihren Kampf, spürte ihn an dem jähen Wechsel ihrer Stimmungen, dem unwilligen Ablehnen jetzt, der reumütigen Dankbarkeit dann. Oftmals stieg wohl die Ahnung in ihm auf, daß sie ihm nicht in gleichem Sinne angehöre, wie er ihr. Aber er war ein Neuling in den Erfahrungen des Herzens, ein gläubiger Neuling; immer wieder siegten Liebe, Vertrauen und vor allem ein mitleidvolles Weh über seine Zweifel. Immer wieder fand er den Grund ihrer Schwankungen in der stolzen Scheu eines jungfräulichen Gemüts, die er von seinen Dichtern auf Treu und Glauben annahm, in dem

---

[75] Obwohl das Duell gesetzlich verboten war, fühlten sich viele (Militär-)Richter dem der Duellpraxis zugrunde liegenden Ehrenkodex verpflichtet. Aus diesem Grund wurden Duellanten oft nicht gerichtlich verfolgt oder – wenn überhaupt – nur sehr milde bestraft.

[76] „Ritter ohne Furcht und Tadel." Die Redewendung bezog sich ursprünglich auf den französischen Feldherrn Pierre du Terrail, Chevalier de Bayard (1476-1524), fand aber später allgemeine Verbreitung als Attribut für Heldenfiguren, die den Ehrenkodex des Rittertums verkörperten.

Bangen des Verwaistfühlens und unüberwundenem, kindlichem Schmerz, den er im eigensten Herzensgrunde verstand, und so endete er regelmäßig damit, die Anzeichen der Schwachheit als neue Reize der Geliebten zu verehren und sie sich selbst zu einem Sporn der Umbildung, ihren Neigungen gemäß, werden zu lassen.

„Seine Nachgiebigkeit verdirbt alles," seufzte Fräulein von Schweinchen. „Keine Frau schätzt einen Mann, der selbst mit ihren Unarten einverstanden ist."

So nahte der Johannistag. Der aufgeklärte Hollunder verachtete jeglichen Aberglauben; aber er suchte und liebte Bedeutungen. Wie hätte er das segenspendende Täuferfest nicht zu dem der beseligendsten Weihe erwählen sollen? Der Trauer halber durfte die Feier nur in äußerster Stille begangen werden, deshalb hatte man sie, auf Blankas Verlangen, bis zur Abendstunde verschoben. Ein halber Tag Aufschub dünkte ihr Gewinn. Hollunders Vorschlag einer Hochzeitsreise war von ihr mit Heftigkeit abgelehnt worden. Sie könne sich nicht aus der Nähe des mütterlichen Grabes entfernen, redete sie anderen und vielleicht sich selbst ein. In Wahrheit grauste ihr vor dem Alleinsein mit dem fremden Manne in einer fremden Umgebung. Dahingegen schien ihr zuzusagen, die Sommermonate nicht in dem großen, geräuschvollen Stadthause, sondern ländlich still in Hollunders kleiner Gartenvilla vor dem Tore zu verbringen. Er hatte sie einladend traulich herrichten und schmücken lassen. Die Zimmer blickten auf eine Blumenterrasse, von welcher parkartige Anlagen sich zum Flusse absenkten.[77] Da auf dessen jenseitigem Ufer neuerdings der Bahnhof errichtet war,[78] mangelte es inmitten des Stillebens nicht an einem zerstreuenden Wechsel.

In dieses rosenblühende Heim gedachte Phosphorus Hollunder unmittelbar nach vollbrachter Zeremonie seine Gattin zu führen und hier fern von allen wirtschaftlichen oder geschäftlichen Treiben die seligste Lebenszeit zu genießen. Die Beköstigung

---

[77] Auch Phosphorus Lindner, dessen Namen sich François als Vorlage für die Benennung ihrer Hauptfigur bedient hat (siehe Anm. 37), besaß an der Promenade 31 ein Sommerhaus, von dem aus Stufen an den Fluss hinunterführten.

[78] Die erste Eisenbahnstrecke in Deutschland wurde 1835 in Nürnberg eröffnet; in den darauffolgenden Jahrzehnten verbreitete sich das Netz im ganzen deutschen Raum. Auch in Weißenfels bestand über die Thüringische Eisenbahn seit dem 6. Juni 1846 ein Anschluss mit regelmäßigem Fahrplan an das Schienennetz.

sollte aus dem Stadthause bezogen werden; nur ein junges Mädchen zu Blankas persönlichem Dienst gegenwärtig sein.

*

Als mit dem siebenten Glockenschlag des Johannisabends Phosphorus Hollunder das Hornecksche Wohnzimmer betrat, seine Verlobte zur Trauung abzuholen, war er peinlich betroffen, sie statt in dem bräutlich weißen Gewande, das er unter Fräulein von Schweinchens Anleitung für sie erwählt hatte, im Trauerkleide von schwarzer Seide zu finden. Die Tante äußerte sich entrüstet wie noch nie über diesen Schein eigensinniger Bevorzugung des Todes vor dem neuen Leben. Sei man auch aufgeklärt genug, um das in bürgerlichen Kreisen gang und gäbe Vorurteil gegen die Farbe der Trauer bei festlichen Gelegenheiten unhaltbar zu finden, da Männer ja immer und Frauen der niederen Stände meistenteils in schwarzem Anzug vor Altar und Taufstein träten, so mußte in vorliegendem Falle diese Wahl für eine unentschuldbare Taktlosigkeit und Undankbarkeit erklärt werden.

„Mit wie viel Mühe und Not", so schalt sie, „habe ich es auch nur dahin gebracht, durch Kranz und Schleier, wie durch das Entblößen von Hals und Armen der Erscheinung ein einigermaßen festliches Ansehen zu geben!"

„Lassen Sie unsere liebe Blanka, ihrem Sinne gemäß, gewähren, beste Tante," fiel Hollunder ihr in das Wort. „Ihr Gefühl, nicht das unsere ist es, das geschont werden muß."

Blanka empfand in dieser Minute die zarte Liebe dieses Mannes wie einen stechenden Schmerz. Der Vorwurf brannte sie, wie wenig sie solcher Hingebung würdig sei, wie sehr er ein wärmeres, bereitwilligeres Gemüt verdiene. Sie hatte noch im äußersten Moment ihn vor einem schweren Irrtum, sich selbst vor schwerem Betruge wahren, hätte sagen können: „Ich liebe dich nicht." Aber auch in diesem letzten Moment war ihr Pflichtbewußtsein verworren, ihr Wille schwach. „Ich kann nicht anders. Komme, was mag!" dachte sie und ließ sich stumm wie ein Opferlamm zum Wagen führen, den sie mit ihrer Verwandten teilte.

Der Bräutigam fuhr voran und empfing sie am Eingang der Kirche.

Der Platz vor dieser, das Schiff bis zum abgesperrten Altarraum waren Kopf bei Kopf gefüllt. Denn so unscheinbar die Zeremonie angeordnet war, wer hätte sich das Zusammengeben des reichsten Bürgers der Stadt mit deren schönstem Kinde entgehen lassen mögen? Das abendliche Halbdunkel, der düstere Anzug der Braut, ihre Leichenblässe und steinerne Gleichgültigkeit machten schon beim Vorschritt das bänglichste Aufsehen. Blanka erhob den Blick nicht vom Boden. Sicherlich unterschied sie keines der sie umdrängenden, altbekannten Gesichter, bemerkte sie wohl nicht einmal. Warum überrieselte sie denn plötzlich ein Schauder, als sie an dem im tiefsten Schatten liegenden Kanzelpfeiler vorüberschritt? Wer war die hohe, dunkle Gestalt, die, an den Pfeiler gelehnt, ihre Schulter streifte? Hatte ein Laut, ein Hauch ihr Ohr berührt? Oder welchen Spuk trieb ihre Phantasie? Ihre Füße schwankten; halb bewußtlos sank sie auf ihren Sessel im Angesicht des Altars und erholte sich nur notdürftig, während vom Chor das Hochzeitlied erschallte:

„Du bist der Stifter unserer Freuden, Herr, der du Mann und Weib erschufst."[79]

Phosphorus Hollunders bindendes Gelübde drang hell und freudig aus seinem Herzen in die der Hörer. Blankas Ja hat selbst ihr Verlobter nicht vernommen. Als der Priester den Trauring an ihren Finger stecken wollte, zitterte ihre Hand so konvulsisch, sank dann so schlaff an ihrem Körper herab, daß der Reif zu Boden rollte. Hollunder bückte sich nun, ihn aufzusuchen. Vergeblich. Rasch gefaßt, streifte er einen kostbaren Diamantring von seiner Rechten, ihn gegen den verlorenen auszutauschen. Aber es war nicht das vorbestimmte Symbol der Treue. Durch die Menge lief ein ahndungsvolles Gemurmel. Nur der glückselige Bräutigam und die totenstarre Braut blieben von dem unheilvollen Omen unberührt.

Mir stolzer Siegermiene führte Phosphorus Hollunder sein angetrautes Weib, sein Eigentum vor Gott und der Welt durch das nunmehr völlig im Dunkel liegende Kirchenschiff. Er führte? – nein, er zog, er trug sie nahezu, denn ihre Füße schienen im Boden zu wurzeln. Als sie in die Nähe der Kanzel kamen, staute die zum Ausgang drängende Menge sich derartig, daß das Paar einen

---

[79] Die erste Strophe lautet: „Du bist der Stifter unsrer Freuden, / Gott, der du Mann und Weib erschufst, / und sie im Glück, so wie im Leiden, / zu großer Pflichten Uebung rufst! / Uns diesen Pflichten ganz zu weihn, / laß unsers Bundes Endzweck seyn!" (*Weißenfelser neues Gesangbuch*, 3. Aufl., 1832, S. 533.) Der Texter ist Johann Andreas Cramer (1723-1788), ein geistlicher Dichter und lutherischer Theologe, der auf Vermittlung Friedrich Gottlieb Klopstocks 1754 durch den dänischen König Friedrich V. als Hofprediger nach Kopenhagen berufen wurde.

Moment innehalten mußte. Wiederum, krampfhafter noch als vorhin, bebte und schauderte die junge Frau. Kalter Schweiß perlte auf ihrer Stirn; die Zähne schlugen im Fieberfrost aneinander. Wie in Todesängsten hob sie einen Moment die Lider in die Höhe; in dem nächsten zuckte sie, wie vom Blitz getroffen, zusammen, ballte, als ob sie einen Gegenstand berge, die herabhängende Hand gegen die Brust und sank besinnungslos in ihres Gatten Arme. Er trug sie in den Wagen; die Tante folgte im zweiten.

Im enggeschlossenen Raume allein mit dem Gegenstande seiner höchsten Wonne, das schöne leblose Weib in seinen Armen, vergaß der geängstigte Glückliche alle bisherige Zurückhaltung. Er umklammerte sie, preßte seine Lippen auf die ihren, erweckte mit den süßesten Schmeichelnamen sie zu einem schaudernden Bewußtwerden des Daseins.

Angekommen vor ihrem neuen Heim, das blumengeschmückt im Kerzenlicht strahlte, floh sie, wie ein gejagtes Reh, die Rampe hinan nach ihrem Zimmer. Als nach ein paar Minuten die Tante dieses betrat, stand sie vor der Lampe, einen verglimmenden Papierfetzen in der Hand.

„Was tust du, Kind?" fragte das Fräulein.

Blanka gab keine Antwort. Sie fiel wie vernichtet auf das Sofa, das Gesicht in die Hände vergraben, und hörte wohl kaum, wie die treue Freundin, zuredend, ermunternd, anpreisend sie auf die Anmut der Umgebung aufmerksam machte.

„In Wahrheit, eine Hütte der Liebe!" rief das alte Fräulein mit einem Seufzer halb der Wehmut, halb des Entzückens.

Die Glastüren nach der Terrasse standen geöffnet; Rosen- und Orangendüfte[80] drangen sanft berauschend in das Zimmer. Es war ein schwüler Mittsommerabend; zur Nacht drohte ein Gewitter. Schattenartig zog Wolke um Wolke über die noch schmale Sichel des Mondes, über die einzeln am Horizonte bläßlich aufsteigenden Sterne; in der Ferne plätscherte, rasch bewegt, der Fluß. „O, du gesegnete, heilige Täufernacht!" flüsterte das alte Fräulein mit gefalteten Händen.

---

[80] Der Duft der Orangenblüte wurde von den Arabern als Symbol für eine fruchtbare Ehe gedeutet, während in der im neunzehnten Jahrhundert in Europa entwickelten Blumensprache die Orangenblüte auch für Keuschheit und Reinheit stand. Aus beiden Assoziationen erklärt sich, dass diese Blume traditionell mit Hochzeiten verbunden wird.

Die junge Frau hatte keinen Blick, keinen Laut des Verständnisses, kein Segen erflehendes Gebet. Regungslos ließ sie sich Kranz und Schleier abnehmen, das übliche Frauenhäubchen aufsetzen. Als die Tante dann aber fragte, ob sie ihr die Jungfer zum Umkleiden schicken solle, wehrte sie es ab mit einer Gebärde des Entsetzens.

Das alte Fräulein ahnte die Schauer eines jungfräulichen Gemüts, die zu erfahren das Schicksal ihr nicht gegönnt hatte, ahnte das Bedürfnis des Sammelns vor Gott im wichtigsten Augenblicke eines Frauenlebens.

„Ach, mein Kind," sagte sie, feuchten Auges, „versenke dich nur recht innig in das Bewußtsein, mit deinem eigensten Wesen einen guten Menschen durch und durch zu beglücken. Jedes andere Los ist kümmerlicher Notbehelf für eine Frau. Glaube es deiner alten Verwandten, und Gott wird dich segnen."

Ach, warum vermied sie aus Schonung hinzuzusetzen: „und deine Mutter im Himmel"? Vielleicht, daß diese Mahnung Herz und Schicksal einer Unglücklichen zum Glück gewendet hätte – vielleicht! Sie küßte recht inbrünstig des jungen Weibes Stirn und ging dann hinüber in Hollunders Zimmer.

„Gönnen Sie ihr eine kleine Pause der Sammlung, werter Freund," stammelte sie, kraft ihrer heutigen Mutterrolle, aber errötend und mit niedergeschlagenen Augen.

Phosphorus Hollunder errötete gleichfalls und schlug gleichfalls die Augen nieder. Er küßte der verehrten Tante die Hand und reichte ihr den Arm, sie zum Wagen zu führen.

Durch ein Mißverständnis hatte der Wagen sich zugleich mit der Hochzeitskutsche entfernt; ein männlicher Dienstbote war nicht anwesend, die Jungfer voraussichtlich mit ihrer Herrin beschäftigt und Phosphorus Hollunder zu sehr Gentleman, als daß er einer Dame gestattet hätte, von seiner Schwelle aus einen nächtlichen Heimgang sonder Geleit anzutreten. Das alte Fräulein aber, wennschon die verkörperte Bescheidenheit und, an einsame Abendwege mit Laternchen und Hausschlüssel gewöhnt, sich durchaus keines Schutzes bedürftig fühlend, nahm nach einigem Sträuben diesen selten erlebten Ritterdienst an, im Hinblick auf die Viertelstunde Freiheit, welche der aufgeregten jungen Frau durch ihn gewährt werde.

So führte denn Herr Hollunder Fräulein von Schweinchen bedächtig nach ihrer ziemlich abgelegenen Wohnung, um alsbald geflügelten Schrittes in die seine zurückzukehren. Die Pause der Sammlung hatte überlange für seine Ungeduld gewährt.

Er klopft an der Geliebten Tür, ängstlich schüchtern, dann hinlänglich vernehmbar. Kein Herein. Er wagt zu klinken. Die Tür ist von innen verriegelt. Bescheiden geht er in sein Zimmer zurück, etliche Male auf und nieder, dann von neuem hinüber, seine Einlaßversuche wiederholend. Vergeblich. Er ruft leise ihren Namen. Keine Antwort. Lauter und immer lauter. Alles still.

„Sie wird auf der Terrasse sein, der Abend ist so zauberisch," denkt er und eilt durch den Hof in den Garten. Die Glastür nach Blankas Zimmer steht offen; da er die Ersehnte im Freien nicht erspäht, tritt er ein. Die Lampe brennt. Blanka ist nicht da. Er klopft an die Tür des Schlafzimmers, öffnet leise – auch hier ist sie nicht.

Ein banges Ahnen beschleicht ihn. Doch sein Glaube ist noch tapfer; er wehrt es ab. „Sie wird hinab in die Anlagen gegangen sein," beruhigt er sich und folgt ihr, nach allen Seitenpfaden spähend und lauschend, die Mittelallee entlang bis zum Ufer. Da liegt die Gondel, in welcher er geträumt hatte, sich an wonnigen Sommerabenden mit der Geliebten zu schaukeln. Dort wiegen sich ein paar Schwäne, die er aus dem Ei hatte heranwachsen sehen und an deren Familientreue er sich oftmals, wie an einem Vorbilde, erbaut. Von seiner Gattin nirgend eine Spur.

Aber hört er nicht ein Flüstern, spürt ein Bewegen, ein Sichregen, fühlt er nicht Menschennähe? Täuschung! Es ist das Röhricht, das im Windeshauche rauscht – ein Nachtvogel – ein springender Fisch. Er ruft Blankas Namen nach allen Richtungen. Kein Gegenlaut!

Mit stockendem Atem fliegt er in ihr Zimmer zurück. Ob sie in die Mansarde gestiegen ist, die Dienerin zu rufen? Unmöglich! Die Tür ist ja von innen verriegelt. Tödliche Angst durchzittert ihn. Seine Augen irren rings im Zimmer umher; nichts ist verändert. Auf dem Tische liegen Kranz und Schleier, so wie die Tante sie abgenommen, am Boden der Strauß von Orangenblüten, den sie während der Trauung getragen.

Aber halt! Dort auf dem Schreibtisch – eine Unordnung, wie die Hast sie bewirkt, – ein blitzender Gegenstand – der Diamantring, den er, statt des verlorenen, an ihren Schwurfinger gesteckt – daneben ein Blatt; ihre Züge, kaum leserlich hingeworfen – die Tinte in der Feder noch feucht. – Zwei Zeilen!

„Ich verlasse Sie, ehe ich Sie elend mache. Denn ich liebe Sie nicht. Ich – ich kann Ihnen nicht angehören!"

„Sie ist tot!" schreit er auf und stürzt überwältigt zu Boden. Aber nur einen einzigen entsetzlichen Augenblick. Im nächsten ist er wieder Herr seiner selbst, erkennt er mit dem Lichtblick der Liebe und der Verzweiflung die wirkliche Lage und was sie gebot. In diesem Moment der Hellsicht wurde der weichmütige Hollunder zum Mann.

Sie lebt, sie ist entflohen und nicht allein entflohen. Er weiß, er kennt den Verführer. Aber noch kann er ihn erreichen, dem Räuber seine Beute entreißen. Nicht mehr, um sie zu besitzen, nur sie zu retten vor Elend und Schmach. Die letzten Bahnzüge nach Nord und Süd kreuzen sich in dieser Stunde. Einer von ihnen ist der, mit welchem sie fliehen. Er muß ihnen nach. Auf dem Wege über die Brücke käme er zu spät. Der Kahn muß ihn an das andere Ufer tragen, auf dem der Bahnhof liegt.

Kaum den Gedanken ausgedacht, steht er am Ufer. Die Gondel ist verschwunden. Ein ferner Ruderschlag dringt an sein Ohr; der Mond, hinter einer Wolke hervortretend, beleuchtet zwei jenseits landende Gestalten; das leere Fahrzeug treibt stromab. Auf dem Bahnhof läuten die Signale.

Ohne Wahl stürzt der Unglückliche in den Fluß, um schwimmend das andere Ufer zu erreichen. In festen Kleidern ist es ein harter Kampf; allein die Leidenschaft stählt jede Fiber. Er setzt den Fuß an das Land in dem Augenblick, als ein schriller Pfiff den Angang des letzten Zuges verkündet. Triefend, keuchend stürmt er mit letzter Kraft die Rampe hinan, erreicht er den Perron.[81] Schon ist das Signal auch für den entgegengesetzten Zug gegeben; zwei, drei Wagen hat er in Todesspannung durchspäht. Eine lange Reihe steht noch vor ihm, – da, wiederum der herzsprendende Pfiff. „Halt! Halt!" schreit er mit den Gebärden eines Rasenden. Der unglückliche Mann bricht leblos zusammen.

Man trägt ihn in den Wartesaal. Der wohlbekannte Bürger an seinem Hochzeitsabend, in seinem Hochzeitskleid, wassertriefend, im Begriffe zu fliehen, von einer Ohnmacht befallen – wer vermag das Rätsel zu lösen, wenn dieses nicht der Wahnwitz ist? Er wird umgekleidet vorsichtig auf einer Bahre in das bräutlich geschmückte Sommerhaus getragen. Ein Bahnbeamter, der vorauseilt, die junge Frau auf das Schrecknis vorzubereiten, verwundert sich, sie nirgend zu finden. Die Dienerin ist in der Mansarde eingeschlafen und weiß keine Auskunft zu geben. Unterdessen bringt man den Kranken und legt ihn in das

---

[81] Bahnsteig.

hochzeitliche Bett. Er schlägt die Augen auf, gibt aber kein Zeichen der Besinnung. Die Ärzte der Stadt sammeln sich zu Rat und Hülfe um das Lager; die Bewohner des städtischen Hauses eilen herbei; die treue Justine, Fräulein von Schweinchen blicken händeringend auf das Entsetzliche, ohne es deuten zu können. So spät schon der Abend, verbreitet sich gleich einem Lauffeuer von Haus zu Haus die Kunde: Phosphorus Hollunder ist kaum eine Stunde nach seiner Trauung irrsinnig geworden, – seine Frau verschwunden.

Mit dem grauenden Morgen dämmert auch ein Schimmer der Wahrheit, um im Laufe des Tages, für die Nächststehenden mindestens, deutliche Gestalt anzunehmen. Mehr als einer will am gestrigen Spätnachmittage Herrn von Hohenwart in dunkeln Zivilkleidern auf der Straße, ja selbst in der Kirche gesehen haben. Sogar am Bahnhofe soll bei einbrechender Nacht eine hohe Gestalt, die der seinigen gleichen konnte, mit einer tiefverschleierten Dame am Arm bemerkt worden sein. Die Richtung, welche das Paar genommen, war nicht zu erkunden.

Mit den Mittagszügen eilten Fräulein von Schweinchen nordwärts, ein Freund Hollunders gen Süden den Fliehenden nach. Ohne Spur und Kunde von ihnen kehrten sie zurück, sich traurig eingestehend: Was hätte die gelungene Entdeckung dem unglücklichen Freunde genutzt, oder was seiner unglücklichen Frau? In der Stadt hatte man seitdem erfahren, daß die Untersuchung gegen Herrn von Hohenwart niedergeschlagen, sein Abschiedsgesuch genehmigt worden, auch durch den Tod eines Verwandten ihm ein bescheidenes Erbe zugefallen sei.

Phosphorus Hollunder lag währenddessen im Rasestadium des Fiebers, an der äußersten Marke des Lebens. Wochenlang träumte er von Blut, schäumte von Rache, schrie wütend nach dem Leben seines Beleidigers, dem Mörder seines Glücks und seiner Ehre.

*

Als aber Phosphorus Hollunder mit ausgetobtem Blut sich von dieser schweren Niederlage erhob, da war er ein anderer als in seinen glücklichen Jugendtagen; da war er der, zu welchem eine gütige Natur ihn bestimmt, die herbste Erfahrung ihn gezeigt hatte; ein Mann, ein Mensch so lauter und fest, wie sie nur einzeln und selten uns begegnen zu unserem Troste und zu unserem Heil. So wie jene treffliche Frau es vorausgesagt, hatte ein reinigendes Bad die kindischen Farben von einem edlen Gebilde gespült und seine

Schönheit offenbar gemacht. Der Täufer hatte ihn getauft mit seiner stärksten Essenz – dem Schmerz.

Als er an einem klaren Oktobertage zum ersten Male gebeugt und bleich über die Terrasse schlich, die er so prangend für die Geliebte geschmückt hatte und deren Rosen jetzt verduftet waren, als alle holden Hoffnungen dieses Jahres, alle Bitternis, die Fieberwut der Rache noch einmal an seiner Erinnerung vorübergezogen, noch einmal die Hand sich krampfhaft ballte, da sagte er nach einem langen Blick in die Sonne, die wie ein Gottesauge groß und mild auf ihn niederschaute:

„Auch das Rohr des Schwachen trifft dann und wann sein Ziel. Soll ich ihn töten? Mich von ihm töten lassen, weil das Leben keinen Reiz mehr für mich hat? So oder so, sie noch elender machen, als sie vielleicht schon ist, oder unfehlbar werden wird. Nein! Die rettende Tat kam zu spät; die rächende ist nicht mein Teil; denn ich habe sie geliebt, und war es ihre Schuld, daß sie mich nicht lieben konnte?"

An dem nämlichen Tage reichte er die Scheidungsklage ein, welche sein Weib von nicht einer Stunde berechtigte, das eines anderen zu werden.

Es gibt eine Gefährtin, treuer als das Glück, hülfreicher als die Liebe selbst, das ist die Mühe. Unser Freund, der bisher mit dem Leben gespielt hatte wie ein Kind, nun suchte er sie, die sich allezeit gern finden läßt, und sie machte ihn zum Mann. Er verließ auf Jahre unsere Stadt, nicht wie früherhin, um zwischen Natur- und halbverstandenen Kunstgenüssen umherzuschwärmen, nein, um zu lernen. Er arbeitete in den Laboratorien bewährter Meister, anfänglich vielleicht nur, um sich zu betäuben, allgemach indes angezogen und gebannt durch den Magnet, der in jeglicher Forschung ruht. Scheidend und verbindend prüfte er Bekanntes und gewann Unbekanntes; heimgekehrt, verwertete er praktisch, was er theoretisch erworben. Er legte die ersten chemischen Fabriken in unserer Gegend an, beförderte deren Wohlstand und seinen eigenen.[82] Die Entdeckung und industrielle Ausbeutung unserer Kohlenlager ist wesentlich sein Werk.[83]

---

[82] Der Weißenfelser Apotheker Phosphorus Lindner gründete eine Ruß- und Schwarzwachsfabrik, deren Produkte bei der Färberei verwendet wurden.

[83] Mitte des 19. Jahrhunderts waren der Kohlebergbau und die Chemieindustrie wichtige Bestandteile des industriellen Aufschwungs in Sachsen. Im östlichen Teil

Phosphorus Hollunder wurde nicht wieder Vortänzer der Gesellschaft, sang in Konzerten keine Liebeslieder mehr, dilettierte nicht mehr in Heldenrollen mit überflüssigen Gebärden vor einem lächelnden Publikum; er machte keine Verse mehr mit allbekannten Reimen und sprach im Literarischen Verein, den er begründet, nicht mehr Aufgelesenes, das er nur halb verstand, sondern wenn er sprach, war es Erkanntes über Gegenstände seines Fachs. Indem er das Notwendige sich vorsetzte, fiel ihm das Nützliche zu, und das Schöne entging ihm selten. Überhaupt aber sprach er nur noch wenig. Auch in der Feurigen Kugel schweigt, so sagt man, der einstmals beredsamste Mund. Aber die Angelegenheit des „königlichen Baues", Humanität und christliche Bruderpflicht, die hat Phosphorus Hollunder auf das Panier seines Lebens geschrieben, bekennt sie öffentlich und übt sie ohne Ermüden.

Kurz vor seiner Verheiratung hatten seine Mitbürger ihn zum Stadtrat erwählt. Jetzt übernahm er freiwillig das Dezernat der Armenangelegenheiten und widmete sich demselben mit einer Ausdauer, welche eine völlig neue Ordnung in diese schwierigste aller kommunalen Aufgaben brachte und unsere Einrichtungen zum Muster werden ließ für die gesamte Provinz. Phosphorus Hollunder zeigte, was in einem mittleren Gemeinwesen ein einziger wohlgesinnter und wohlgestellter Bürger zu leisten vermag; wie er den Schlendrian verscheuchen, anregend auf die Lässigen wirken, durch sein Beispiel einen Wetteifer zum Besseren entzünden und sich mit allen Ständen verbinden kann, um das, was not tut, auszubahnen und durchzuführen.

„Wir steuern der Verarmung und ihren entsittlichenden Folgen nicht eher, als bis es den moralisch und materiell Vermögenden Gewissenssache wird, die moralisch und materiell Unvermögenden in ihren eigensten Pflichtenkreis, gleichsam in ihre Familiensorge aufzunehmen. Kümmerte nur ein Mensch sich ernstlich und treu um ein paar fremde Menschen, ja, nur um einen einzigen, ein Haus um ein anderes, als gehöre es zu ihm, sie würden sich nicht überbürdet fühlen; der Not und Verwahrlosung aber würde weit gründlicher abgeholfen werden, als durch die Mehrzahl kraftzersplitternder Vereine, denen der Blick in das Einzelleben, das Verhältnis von Person zu Person entgeht."

---

des Weißenfelser Reviers befand sich die Mehrzahl der Braunkohlegruben, direkt in der Nähe der Gruben entstanden außerdem große Schwelereien.

Nach diesem Grundsatz wirkte unser Freund. Er verteilte den Mangel unter die Fülle, und sein Teil war der reichlichste. Die Liebe, die eine nicht beglücken, eine nicht erwidern konnte, sie ist zum Segen geworden für einen weiten Kreis. Ihr Hebel in einem guten Menschenherzen war das Leid. Würde die Freude gleiches gefördert, das Erbarmen gezeitigt haben, auf welchem im Ringen ums Dasein der Sieg des Menschlichen, die Blüte des Christentums beruht? „Um die Freude am Leben nicht ersterben zu lassen, müssen wir mit unseren Brüdern und für unsere Brüder leiden lernen," so sagt nicht, aber denkt Phosphorus Hollunder.

Er ist jetzt geehrt als Forscher, angesehen als praktischer Geschäftsmann, als Freund und Wohltäter geliebt. Er ist der würdige Vertreter unserer Stadt in der ersten gesetzgebenden Versammlung des Staates; sein Name gehört zu den geschätztesten über jene Grenzen hinaus.[84] Die kleine Adelspartikel vor demselben wird ihm nicht entgehen, insofern ihn danach gelüstet; einstweilen trägt er einen langen Titel und verschiedentliche Ordenszeichen. Sein Wohlstand mehrt sich von Jahr zu Jahr. Die jungen Fräuleins und ihre Mütter blicken einladend auf den jungen Mann, der eine Gattin verlor, bevor er sie besessen hatte.

In diesem einzigen Punkte jedoch scheint dem liebreichen Hollunder das Herz zu versagen. Er schätzt die Häuslichen, die Bescheidenen, auch die Gebildeten und sogar die im allgemeinen weniger Beliebten, die man charaktervoll oder bedeutend nennt. Schön aber ist ihm nur eine einzige erschienen, und er hat sie niemals vergessen.

Niemals jedoch und gegen niemand hat er ihren Namen wieder genannt; es wäre denn etwa gegen Fräulein von Schweinchen, mit welcher er in freundschaftlicher Verbindung geblieben ist und welche seit seiner Heimkehr sogar das obere Stockwerk des Hauses zum Holunderbaum bewohnt. Die alte Dame gibt keine Sprach- und Musikstunden mehr; ihre Umstände müssen sich erheblich gebessert haben, infolge eines Vermächtnisses, wie Herr Hollunder zu verstehen gibt. Man zerbrach sich umsonst lange Zeit den Kopf,

---

[84] Hier sind wieder Ähnlichkeiten mit Phosphorus Lindner zu erkennen: Neben seinem Ehrenamt als Magistratsassessor war Lindner um 1848 außerdem Feuerwehrkommissarius, darüber hinaus war er Morgensprecher der gesamten Innungen (d.h. der Ratsherr, der an den vierteljährlichen Zusammenkünften der Innungen, den sog. Morgensprachen, teilnahm). Vgl. Schroeter, *Das Modell*, S. 204.

von wem und woher, und munkelte dann mancherlei, was indes weder Herrn Hollunder noch auch der alten Dame zur Unehre gereichte. Auch jede Anspielung auf ihre Nichte beantwortete sie nur mit einem Seufzer des ergrauten Hauptes, wennschon man weiß, daß sie in Briefwechsel mit ihr steht und sogar Geldsendungen an sie abgehen läßt. Gott sei Dank, daß sie jetzt dazu imstande ist.

Denn das Schicksal der schönen Frau hat auf die Dauer ihrer Heimat nicht verborgen bleiben können. Sie hat ihre schwere Irrung schwer gebüßt, den Mangel an Mut bis zu jener Stunde, die aus der Schwachheit eine Sünde werden läßt. Kaum, daß der eheliche Segen zum zweiten Male über sie gesprochen, sind dem Rausche erster Leidenschaft Kämpfe gefolgt, in welchen zwar nicht die Liebe, aber der Frieden des Herzens erlag. Sie war nicht die Natur, deren Energie den unsteten Sinn eines Assur unter peinvollen Verhältnissen gebändigt hätte. Ohne Beruf, ohne die gewöhnten Standesgenossen, sein kleines Erbe bald genug erschöpft, wie hätte der bis dahin rücksichtslos in das Leben Stürmende lernen sollen, an der Seite eines einfach zärtlichen Weibes sich häuslich zu beschränken, zu erwerben, im engsten Kreise heimisch zu werden? Nicht nur die Schwäche, auch die Scham mehrte gegen Ungebühr den Widerstand der Frau. Sie fühlte sich eine Last werden und durfte nicht klagen. Sie erntete, was sie gesäet.[85]

Hierhin und dorthin schweifend, vieles ergreifend, nichts festhaltend, von unruhiger Langeweile gefoltert, von Gläubigern gedrängt, haben abenteuernder Sinn, Not und soldatische Neigung ihn endlich in überseeische Kriegsdienste getrieben, in welchen sein Name bis heute verschollen ist.

Seine Gattin folgte ihm nicht. Ein siecher Körper, ein zartes Kind, gebrochenes Vertrauen, Scham und Gram hielten sie zurück. Aber der ewig geheimnisvolle Zug des Herzens begleitete den Schuldigen mit unsäglicher Sehnsucht und mit unsäglichem Weh.

Kraft und Schönheit welkten rasch; durch mühselige Handarbeit ihr und ihres Kindes Leben fristend, rang sie mit harten Entbehrungen, bis der Umschlag in Fräulein von Schweinchens Verhältnissen auch ihr zugute kam. Ein brieflicher Verkehr bahnte sich an zwischen der Reuigen und der Vergebenden; eine

---

[85] Bibelspruch: Gal 6,7.

hülfreiche Hand ward geboten und durfte nicht zurückgewiesen werden. –

Mehr als ein Jahrzehnt war vergangen, als mitten in der Nacht der Geheime Kommerzienrat[86] Hollunder mit seiner alten Freundin eine Reise nach den Alpen antrat. Sie fuhren ohne Unterbrechung Tag und Nacht; schweigend saßen sie einander gegenüber. Die Dame trocknete von Zeit zu Zeit ihre Tränen; ihr Begleiter blickte in tiefem Ernste vor sich nieder. Am zweiten Nachmittag erreichten sie ihr Ziel. Die Dame ließ sich unverweilt nach einem ländlichen Hause führen, das einsam am See gelegen war. Nach einer langen, langen Stunde folgte ihr der Freund.

Als er die schmale Treppe zu dem Giebelstübchen in die Höhe stieg, bebten seine Knie. Eine Tür stand geöffnet, um über den hölzernen Söller die Strahlen der untergehenden Sonne in das Zimmer dringen zu lassen. Auf der Schwelle war er wie gebannt. Dieses bleiche, von Harm und Not erschöpfte Weib, das todesmatt das Haupt an die Brust der mütterlichen Freundin legte, das war sein Weib, vor Gott und Menschen ihm zu eigen gegeben; dies schöne Kind, blauäugig und braunlockig wie die, an deren Knie es sich schmiegt, es ist ihr Kind, aber nicht das seine. – Phosphorus Hollunder gedenkt der Zeit, da er die Mutter gekannt hat, nicht größer als jetzt ihre Tochter, und schon damals hat er sie geliebt und sich erkoren.

Das Auge des Kranken begegnet dem seinen; er rafft sich zusammen, tritt ihr ruhig und herzlich entgegen. Kein Blick zeigt einen Vorwurf; keine Miene seinen Jammer. Als aber jetzt die unglückliche Frau sich erhebt, ihm entgegenwankt, zu seinen Füßen niedergleitet und lautschluchzend seine Knie umklammert, da hält er sich nicht länger, unter heißen Tränen zieht er sie vom Boden in die Höhe, drückt sie an seine Brust und hält sie lange umschlungen.

Wochen hindurch saß er nun als treuester Hüter an ihrem Sterbebette. Selbst ohne Hoffnung, suchte er Mut und Lebenshoffnung in ihr aufzuwecken, er rief die kundigsten Ärzte zu ihrer Hülfe herbei, sprach ihr von dem heilsamen Klima des Südens, von ihrer Tochter Erziehung und Zukunft. Die Stimme der Kranken war gelähmt, aber ihre Augen ruhten fast unverwandt auf

---

[86] Ehrentitel, der als Auszeichnung an hervorragende Kaufleute und Industrielle verliehen wurde und der dem Geehrten Zugang zum gesellschaftlichen Leben am Fürstenhof gewährte.

dem gütigen Manne, mit einem Ausdruck, der Phosphorus Hollunder noch in seiner Sterbestunde beglücken wird. Mehr als einmal führte sie seine in der ihren ruhende Hand an ihre Lippen und legte sie dann wie zum Segen auf ihres Kindes Haupt. Phosphorus Hollunder aber zog das liebe, schmiegsame Mädchen auf seine Kniee, in seine Arme, und sein stummer Händedruck sagte der Mutter, daß ihre Waise des Vaters nicht entbehren werde.

Als wieder der Morgen graute, wurde die stille Kranke unruhig, ihr Atem schwer; die Tante schlief in der Nebenkammer; Hollunder allein saß wachend neben der Sterbenden. Das Kind, eingeschlummert an ihrer Seite, fuhr ängstlich in die Höhe und barg den Kopf an der Mutter Brust. Blankas Augen schweiften unstät hin und wider, die Hände tasteten bald nach diesem, bald nach jenem Gegenstand. Die ersten Sonnenstrahlen fallen auf die Wand ihr gegenüber; ihr Blick haftet starr an dem Bilde, das an derselben hängt, die Arme greifen wie zum Umfangen danach aus. Der Freund versteht diesen Blick. Er zieht den Vorhang zurück, der das Bild seit seiner Ankunft verschleiert hat, und Assur von Hohenwarts Züge treten zum letzten Male vor das brechende Auge seiner Frau, zaubern den letzten Rosenschimmer auf ihre fahlen Wangen. Sinn und Kraft sind ihr zurückgekehrt; sie richtet sich jach in die Höhe, schlingt mit Leidenschaft die Arme um ihres Kindes Haupt, preßt es an sich und legt es dann an das Herz des treuesten Mannes.

„Dein, dein!" ruft sie mit lauter Stimme; ihr Kopf sinkt zurück, sie ist tot.

Phosphorus allein stand an dem Grabe, in welches man Blanka von Hohenwart versenkte. Eine Stunde später war er mit ihrer Tochter und der alten Freundin auf dem Wege zur Heimat. Die kleine Blanka wird unter seinem Vaterschutz erzogen. Phosphorus Hollunder ist glücklich; er hat ein Wesen, für das er lebt und das an ihm hängt mit der Zärtlichkeit eines eignen Kindes und mit der schwärmerischen Dankbarkeit einer Waise.

Der Posten der Frau

Der Posten der Frau

Es war am Spätnachmittag des dreißigsten Oktober Anno 1757, als ein schon bejahrtes, dünnleibiges, geistliches Herrlein in Schuhen und Strümpfen, das schmale Chormäntelchen von schwarzer Serge über dem spitzen Leibrock niederhängend, in weißgepuderter Lockenperücke und trotz des anhaltenden Regens den kleinen, flachen Hut unter dem Arm, vor der Tür des „Polnischen Hauses" stillehielt, das Wetterdach seines grauleinenen Regenschirmes zuklappte, die beiden französischen Ehrenposten höflich grüßte und durch das offene Portal seinen Eingang nahm.

Das „Polnische Haus" war ein von Gärten umgebenes stattliches Gebäude der kleinen Stadt Weißenfels im Leipziger Kreise, welche Stadt, seit vor mehr als ein Jahrzehnt ihr eigener Herzogszweig erloschen und sie dem kurfürstlichen Mutterstamme heimgefallen war,[87] ein gar verödetes Ansehen trug. Das große Schloß, das auf der Höhe das Städtchen überschwebt wie ein Henne einen Haufen winziger Küchlein, stand unbewohnt, die einzeln hervorragenden herrschaftlichen Häuser, die sich zu seinen Füßen aufgerichtet, um die Hofumgebung zu beherbergen, hatten ihre adligen Insassen meistenteils an die neue, anmutigere Residenzstadt abgetreten,[88] und nur in den Zeiten der Leipziger Meßpassage[89] verbreitete sich noch ein lebhafter Verkehr, der Gastwirten, Fuhrleuten, Vorspännern und dahin einschlagenden Gewerben zeitweisen Ertrag gewährte.

Seit länger als einem Jahre freilich hat ein ununterbrochenes Treiben die friedlichen Bürger wenig zu Atem kommen lassen,[90] – wahrlich kein segenbringendes für Stadt wie Land, dessen

---

[87] Nach den Verheerungen des Dreißigjährigen Krieges erlebte Weißenfels einen wirtschaftlichen Aufschwung, als die Stadt 1656 Residenz des albertinischen Herzogtums Sachsen-Weißenfels wurde. Mit dem Tode Johann Adolfs II. im Jahr 1746 fiel das Herzogtum an Kursachsen zurück.

[88] Dresden zählte damals zu den künstlerischen und musikalischen Zentren Europas.

[89] Die Geschichte der Leipziger Messen reicht bis in das Mittelalter zurück. Es fanden schon damals Oster-, Michaelis- und Neujahrsmärkte statt.

[90] Die Handlung spielt im Siebenjährigen Krieg (1756-1763), der mit der Besatzung Sachsens durch den preußischen König Friedrich II. begann.

Oberhaupt vor den Siegen des großen Tageshelden geflüchtet ist.[91] Das Städtchen teilt das Schicksal einer eroberten und doch herrenlosen Provinz, in welcher keiner mehr weiß, wer Koch oder Kellner sei. Der hochweise Rat macht seine Bücklinge bald nach rechts, bald nach links; die geängsteten Bürger leeren ihre Speicher und Keller heute für den Zieten[92] und Katte,[93] morgen für den Turpien[94] und Lothringer.[95] Glaubt man sich einen Augenblick in Ruhe: wie ein Wetter stehen die Preußen wieder vor den Toren, der Dessauer Moritz,[96] der große König selber ziehen zwischen Erfurt und Torgau hin und wider, bis denn endlich vor ein paar Tagen ein französisches Korps seinen Einzug hält und der Chef der

---

[91] Nach der Kapitulation der sächsischen Armee am 16. Oktober 1756 zogen Kurfürst Friedrich August II. (1696-1763; auch August III., König von Polen) und sein Hof nach Warschau um, wo sie – politisch ohnmächtig – bis zum Ende des Krieges blieben.

[92] Hans Joachim von Zieten (1699-1786), nach seiner Methode, in kleinen Einheiten plötzliche Überfälle zu reiten, auch „Zieten aus dem Busch" genannt, war ein gefeierter preußischer Reitergeneral und ein enger Vertrauter König Friedrichs II. Bis zum Ende des Siebenjährigen Krieges blieb Zieten an der Seite des Königs und führte in dessen Abwesenheit den Oberbefehl. In den Gedichten „Der alte Zieten" von Theodor Fontane und „Die Attacke" von Detlev von Liliencron wird sein Andenken geehrt.

[93] Hans Friedrich von Katte (1698-1765) war im Siebenjährigen Krieg als Generalleutnant des preußischen Leibkürassierregiments Nr. 3 in der Garnisonsstadt Calbe (Saale) stationiert. Nach der Niederlage bei der Schlacht von Breslau am 22. November 1757 wurde er von Friedrich II. zu mehreren Jahren Festungshaft verurteilt.

[94] Lancelot Graf Turpin de Crissé (1715-1792) war ein französischer General und Fachmann auf dem Gebiet der strategischen Kriegsführung. Sein einflussreiches Werk *Essai sur l'art de la guerre* (1754) wurde 1756 unter dem Titel *Versuche über die Kriegskunst* ins Deutsche übersetzt. Der Rechtschreibfehler in seinem Namen ist durch François' Quellenmaterial im *Weißenfelser Kreisblatt* begründet, im dem der Name als „Turpien" erscheint (siehe Anhang, Auszug 1 a)).

[95] Prinz Karl Alexander von Lothringen (1712-1780), Schwager der Kaiserin Maria Theresia, war im Siebenjährigen Krieg Oberbefehlshaber der österreichischen Armee gegen Friedrich II. 1757 wurde er nach der Niederlage bei Leuthen vom Oberkommando abberufen.

[96] Fürst Moritz von Anhalt-Dessau (1712-1760), preußischer General-feldmarschall und Sohn von Leopold I., dem „Alten Dessauer" (siehe Anm. 133). Im Siebenjährigen Krieg trat er in den Schlachten bei Kolin, Leuthen, Zorndorf und Hochkirch insbesondere hervor.

exequirenden Reichsarmee, Herzog von Hildburghausen,[97] auf dem Schlosse seiner weiland[98] Herren Vettern die zeitweise Residenz aufschlägt.

Das Städtchen, vor hundert Jahren noch dicht mit Laubbäumen umwaldet, ist freundlich, von Ost nach West lang gestreckt, am rechten Ufer der Saale gelegen, mit deren erhöhten Rändern und anmutigem Taleinschnitte der Thüringer Kreis, die Kornkammer des Landes, seinen Anfang nahm. Aber diese Kammer, wie kläglich ausgeleert! Die armen Bewohner wissen kaum mehr die Requisitionen von Feind und Freund zu befriedigen, und doch steht man erst am Anfang der aussichtslosen, kriegerischen Verwirrung. Die Pferde genommen, Rinder und Schweine geschlachtet, die Preise zu beispielloser Höhe emporgetrieben, die Kassen entführt, die Felder unbestellt! Das spät und schwer überwundene Drangsal des Dreißigjährigen Krieges, Blut- und Hungerzeiten gleich jenen, da die Leiche des großen Schwedenkönigs im Amthause des Städtchens geruht hatte,[99] da ein andrer Schwedenkönig in der Nachbarschaft einen dem vaterländischen Namen wenig ruhmreichen Frieden diktierte,[100] sie leben wieder auf; man weiß seinem Leibe keinen Rat und blickt mit Zittern in die Zukunft.

Solchergestalt waren nun auch die Gedanken des geistlichen Herrn während des Wegstündchens von seinem jenseitigen Pfarrdorfe gewesen, und mancher schwere Seufzer hatte sich seiner Brust entrungen, als er mit aufgespanntem Parapluie,[101] die Zipfel seines Chormäntelchens mehrfach um den den Hut krampfhaft einklemmenden Arm geschlungen, in leichtem Schuhwerk hüpfend

---

[97] Prinz Joseph Friedrich von Sachsen-Hildburghausen (1702-1787) wurde im Frühjahr 1757 zum Befehlshaber der Reichsarmee ernannt, die den Auftrag hatte gegen Friedrich II. von Preußen vorzugehen.

[98] Vormals; unmittelbar neben einem Namen wird „weiland" auch in der Bedeutung „der verstorbene [...]" verwendet.

[99] Am 6. November 1632 starb der schwedische König Gustav II. Adolf in der Schlacht bei Lützen. Der Leichnam wurde im „Geleitshaus" in Weißenfels seziert und für die Überführung nach Schweden einbalsamiert.

[100] Der Altranstädter Friede wurde während des Großen Nordischen Krieges am 24. September 1706 im Schloss zu Altranstädt (bei Merseburg) zwischen dem schwedischen König Karl XII. und dem Kurfürsten von Sachsen August I. geschlossen. Die polnische Königskrone, auf die August I. in diesem Vertrag verzichtete, gewann er 1709 wieder.

[101] Regenschirm.

von Stein zu Stein, sich mühselig einen Pfad durch den fußhohen Morast der ungepflasterten Straße suchte. Jetzt aber, seit fast einer Viertelstunde sehen wir alle seine Aufmerksamkeit darauf gerichtet, auf Scharren, Decken und Bürsten seine Fußbekleidung zu säubern und in seiner Erscheinung der Ordnung und Nettigkeit des Polnischen Hauses zu entsprechen, das seinen in diesem Punkte etwas zweideutigen Namen aus früheren Zeiten beibehalten hatte, ehe es aus den Händen eines herzoglichen Kammerherrn und polnischen Grafen in die seines gegenwärtigen Besitzers, eines königlich polnischen Kammerherrn und sächsichen Grafen, überging,[102] der, ein junger, flottlebiger Kavalier,[103] für den reichsten Edelherrn des Kreises galt und seinem nahegelegenen Stammschlosse der geistliche Patron seines gegenwärtigen Besuchers war.

Eben hatte dieser sein Reinigungsgeschäft einigermaßen zur Zufriedenheit zu Ende gebracht, als er schon wieder in die Lage kam, das ehrwürdige, dünne Haupt freundlich zu neigen, und zwar gegen ein Individuum, das mit kauenden Backenknochen aus der räumlichen Küche im unteren Geschosse ihm entgegentrat. Eine martialische Figur, sechs Fuß drei Zoll,[104] breitschulterig, straff in die Höhe gerichtet, mit kurzgerundetem, schnurrbärtigem Angesicht. Der steif im Nacken hängende faustdicke Zopf schien so wenig als die Schmarre über der Stirn und der ausgestopfte linke Arm zu dem silberbetreßten Livreeanzuge zu passen, in welchem der stramme Körper eingepreßt war. Der Mann war ja aber auch

---

[102] Der Graf von Funke auf Burgwerben (siehe Anm. 103) besaß außer seinem Rittergut noch das sogenannte Petzoldsche Haus in der Stadt (Leipziger Straße 9), bekannter als das „Fürstenhaus". In dieses Haus verlegt François die Vorgänge aus dem „Polnischen Haus", das es an der Promenade in der Nähe des späteren Lyzeums ebenfalls wirklich gegeben hat. Das ehemalige Lyzeumsgebäude, Promenade 35, existiert noch. Nur ein paar Häuser davor, heute Promenade 25, befindet sich das ehemalige Wohnhaus der François.

[103] Die Figur des Grafen Moritz von Fink ist in dieser Geschichte frei nach der Person des historischen Rittergutbesitzers Ferdinand Wilhelm von Funke (auch Funcke) (1707-1784) gestaltet. Seit 1730 Herr auf Burgwerben, Groß- und Kleingoddula, Teuchern und Markleeberg, war er Königlich-Polnischer und Kurfürstlich-Sächsischer Landkammerrat. Im Gegensatz zu François' Moritz von Fink galt er in Wirklichkeit als ein tapferer, tatkräftiger Mann und wurde mehrmals von den Preußen als Geisel genommen.

[104] Etwa 190 cm.

vom invaliden preußischen Wachtmeister zum schmucken sächsischen Kammerdiener avanciert.

„Wünsche wohl gespeist zu haben, Lehmännchen!" sagte der geistliche Herr mit nochmaligem höflichen Gruß.

„Prosit, Herr Magister!" lautete der Gegengruß.

„Kann Er mir wohl sagen, Lehmännchen, ob ich alleweile unsrer Gnädigen mit meiner Aufwartung zupasse komme?"

„Die gnädige Gräfin sind just beim Putz. Verziehen[105] der Herr Magister ein paar Minuten, so werde ich rapportieren."

„Keine Störung, lieber Lehmann; ich kann mich gedulden. Komme auch lediglich von wegen des Berichtes über unser Junkerchen. Gänzlich zur Zufriedenheit, alter Freund. Sozusagen, quasi munter wie ein Fisch. Also beim Putz; will heißen bei der Toilette. Hm! hm! so spät noch am Tage! Schien mir ja sonsten keineswegs der Kasus bei unsrer Gnädigen. Beim Putz, beim Putz, will mir gar nicht in den Sinn!"

„Sonsten, ja sonsten, Herr Magister," versetzte unwirsch der Veteran; „aber diese heillosen französischen Windbeutel stellen ja die Welt auf den Kopf! Heute abend ist Ball im „Scheffel". Wie die Preußen da waren, hat sich keine Fiedel gerührt; aber diese vermaledeiten Zierbengel – hole sie alle der Teufel –"

„Sachtchen, sachtchen, Lehmännchen," unterbrach den Zornigen warnend der fromme Besucher, „gedenke Er an das zweite Gebot.[106] Will mir freilich auch nicht recht in den Kopf, respektive in das alte Herz, diese Festivität; sintemal rings um uns herum ein verwüstetes Land, alles kahl wie eine flache Hand, fort furagiert, fort requiriert, fort ravagiert in Scheune und Stall. Zu Tillys Zeiten kann es nicht grausamer ausgesehen haben.[107] Der heillose Preuße, daß Gott erbarm!"

„Soldaten wollen leben, Herr Magister. Und wer ist dran schuld, als die Franzosenbrut und das pfäffische Reich, die unsern Herrn

---

[105] Das Verb „verziehen" wird hier in der Bedeutung von „warten" verwendet.

[106] „Du sollst den Namen des HERRN, deines Gottes, nicht mißbrauchen" (2. Mose 20,7).

[107] Johann t'Serclaes von Tilly (1559-1632) war im Dreißigjährigen Krieg Feldmarschall der Katholischen Liga. Neben Wallenstein und Gustav Adolf gilt er als der bedeutendste militärische Führer des Krieges. Die von Tilly kommandierten Truppen marschierten 1631, nachdem sie Magdeburg eingenommen und zerstört hatten, in Sachsen ein; noch im selben Jahr wurden sie in der Schlacht bei Breitenfeld zum ersten Mal besiegt.

und König nicht in Frieden lassen?" entgegnete der kriegerische Preuße, indem er mit dieser Anklage den sächsischen Friedensmann nicht zum erstenmal zu einer gereizten Kontroverse herausforderte.

„*Unsern* Herrn, *unsern* König, Lehmann?" rief er aus. „Man besinne sich. Wer ist Seiner Kurfürstlichen Gnaden unversehens ins Gebiet gefallen? Wer hat Seine geheiligte Person in die Flucht gescheucht, den Landfrieden gebrochen und die Brandfackel zuerst angezündet?"

„Wer hat dem König seine Provinzen rauben, sein Reich klein machen wollen, Herr Magister? Preußen klein machen, Preußen teilen, Herr Magister! Kreuzmohrenschockelement, da müßte ja gleich –"

„Nicht zetern und fluchen, Lehmann! Wie oft muß ich wiederholen: Beherzige Er das zweite Gebot, eventualiter auch das fünfte.[108] Alles unschuldig vergossene Blut kommt über den König!"

„Über den König! Heiligeskreuzdonnerwetter – ich fluche ja nicht, Herr Magister – Schockschwerenot! über den König, unsern Herrn!"

„*Unser* Herr, Lehmann, *unser* Landesherr seufzen und beten im fernen Polenreiche, auf daß Recht und Gerechtigkeit wiederkehren."[109]

„*Ihr* König, vielleicht, der seufzt, Herr Magister, *Ihr* Herr, der betet, meiner nicht. Ich bin meiner gnädigen Komtesse gefolgt in ihren Ehestand, wie ihr Herr Vater, mein braver Oberst, Gott erhalt' ihn! mir anbefohlen. Im übrigen aber und im Herzen bin ich und bleibe ich des großen Fridericus allzeit getreuer Soldat und Untertan, und geht die Heidenwirtschaft hier im Lande so fort – hole mich dieser und jener – alle Tage andre Gäste und für jedweden untertäniger Wirt und Knecht. Ziehen die Preußen aus dem Tore, haben wir die Welschen auf dem Halse; hui! wie ein Wetter sind meine Preußen wieder da und wieder fort, und nun kommen Panduren,[110] Schwaben, Kroaten, und fehlen zu guter Letzt nur noch die Kosaken, so ist die Bulle zum Platzen voll. Was

---

[108] Das 5. Gebot lautet: „Du sollst nicht töten" (2. Mose 20,13).

[109] Siehe Anm. 91.

[110] Kroatische Reiter, die auf Seiten der Katholischen Liga am Dreißigjährigen Krieg teilnahmen.

haben wir nicht alles hinunterfressen müssen, nur allein in den paar Wochen, die wir vom Lande wieder in die Stadt gezogen sind. Kommt der Turpien[111] mit seinem Korps. Zieht mein hochweiser Rat um Verhaltungsbefehle vor dem bocksbeuteligen Französischen! Herr Magister, und unser Graf – –"

Der geistliche Herr ließ den Zornigen nicht zu Ende reden.

„Nun höre Er auf, Lehmann," unterbrach er ihn mit Würde; „ich habe Seine Lästereien gelassen mit angehört, sintemal Er sozusagen nach Gelegenheit ein alter Preuße ist und ein jeglicher getreulich zu der Fahne halten soll, der er geschworen hat. Aber seinen Brotherrn verunglimpfen, dieweil er gleichermaßen seine Treue bewahrt –"

„'s kommt nur drauf an, *wie* er sie bewahrt, Herr Magister," fiel ihm der unerschütterliche Wachtmeister ins Wort. „Aufrecht und ehrlich Freund wie Feind ins Angesicht, und wenn sie dem Leibhaftigen in Person geschworen wäre, unser Herrgott wird's zu ästimieren[112] wissen. Aber Courage gehört zu der Treue, Herr Magister, Courage!"

„Wolle Er in Erwägung ziehen, Lehmann," entgegnete ein wenig verlegen der geistliche Anwalt, „daß unser junger Herr Graf nicht vom Kriegshandwerke sind. *Au contraire*, im Gegenteil: Kammerherr Seiner Kurfürstlichen Gnaden von Sachsen."[113]

Der alte Preuße lachte, zwischen Gift und Lust geteilt.

„Das soll wohl so viel heißen, Herr Magister," fiel er ein, „daß einem Kammerherrn Seiner Kurfürstlichen Gnaden von Sachsen das Herz auf einem andern Flecke gewachsen ist, als andern Christenmenschen, und daß er anstatt der Courage einen Katzenbuckel zeigen darf? Na, wenn's auf die Weise verstanden ist, Herr Magister, meinethalben. – Aber einen hübschen Jux hat's doch noch gegeben mit diesen Französischen, Herr Magister. Schickt mein Turpien, da wir ihn endlich vom Halse haben, ein Kommando von Merseburg[114] und ordonniert, daß sämtliche

---

[111] Siehe Anm. 94.

[112] Schätzen, würdigen.

[113] Friedrich August II. (1696-1763) war Kurfürst von Sachsen und als August III. auch König von Polen und Großherzog von Litauen.

[114] Siehe Quellendokumentation im Anhang, Auszug 1 a).

Armatur und Effekten, so von der Kattschen Winterexpedition[115] noch hiesigen Orts restieren, *stante pede*[116] an selbiges ausgeliefert werden. Insonderheit drei schwere Coffres mit Geschmeide und kostbarem Silbergerät, so der Leutnant von Itzenplitz[117] von den Leibkürassieren im gräflich von Finkschen sobenamsten Polnischen Hause zurückgelassen habe. Bei Konfiskation von der Hehlers Vermögen. Ein preußischer Leutnant und drei Coffres voll Preziosa! Ein Maul hätt ich dem Spaßvogel geben mögen, der den Schabernack ausgeheckt hat. Allein meinem Hochweisen ist kein Spaß allzu dumm. Eine Deputation, den Herrn Bürgermeister *in persona* an der Spitze, gefolgt von dem ganzen Kommando, macht sich ernsthaftiglich auf die Socken hinter den Rohrdamm ins Polnische Haus.[118] Die Frau Gräfin schreien Zeter. 's war ein anvertrautes Pfand, und sie ist eine Preußin, Herr Magister.

„Mein Herr Graf, liebes Kind wie allzeit, schleppt mit eignen Händen den Koffer – denn's war nur *einer*, Herr Magister, und ein ganz kleiner obendrein – hier in den Saal. Ich rühre mich nicht und lache mir in die Faust. Ein ellenlanges Protokoll wird aufgesetzt, das große Amtssiegel druntergedruckt, das Köfferchen feierlichst aufgeschlossen, und was für Preziosa ziehen die Hochweisen an das Licht? Einen abgeschabten, alten Pelz, eine weiße Lederhose, ein Paar zerrissene Reiterstiefeln, und sorgfältig eingewickelt, hahaha! ja nun kommt's, Herr Magister, sorgfältig eingewickelt – das Konterfei einer alten Frau. Hahaha, einer alten Frau!"

Der grimmige Franzosenfeind rieb sich vor Vergnügen in der Erinnerung den Bauch mit seiner einen Hand. Der geistliche Herr aber wiederholte gerührten Blickes: „Das Konterfei einer alten Frau! Vielleicht der Frau Großmutter des jungen Herrn Offiziers! Ich hoffe, daß es gebührentlich in Ehren gehalten worden ist, Lehmännchen, maßen es mir eine absonderliche Hochachtung zu

---

[115] Am 17. November 1756 bezog das Regiment der Leibkürassiere unter Generalleutnant von Katte Winterquartiere in Weißenfels.

[116] Sofort; ohne Verzögerung.

[117] August Friedrich von Itzenplitz (1693-1759) war Generalmajor beim 13. preußischen Infanterieregiment.

[118] Mit Aufschüttung des Rohrdamms wurde die Promenade angelegt, an der sich das „Polnische Haus" und das François-Haus befanden.

dokumentieren scheint, wenn ein kriegerisches Blut eine alte Dame *in effigie*[119] mit sich in die Kampagne führt."

„Ja, ein junge *in natura*[120] ist ihm gemeiniglich lieber," versetzte der Invalid. „Insonderheit diesen Französischen. Da ließe sich was von Gottes Wort berichten, Herr Magister. Das greift um sich wie die Pest, Freund oder Feind. Haben wir da im Hause einen französischen Herzog. Ein Mann wie ein Bild, das muß man ihm lassen. Und auch anderweitig ein Kavalier, er könnte ein Preuße sein, Herr Magister. Warum er aber nicht lieber oben auf dem Schlosse bei dem Hildburghausen logiert –"

„Halte er ein, Lehmann," unterbrach ihn, sich in die Höhe richtend, der geistliche Herr mit großem Ernst. „Halte er ein und hüte Er Seine sträflichen Gedanken. Derlei Erörterungen gehen Ihn wie mich nichts an. – Wolle Er alleweile so gut sein, mich bei der Gnädigen anzumelden."

Aber der alte Preuße machte keine Miene, die gute Gelegenheit, seine Galle einmal auszuschütten, leichten Kaufes fahren zu lassen.

„Gleich, gleich, Herr Magister!" versetzte er. „Aber einen hundsföttischen Zug muß ich Ihnen doch noch zu wissen tun. Von wegen der Federbetten und den Hildburghausenschen; ich meine von denen draußen aus dem Reich, da wir sie ins Quartier kriegen taten. Mit denenselbigen sind freilich weniger Sperenzien gemacht worden, als mit den feinen französischen Mosjös. Federbetten! Federbetten! Für die Mosjös, *à la bonheur!*[121] Keine Daune wäre unserm Grafen für die weich genug gewesen! Aber das Gezeter hätten Sie hören sollen, Herr Magister, vom Herrn Hausinspektor an bis zum Stubenmädchen hinab, das Gezeter, da nun auch die Deutschen aus dem Reich *partoutmente*[122] Federbetten verabfolgt haben wollten. Federbetten! Federbetten! Das fremde Gesindel! – Na, natürlich blieben sie auf der Streu; denn mit gewissen kleinen

---

[119] Als Bildnis.

[120] In Person.

[121] Was für ein Glück, hervorragend (Französisch: „à la bonne heure"). Lehmanns zum Teil ungenaue Anwendung der französischen Ausdrücke spiegelt die sprachliche Frankophilie der Zeit Friedrichs II. wider.

[122] Deutsche Weiterbildung des Adverbs „partout" mit französischer Wortendung. Beide Adverbien haben im Deutschen eine Bedeutungsverschiebung vom französischen Originalbegriff „uberall, allenthalben" zu „durchaus, unbedingt" hinter sich.

Ungelegenheiten, die sie mit sich führen – Sie verstehen mich schon, Herr Magister – , da hat es seine Richtigkeit. – Die Galle ist mir aber doch bei der Geschichte geschwollen, Herr Magister. Denn warum? Die armen Teufel auf der Streu, die reden doch deutsch wie unsereiner, aber aus dem Mundwerk von denen, die sich in unsern Federbetten wälzen, da ist noch keine Christenseele klug geworden. Na, sehen Sie, Herr Magister, so gibt es alle Tage was Neues und niemalen was Gutes. Aber wartet nut, wartet! Das Blatt wird sich wenden und eure Herrlichkeit ehestens im Platzen sein. Er kommt! Er kommt.

> Und wenn mein König Friedrich kommt
> Und klopft nur auf die Hosen,
> Da läuft die ganze Reichsarmee,
> Panduren und Franzosen!"[123]

Der geistliche Herr drohte lächelnd mit seinem dünnen Zeigefinger. „Lehmännchen, Lehmännchen, " sagte er, „Er ist ein arger Versifex, aber Er könnte gar leicht ein schlechter Prophete sein. Sein König soll nur ein armselig abgehetztes Häuflein bei Leipzig zusammengetrieben haben nach seiner grausamen Niederlage bei Kollin.[124] Die alliierten Armeen stehen ihm vierfältig gerüstet gegenüber; fast ganz Europa ist wider ihn, was dann, Lehmann, was dann?"

„Was dann, Herr Magister?" antwortete der Preuße auf einmal ganz ernsthaft, „was dann? Der im Himmel weiß es. Aber Preußen und sein König bleiben *doch* oben, das weiß ich. – Horch! da

---

[123] Zeitgenössisches Spottlied. Nach dem Sieg Friedrichs in der Schlacht bei Roßbach (siehe Anm. 200) erhielt er im ganzen Land den Beinamen „der Große" und die erste Zeile des Liedes wurde zu „Und wenn der große Friedrich kommt" oder „Wenn unser großer Friedrich kommt" umgedichtet. Vgl. Goethe: „Und so war ich denn auch Preußisch, oder um richtiger zu reden, Fritzisch gesinnt. [...] Es war die Persönlichkeit des großen Königs, die auf alle Gemüter wirkte. Ich freute mich mit dem Vater unserer Siege, schrieb sehr gern die Siegslieder ab, und fast noch lieber die Spottlieder auf die Gegenpartei." Johann Wolfgang von Goethe, *Sämtliche Werke, Briefe, Tagebücher und Gespräche* (wie Anm. 74), XIV: *Aus meinem Leben: Dichtung und Wahrheit*, hg. v. Klaus-Detlef Müller (1986), S. 54.

[124] Im Frühjahr 1757 fiel Friedrich in Böhmen ein und besiegte die Österreicher am 6. Mai bei Prag; nach der schweren Niederlage am 18. Juni bei Kolin (früher auch „Kollin" geschrieben) gegen den österreichischen Feldmarschall L. J. von Daun mussten die Preußen jedoch Böhmen räumen und nach Sachsen zurückweichen.

kommen der Herr Herzog in den Hof gesprengt. Ich will anjetzo[125] gehen und Sie der Frau Gräfin melden, Herr Magister." –

Wir haben zu berichten versäumt, daß dieses politische Wortgefecht keineswegs im unteren Flur des Polnischen Hauses zu Ende geführt worden war, sondern sich Schritt für Schritt die Treppe hinauf bis in den großen Empfangssaal gezogen hatte. Der martialische Kammerdiener klopfte jetzt an die Tür eines Kabinetts, in welchem seine Gebieterin just mit dem Puderbeutel ihre Toilette vollenden ließ. Sie sprang hastig in die Höhe, und den Peignoir[126] beiseite, einen Blick in den Spiegel werfend, fragte sie das die Tür öffnende Kammerkätzchen: „Der Herr Herzog, Lisette?"

Der Herr Magister stutzte bei dem gespannten Tone dieser Frage, die Zofe aber antwortete mit einem spöttischen Lächeln: „Nein, der Herr Magister, gnädige Gräfin."

Gräfin Eleonore war eine anmutige, stattliche Dame von höchstens vierundzwanzig Jahren, deren schlanken Wuchs und vornehme Haltung der modisch reiche Anzug von weißem Silberbrokat, wie die Rosengarnierung im hochgetürmten Toupé[127] gar vorteilhaft hoben. Sie hatte mit Recht für die schönste Frau an dem in Deutschland noch immer schönheitskundigsten Hofe von Sachsen gegolten, daher man ihrem Liebreiz sogar die offen an den Tag gelegte, aus der Heimat herübergebrachte Anhänglichkeit, sowie die gegen die sächsische Biegsamkeit verstoßende, kurz angebundene preußische Art und altväterische Sittenstrenge zugute hielt.

Sie betrat den Saal. Der geistliche Herr machte seine untertänige Reverenz, während seinem kleinen, grauen Auge kein Zeichen einer ungewohnten Zerstreuung und lauschenden Unruhe der schönen Hauswirtin entging.

„Sie bemühen sich selbst, Herr Prediger;" mit diesen Worten begrüßte sie ihn, „wie gütig von Ihnen bei dem üblen Weg und Wetter."

---

[125] Jetzt.

[126] Hauchdünner Morgenrock, meist aus Chiffon.

[127] Perücke.

„Ganz laulicht die Luft," deprezierte[128] der Angeredete, mit vorgehaltenen Händen und wiederholten Verbeugungen, „und es trippelt ja nur ein kleines winzchen, Gnädigste."

Die Dame lächelte. „Sie freundlicher Sachse," sagte sie, „selbst das Wetter möchten Sie entschuldigen!" Sie warf einen Blick nach dem Fenster, einen zweiten nach der Tür zurück und fügte darauf hinzu: „Aber Sie bringen mir Nachricht von meinem Knaben. Er war fröhlich, als Sie ihn verließen, Herr Prediger?"

„Munter und lustig, wie ein Schmerlchen im Bächelchen; Gott behüt ihn, gnädige Gräfin!" berichtete der geistliche Herr.

„Gut, daß das Kind auf dem Lande geboren ist," versetzte die schöne Frau, „solange ich durch die Anwesenheit unsrer fremden Gäste – "

Sie stockte, denn der Herr Magister räusperte sich und senkte sein Auge zu Boden; nach einer kurzen Pause fuhr sie fort: „Und durch den Wunsch des Grafen an unser unruhiges Treiben gebunden bin."

Gräfin Eleonore, deren jugendfrische Wangen das modische Schönheitsmittel der Schminke nicht bedurften und die eine leise Verlegenheit, oder Scham, oder was sonst das Blut in ein Angesicht treiben mag, niemals verleugnen konnte, errötete bei diesen Worten unter einem Blicke, den ihr geistlicher Sorger einen Moment rasch zu ihr in die Höhe schlug und, selber errötend, ebenso rasch wieder fallen ließ. Ihre großen, blauen Augen ruhten eine Weile prüfend auf dem kleinen, faltigen Gesicht ihr gegenüber; beide schwiegen; dann strich sie mit der Hand über die Stirn, setzte sich und gab ihrem Besucher ein Zeichen, das gleiche zu tun, indem sie, mit ihren Gedanken offenbar weit anderwärts, eine Frage nach seinem Wolhbefinden an ihn richtete.

Magister Gutfreund ließ sich an, die Mutmaßung eines möglichen Wohlbefindens seiner- oder irgendwelcherseits unter dem Kreuze, das Gottes grausame Geißel über diese Gegend verhängt habe, des weitläufigsten von sich abzuwehren, sah sich aber gezwungen, den Ausfluß seiner Entrüstung wie seines Erbarmens vor der Zeit zu hemmen, denn die Dame, nach einigen ungeduldigen Blicken auf die Pendüle,[129] erhob sich und fiel ihm mit einer lebhaften Erklärung in die Rede, die seinen politischen

---

[128] Abbitten; durch Bitten abzuwenden suchen.

[129] Pendeluhr.

Antagonismus, wie vorhin in dem Gespräche mit dem Wachtmeister-Kammerdiener, in die zeitläufige Bahn führte.

„Sie sind im Begriffe," sagte sie, „unsern alten Disput zu erneuern, Herr Prediger, wenn sich mit einem so frommen Herrn wie Sie überhaupt disputieren läßt. Sie sind ein alter Sachse. Ich bin eine Preußin. Auf Ihren Boden verpflanzt, kann ich von meiner heimischen Liebe, von dem Glauben an meinen Helden und König so wenig lassen, als Sie von Ihrer angestammten Treue. *Sie* trauern um einen schutzlosen Herrn, *ich* halte mich an den Anker eines emporstrebenden Vaterlandes. *Sie* in Ihrem beschränkten Kreise seufzen über die eingeäscherten Hütten, *ich*, die ich an dem Hofe Ihres Brühl,[130] und leider nicht an diesem allein, eine ungeahnte Fäulnis wahrgenommen habe, ich preise den Sturmwind, welcher das reinigende Element über verrottete Stätten trägt, und ich danke dem Himmel, der dieses Feuer von einem Helden ausströmen läßt – "

„Von einem Tyrannen, Frau Gräfin!" unterbrach sie der Magister, an der Stelle berührt, an welcher auch er widerborstig wurde.

„Wer damit anhebt, sich selber zu beherrschen, Herr Prediger," versetzte die Dame mit Würde, „der ist kein Tyrann und hat das Recht, strenge Maßregeln zum Heile einer großen Idee zu verhängen."

„Ein Usurpator, ein Rebell auf dem Thron!" rief eifernd der Sachse, – „ein Zerstörer geheiligter – "

„Geheiligter Mißordnung, – sei es darum!" entgegnete Gräfin Eleonore. „Auch die Sonne rebelliert gegen nächtlichen Dunst. Aber wie gesagt: meiden wir einen Gegenstand, über welchen wir uns niemals einigen werden. Wir wollen schweigend respektieren, was uns aneinander unbegreiflich scheint. Ist das Edelste im Menschen doch die Treue gegen das, was er liebt und was er seiner Verehrung würdig hält."

Sie war während der letzten Worte mit einer erwartungsvollen Miene an das Fenster getreten; die Blicke des geistlichen Freundes folgten ihren unruhigen Bewegungen; er schüttelte den Kopf, ein sorgenvolles „Hm, hm!" entglitt seinen Lippen, seine Gedanken hatten offenbar eine andre Richtung genommen.

---

[130] Graf Heinrich von Brühl (1700-1763) wurde 1746 sächsischer Premierminister.

„Sie sagten etwas, mein Herr?" fragte die Gräfin, auf ihren früheren Platz zurückkehrend.

„Um Vergebung, ich *wollte* etwas sagen, Frau Gräfin," versetzte der Prediger, das Auge fest auf sie geheftet, „ich *wollte* sagen, die Treue *nicht* gegen das, was er verehrt und was er seiner Liebe für würdig hält – – "

„Nun doch wohl nicht gegen das, was er ihrer unwürdig hält?" wandte lächelnd die Dame ein.

„Das wollte ich just nicht sagen, gnädige Frau."

„Und was sonst, Herr Prediger?"

„Ich wollte sagen," erklärte der Magister mit Entschiedenheit, „die Treue *schlechterdings*, die Treue in unserm von Gott verliehenen Amt."

„Und wäre es nicht unsres Amtes, unsres innerlichsten, gottvertrauten Amtes, beharrlich bei dem Guten und Kräftigen zu stehen und das Schwache und Böse entschlossen von uns abzuwehren?"

„Unter Umständen, *nein*, gnädige Frau. Denn wäre sonst die Treue eine Tugend und die Liebe ein Opfer? Unser Herr und Heiland hat sein teures Blut nicht vergossen für die Engel und reinen Geister des Himmels, sondern für uns arme Schwache und Sünder, denen sein göttlicher Vater ihn als Anwalt auf die Erde entsendet hatte."[131]

Gräfin Eleonore maß ihren Besucher mit einem langen verwunderten Blick. Was heißt das? – mochte sie denken. Er hat auf einmal den Tyrannen Friedrich samt allem sächsischen Kram seiner Umstandswörter vergessen und steuert direkt auf einen Zweck – aber auf welchen?

Der würdige Mann ließ sich indessen durch der Dame erstaunte Miene nicht irremachen, sondern fuhr eifrig und unerschrocken in seiner Rede fort: „Und desselbigen sollen wir armen Schwachen und Sünder treulich erfunden werden nicht nur gegen die Guten und Starken, nicht nur nach Freiheit und Neigung, sondern auf jeglichem Posten, auf welchen der Herr uns gestellt, in erster Ordnung aber da, wo wir einen Schwächeren zu vertreten haben. Insonderheit, – nach Gelegenheit –"

Er stockte vor der Nutzanwendung, die nun folgen mußte.

„Weiter, weiter, mein Herr!" rief die Gräfin.

---

[131] Vgl. Lk 5,32: „Ich bin gekommen, zu rufen die Sünder zur Buße, und nicht die Gerechten"; vgl. außerdem Mt 9,13 sowie Mk 2,17.

„Insonderheit," nahm er zögernd wieder das Wort, „insonderheit die Frau Gräfin, – nämlich – eine Mutter, will sagen – das weibliche Geschlecht – – "

Die schöne Frau erhob sich rasch und zog die Klingel.

„Ich bedaure, Sie unterbrechen zu müssen, mein Herr," sagte sie mit einem Ton, den ihre sächischen Freunde „preußisch" nannten. – „Es gilt ein Ballfest, das der Graf arrangiert hat. Schnell anspannen und den Herrn Prediger nach Hause fahren lassen!" setzte sie, gegen den eintretenden Lehmann gewendet, hinzu.

Der gute Magister hatte mit einer Reihe untertänigster Bücklinge den Rückzug nehmend, seine aufdringliche Kühnheit zu entschuldigen gesucht. Jetzt, schon unter der Türe, galt es, noch eifrig gegen die beabsichtigte Heimführung zu protestieren.

„Beileibe nicht diese Umstände, Gnädigste," sagte er, „das winzige Endchen legt sich ja weit kommoder zu Fuße zurück." Und als seine Gönnerin bei ihrem Anerbieten beharrte, die einbrechende Nacht und den strömenden Regen in Erwägung ziehend, setzte er mit fast ängstlicher Entschuldigung hinzu: „Meine Gewohnheit, in der Dämmerung lustzuwandeln, Gnädigste, und draußen lehnt mein Parapluie. – Lasse Er das Fuhrwerk in Frieden, Lehmännchen. In Wahrheit, ich müßte mich ja schämen, so vielerlei Gliedmaßen an Menschheit und Vieh zu molestieren,[132] lediglich um meinem alten Leichnam eine Güte zu tun. Insonderheit alleweile, wo der Beladenste sich nicht schonen darf und der gottlose Preuße selber die Gespanne geraubt hat, um notdürftig den Acker für die Wintersaat zu bestellen."

Mit diesem letzten Worte gegen den grausamen Reichsfeind und mit nochmaliger Reverenz war er, gefolgt von dem Kammerdiener, aus dem Saale verschwunden. Die Gräfin blickte ihm mit einem Ausdrucke fast von Rührung nach. „Er ist mitunter ein wenig langweilig, der gute Magister," sagte sie zu sich selbst, „unbescheiden aus überflüssiger Bescheidenheit, aber doch – wie wenige gibt es seinesgleichen!"

Sie ging einige Male mit hastigen Schritten im Zimmer auf und nieder, zog dann noch einmal die Klingel und fragte, ob der Graf zurück sei.

„Noch nicht retour, Frau Gräfin," antwortete der Kammerdiener.

---

[132] Belästigen.

„Und der – Herr Herzog?"

„Sind retour, Frau Gräfin."

Der Diener entfernte sich, sie blieb allein. Die Beredsamkeit ihres alten geistlichen Freundes kam ihr wieder in den Sinn. Daß ein Mensch so richtig handeln und so viel unnütze Worte machen kann! so hatte sie sonst gesagt, wenn ihr, der Kanzel oder seinem Privatgespräche gegenüber, wiederholentlich die Geduld gerissen war. Er ist zum Redner verdorben, der gute Magister, er sollte auf einem andern Platz stehen. Heute zum erstenmal wurde sie mit Herzklopfen inne, daß der Mann doch wohl auf geeignetem Platze stehen und daß er, ein scharf und fein blickender Seelsorger, im rechten Moment auch die rechten Worte finden möge. „O, er spürte die Lüge," flüsterte sie; „er sah mein Erröten. Mein Mann, sagte ich, wünschte meine Nähe, mein Mann hielte mich fern von meinem Kinde und von meiner Pflicht? Und wenn er es täte, wenn er einen Willen zeigte, *einmal* einen Willen, und wäre es einen sträflichen Willen –"

Sie vollendete die Frage nicht und blieb sich die Antwort darauf schuldig, indem sie mit Gewalt eine peinliche Erörterung zu bannen suchte. Sie ging noch einige Zeit unruhig im Saal auf und nieder, setzte sich dann und versank, den Kopf in die Hand und den Fuß auf das glänzende Gitter vor dem Kaminfeuer gestützt, in rückschauendes Sinnen.

Die Bilder ihrer frühen Jugend zogen an ihrem Auge vorüber. Sie sah sich wieder fern am Ostseestrande, ein einziges, einsames, mutterloses Kind, unter den Augen des ernsten, strengfordernden Vaters, des Kameraden Leopolds von Dessau;[133] unter dem ersten Schimmer der über ihrem Lande aufsteigenden Heldensonne. Alle Erinnerungen ihres Stammes, alle Sagen ihres heimischen geistlich-ritterlichen Bodens, alle monumentalen Reste der Größe, alle Träume und Wünsche des jungen Herzens knüpften sich an kühne Fahrten und Taten; die rege Phantasie verklärte den preußischen Zopf zu einer ritterlichen Lockenmähne, das Blut prickelte ungeduldig in den Pulsen über Zinzendorfs[134] Schriften und der lateinischen Grammatik des steifen Informators; mit Gier

---

[133] Leopold I., Fürst von Anhalt-Dessau (1676-1747), häufig auch „Der alte Dessauer" genannt, war ein bedeutender, für seine militärischen Leistungen und seine Reform der preußischen Armee berühmter preußischer Heerführer.

[134] Nikolaus Ludwig von Zinzendorf (1700-1760), lutherisch-pietistischer Theologe.

wurden die spärlichen Märchen und Minnelieder verschlungen, welche die ungünstige Zeit zutage förderte, die Welt der Träume wimmelte von kühnen Recken und Reisigen, und den kühnsten von allen, den tapfersten Ritter erkor sich die verlangende Phantasie zum Herrn. Nur einem Helden wollte die Heldentochter angehören. Und doch wurde sie die Gattin *dieses* Mannes, wurde es aus freiwilliger Neigung, ja fast der väterlichen Mahnung zum Trotz. Hatte sie ihn geliebt? Glich er ihrem ritterlichen Ideale? Er stand vor ihr jung, schön, galant, ein froher Geselle, wie er ihrer Jugend gefehlt hatte, ein schmucker Kavalier, der ihrem Auge wohl gefallen durfte; ein Edelmann aus altem Stamm, das hieß ein Mann von Ehre und Adel nach ihrer Väter Glauben. Sie war zum erstenmal in der Hauptstadt, als er ihr huldigend gegenübertrat, hatte den ersten Blick getan in die wirkliche Welt und zu ahnen begonnen, daß sie bis heute geträumt. Sie wähnte sich im Erwachen. Und dieses Erwachen zog sich durch Jahre ungeahnten Genusses und neuer Herrlichkeiten, an dem glänzendsten Hofe von Deutschland, in einer reizvollen Gegend, unter Gebilden der Kunst, unter Festen und Huldigungen, tändelnden Männern und üppigen Frauen, unter dem verlockenden Heroldsrufen eines Voltaire[135] und Rousseau;[136] ein goldener Morgen! wie hätte er ihre Sinne nicht blenden, nicht ihre Heldenbilder verdunkeln sollen in seinem grellen Kontraste gegen den kahlen heimischen Strand? – Doch jählings, der Griff eines Helden in diese gleißende Welt, und welche Kehrseite des anmutigen Bildes! Das, was so schön schien, wie verblichen, und die verblichenen Träume, ach, wie so schön! Und der, welcher ihr Hort und Führer sein sollte in dieser streitenden Welt, der, dessen Lächeln sie geweckt hatte aus ihren Kinderträumen, der froh lächelnde Mann auch heute noch, *ihr* Mann, der ihre – –

Sie fuhr in die Höhe und machte in heftiger Bewegung einen Gang durch das Zimmer. „O, daß er ein Mann wäre!“ rief sie aus, „daß er aufbrauste in diesem Wettersturme, daß er ein Schwert

---

[135] Voltaire (eigentl. François-Marie Arouet, 1694-1778), französischer Schriftsteller und Philosoph, dessen Denken sich stark an Locke und Newton orientiert, war einer der einflussreichsten Vertreter der europäischen Aufklärung.

[136] Jean Jacques Rousseau (1712-1778), aus Genf stammender Schriftsteller, Philosoph und Pädagoge, der für die individuelle Freiheit und gegen den Absolutismus von Kirche und Staat eintrat; er gilt als einer der bedeutendsten Aufklärer des 18. Jahrhunderts und Vorläufer der Französischen Revolution.

ergriffe, und wäre es gegen mein eigen Blut! Armseliger Mann, er spottet meines Preußen, denn er liebt, nein, er kennt kein Vaterland! Gottlob, daß du mir leuchtest, glorreicher Stern über meinem Volk! Ja, ja, es gibt noch Helden, und nur die Ritter meiner Träume, des *Herzens* Ritter, ihre Zeit lief ab! Alle, alle?" flüsterte sie, indem sie sich auf ihren früheren Platz zurücksetzte und eine neue Erscheinung sich dem inneren Blicke entgegendrängte. Der fremde Gast ihres Hauses, – er, dessen Ahn der Schild der Ehre hieß –?[137]

„Seine Durchlaucht, der Herr Herzog von Crillon!"[138] – rief, die Flügeltüren auseinanderschlagend, der Wachtmeister-Kammerdiener.

Der Gemeldete, der noch junge, schöne *Maréchal de camp*, Herzog von Crillon, der Meldung auf dem Fuße folgend, trat mit raschen Schritten auf die Dame zu, deren Hand er an seine Lippen zog und die er mit schmeichelnder Entschuldigung begrüßte:

„Ich bin ein Egoist, Madame," sagte er, „der mit den Augenblicken geizt, in welchen ihm die holdeste Nähe gegönnt ist. Aber ich störe. Sie waren in Gedanken, Frau Gräfin?"

„Ich träumte nur ein wenig, Herr Herzog," entgegnete Eleonore lächelnd, indem sie auf einen Sessel an ihrer Seite deutete, „weil ich allein, zwischen Putz und Tanz, just nichts Besseres zu tun wußte."

„Und von was, von wem träumten Sie, schöne Frau?" fragte Herr von Crillon, Platz nehmend.

„Ich träumte von einem Helden, Herr Herzog," antwortete die Dame mit einem Anflug schelmischer Koketterie, der zu dem Stil ihres Wesens im Grunde wenig paßte.

---

[137] Louis des Balbes de Berton de Crillon (1541-1615), ein französischer General, war allgemeinhin als der „Mann ohne Furcht" bekannt und wurde von Heinrich IV. „der Tapferste der Tapfern" genannt. Seine Leichenrede, die der Jesuit François Bening im Dom zu Avignon gehalten hatte, wurde 1616 unter dem Titel „Le bouclier d'honneur" (Das Schild der Ehre) veröffentlicht. Das Dorf Crillon-le-Brave in der Provence wurde nach ihm benannt.

[138] Louis des Balbes de Berton de Quiers, Herzog von Crillon-Mahon (1718-1796) war ein französischer Generalleutnant, der sich im Siebenjährigen Krieg auszeichnete. Nach einem Streit mit dem französischen Ministerium trat er 1762 in spanische Dienste. Seine *Mémoires militaires* (Paris, 1791) enthalten u.a. ausführliche Informationen über die Kriegskunst.

„Von Ihrem Helden, Madame? Ihrem Einzigen! Immer nur ihm!" rief der galante Franzose. „Glückseliger Preußenkönig, beneidenswert, dem Hasse einer Welt zum Trotz."

„Sie irren, mein Herr," versetzte Eleonore. „Ein Traum hat nicht eine so präzise Gestalt, und König Friedrich schickt sich gar wenig zu einer Erscheinung, welche einer Frau in der Dämmerstunde aufsteigt; er ist der Held des Tages, der Held des Lichtes und des Gedankens. Mein Träumen war mehr eine Grübelei. Was macht den Helden, Herr Herzog?"

„Der Mut und die Treue, Madame," sagte Herr von Crillon.

„Die Treue?" wendete die Gräfin ein wenig verwundert ein, „die Treue gegen wen?"

„Wenn er ein König ist, die Treue gegen sich selbst, wenn er ein Edelmann ist, die Treue gegen den König."

„Und wenn er von beiden keines sein sollte, mein Herr?"

„Dann weiß ich von keinem Helden, Madame."

„Begnügen wir uns dann mit denen, von welchen Sie wissen, Herr Herzog," versetzte Eleonore mit einem Anflug von Spott, „und setzen wir den Fall, daß der König eines Edelmanns ein Schwächling wäre, wie dann, mein Herr?"

„Dann bindet die Ehre die Treue auch an den Schwachen und macht ihn stark," versetzte Herr von Crillon mit Würde. Darauf aber zu seinem leichteren, verbindlichen Ton zurückkehrend, fügte er hinzu: „Madame, Ihr König, schwach zur Stunde, ein Schwächling ist er nicht, dafür sei Gott; Sie aber sind eine Heldin, schöne Frau, um der Treue willen, mit welcher Sie zu ihm stehen, im eignen Haus, im eignen Land, wider eine feindliche Welt, und ich beklage es, ja, ich beklage es, in einem wenig ruhmvollen Kampfe auch Ihr Antagonist geworden zu sein."

„Ei, ei, Herr Herzog, wie soll ich diese plötzliche Entmutigung deuten?" fragte die Gräfin mit neckendem Augenstrahl.

„Entmutigung? Sie lächeln selber, Frau Gräfin," entgegnete der Herzog. „Mut ohne Widerstand hieße sein Gegenteil. Ihrem starken, siegreichen König Halt zu gebieten, wäre uns eine Ehre gewesen. Den Geschlagenen, Verdrängten, Verzweifelnden übermächtig noch einmal anzugreifen, dünkt mich nahezu eine Schmach für den französischen Namen."

„Hoffen Sie denn mit mir, daß Sie die Angegriffenen sein werden, Herr Herzog," versetzte die Gräfin mit dem Tone eines ernstgemeinten Scherzes, daher ihr Gegenüber es denn auch an einer eifrigen Zurechtweisung nicht fehlen ließ.

„Es wäre Tollmut, – Desperation, schlimmer: es wäre Torheit, Madame. Diese ärmlichen, müdegehetzten Trümmer von Kollin[139] gegenüber einer französischen Armee! Wir zögern, wir schonen ihn, – seinen deutschen Feinden zum Trotz, er sieht es; wir gönnen ihm Zeit zu unterhandeln, und ich ehre Ihren König, den Zögling französischer Weisheit, zu hoch, um zu wähnen, daß seine Bravour der einfachsten Logik hohnsprechen und selbstmörderisch seinen tapfer begründeten Ruhm dem Gelächter Europas preisgeben sollte.“

„Oder auch ihn unsterblich machen!“ entgegnete die Preußin stolz, setzte aber nach einer Pause lächelnd hinzu: „Ein Disput des Blinden um die Farbe, nicht so, Herr Herzog? Was versteht eine Frau von Helden und Heldentum?“

„Sie versteht sie zu ehren, sie versteht es zu lohnen, Madame,“ erwiderte der ritterliche Franzose. „Was helfen Ihrem König seine Siege, wenn, wie man sagt, nicht die Hand einer schönen Frau den Kranz auf seine Stirn drückt?“

Es zog während dieser Rede die Hand der Dame an seine Lippen, just als der rechtmäßige Besitzer dieser Hand in das Zimmer trat. Die Huldigung seines Gastes in Wort und Bewegung konnte ihm so wenig als das Erröten der anmutigen Wirtin entgangen sein, auch preßte er einen Moment die schmalen, purpurroten Lippen ärgerlich übereinander. Schnell jedoch hatte er sich besonnen, daß sächsische Lebensart französischer Feinheit und Freiheit nichts nachgeben dürfe, und mit einer arglosen Courtoisie,[140] die man andrerzeit und andernorts vielleicht Frivolität genannt haben würde, verbeugte er sich nach beiden Seiten und rief: „Glücklich retourniert, *mon duc*? Und Sie, teure Eleonore, Ihre Migräne zu rechter Zeit überwunden? Scharmant, ganz scharmant!“

„Migräne, Moritz?“ fragte seine Gemahlin äußerst verwundert.

„O, diese böse, plötzliche Plage, Migräne!“ entgegnete der gewandte Herr, die Achseln zuckend. „Hätte ich doch kaum noch gehofft, Sie auf dem Balle zu begrüßen, Teuerste. – Sie werden sehr nachsichtig sein müssen, Herr Herzog. Ein *Impromptu*,[141] ein

---

[139] Siehe Anm. 124.

[140] Höflichkeit, feines Benehmen.

[141] Kleineres Musikstück, meist für ein Soloinstrument, mit dem Charakter einer Improvisation. Hier ist eine bescheidene, hastig organisierte Veranstaltung ohne große Förmlichkeit gemeint.

ärmliches Landstädtchen! Wahrhaftig, wir müßten uns schämen, wenn wir nicht hoffen dürften, bald an würdigerer Stätte Ihnen die Honneurs[142] unsers Landes zu machen und zu zeigen, daß wir aufmerksame Zöglinge des Ihrigen gewesen sind."

„Die Schönheit adelt die bescheidenste Stätte," entgegnete Herr von Crillon mit ehrfurchtsvoller Reverenz gegen die Dame.

Sie machte lächelnd eine leichte, ihr Eheherr, gleichfalls lächelnd, eine tiefe Verbeugung gegen den Galanthomme,[143] als der Kammerdiener eintrat und die bereithaltende Sänfte der Frau Gräfin ankündigte. Herr von Crillon verließ rasch das Zimmer, einen augenblicklichen Aufschub erbittend; der Graf aber, nach einem scheuen Rundblick, sagte, hastig auf seine Gemahlin zutretend, mit flüsternder Stimme: „Du wirst *nicht* auf den Ball gehen, Eleonore."

„Nicht auf den Ball gehen, Moritz?" versetzte sie verwundert, indem sie den goldenen Fächer von dem kleinen, kunstvoll aus Schildkrot geschnitzten „Tresorchen" herunterlangte.

„Du wirst *nicht* gehen, sage ich."

„Ich verstehe Sie nicht, Graf."

„Nichts Verständlicheres, sollte ich meinen, Gräfin, als die Galanterien, den Affront dieses Franzosen sich nicht unter den Augen aller Welt gefallen lassen zu wollen."

„Nichts Verständlicheres, sollte ich meinen, Graf, als einen galanten Affront – gesetzt, daß es sich um einen solchen handelt, sich am wenigsten unter seinem eigene Dache gefallen zu lassen, und den, welcher ihn uns zufügt, mit allen Zeichen der Ergebenheit zu überhäufen."

„Er ist ein Franzose, ein Freund, ein Gast."

„Und Sie sind sächsisch-polnischer Kammerherr, allerdings. Indessen, Sie haben mich nun einmal in Gegenwart dieses Ihres Gastfreundes zu diesem Feste *ihm* zu Ehren eingeladen –"

„*Façon de parler*,[144] Scherz – –"

„Schade, daß ich Ihren Ernst so wenig habe kennen lernen, um diesen Scherz nicht für Ernst zu nehmen, und daß ich nun keinen

---

[142] Ehrenerweisungen, Begrüßungsformalitäten. In der Redewendung „die Honneurs machen" auch speziell (bei Empfängen): „Gäste willkommen heißen".

[143] Ehrenmann, Mann von feiner Lebensart.

[144] Gewissermaßen, sozusagen.

Grund sehe, der eine so späte Korrektur der Auffassung rechtfertigen würde."

„Eine Frau braucht keine Gründe für einen veränderten Entschluß. Einfälle, Zufälle, Launen, Vapeurs,[145] – eine Migräne sind ihre Räson."

„Nicht die meine, Graf; und bei der meinen werde ich beharren, bis Sie mir in Ihres Freundes Gegenwart durch Ihren ausgesprochenen Willen eine triftigere aufnötigen."

„Und mich *ridicule*[146] mache, als deutscher Lustspiel-*hobéreau*![147] Ich danke Ihnen, Frau Gräfin, ich danke vieltausendmal!"

„Nun, auch ich habe keine Lust, mich lächerlich zu machen, und darum auf Wiedersehen in der Menuett,[148] Herr Graf."

Mit dieser Schlußerklärung und einer spöttischen Verbeugung wendete die stolze Dame sich nach der Tür; der gereizte Eheherr aber schien nicht geneigt, als Überwundener auf dem Kampfplatze sich mit dem Nachsehen zu begnügen. „Lore, du bleibst!" rief er aufgebracht, sie bei der Hand zurückhaltend. Da aber just der Urheber seines Unwillens in den Saal zurückkehrte, führte er diese Hand mit bewundernswerter Fassung in tändelnder, ehemännischer Laune an seine Lippen. Seine Gemahlin entzog sie ihm rasch mit verächtlicher Miene; unwillkürlich strich sie mit den Kanten ihres Taschentuchs darüberhin, als ob sie die Spuren heuchlerischer Feigheit von ihrem Körper löschen wollte.

Herr von Crillon war unterdessen näher getreten, der schönen Frau mit einer schmeichelhaften Apostrophe,[149] würdig eines

---

[145] Zeitgenössische Modebezeichnung für Frauenleiden, wobei in der damaligen medizinischen Theorie von Blähungen (frz. Vapeurs: „Dünste") und davon ausgelöster übler Laune und Hysterie ausgegangen wurde. Man begriff „Vapeurs" als durch die weiblichen (Geschlechts-)Organe verursachten Spezialfall der Hypochondrie.

[146] Lächerlich.

[147] Pejorativer Begriff für einen kleinen unkultivierten Landedelmann, der seine Bauern tyrannisiert.

[148] Ursprünglich Volkstanz, seit dem 17. Jahrhundert beliebter Hof- und Gesellschaftstanz im ¾-Takt.

[149] Stilmittel der Rhetorik, mit dem der Redner eine eindringliche Wirkung zu erzielen versucht, indem er die primäre Sprechsituation verlässt und seine Worte beispielsweise an eine abwesende Person oder eine leblose Sache richtet. Hier ist eine ablenkende Geste gemeint.

Voltaire, leider aber unsrer Kenntnis *verbaliter*[150] nicht aufbewahrt, ein Bukett feinster, den natürlichen gleich duftender Pariser Blumen darbietend. Stumm, geteilt zwischen Verlangen und Verlegenheit, zögerte sie, es entgegenzunehmen, bis der Gemahl lächelnd, mit der glücklichsten Unbefangenheit die Mittlerrolle ergriff und, nicht ohne obligate Verbeugung gegen den Geber, es aus seiner Hand in die ihre legte. „Mit dem Schwert in der Hand, oder mit dem Minnezeichen," rief er aus, „*preux chevalier*[151] und seines Sieges gewiß."

Noch war der allseitige Dank und Gegendank für dieses kavaliere Impromptu in tiefen Reverenzen nicht erledigt, als der Kammerdiener von neuem auftrat, die harrende Equipage[152] des Herrn Grafen anzumelden. Der Herzog faßte die Fingerspitzen der Dame, sie ihrem Vehikel zuzuführen, der Eheherr blieb einen Moment im Saale zurück, den sich Entfernenden einen Blick nachschleudernd, so grimmig, als es seinem im Grunde ziemlich harmlosen Augenpaare möglich schien.

„Sie trotzt mir," murmelte er. „Nun denn Trotz gegen Trotz, Madame. Noch ist es Zeit! Glücklicher Zufall, daß ich die Kundschaft oben bei dem Hildburghausen attrappiert[153] habe. – Die Garnison rückt in der Frühe über den Fluß. Zurück, immer wieder zurück, dieser Soubise.[154] Aber diesmal mir erwünscht. – Am Nachmittag brechen wir auf nach Dresden, nach Warschau, wenn es sein muß, sie darf, sie soll diesen Franzosen nicht wiedersehen."

Befriedigt lächelnd folgte er den Vorangegangenen und langte im Hausflur an, als eben die vergoldete Porte-chaise[155] seiner Gemahlin aus derselben getragen ward. Gast und Wirt bestiegen alsobald die bereitstehende Karosse und fuhren einmütig selbander zu dem Feste, das zu Ehren der fremden Freunde und Erretter gefeiert werden sollte. In kaum einer Minute standen sie, des

---

[150] Im Wortlaut.

[151] Tapferer Ritter.

[152] Elegante Kutsche.

[153] Erwischen, ertappen; in diesem Kontext: hören.

[154] Charles de Rohan Prince de Soubise (1715-1787), französischer General und Marschall von Frankreich, vereinigte seine Truppen im Siebenjährigen Krieg mit der deutschen Reichsarmee unter dem Herzog von Sachsen-Hildburghausen.

[155] Sänfte.

überholten Tragsessels harrend, in der Torfahrt zum „Goldenen Scheffel".

Die Kultur in unserm Städchen war vor mehr als hundert Jahren keineswegs so weit gediehen, um auch die Propyläen[156] einer Ergötzlichkeit einer Dekoration bedürftig zu erachten. Der unverdeckte Rinnstein floß inmitten eines halsbrechenden Pflasters, der Blick in einen morastigen, mit Schuppen und Karren gefüllten Hof lag frei geöffnet, die Düfte nachbarlicher Ställe mischten sich mit denen des Wildbratens und polnischen Karpfens, mit dem Bier und Tabaksqualm, die aus Küche wie Schenkstube drangen. Der kurfürstliche Kammerherr bemerkte und erwiderte achselzuckend das epigrammatische Lächeln seines hohen Gastes von der Seine, dabei aber verneigte er sich höflich grüßend nach allen Seiten, reichte den eintretenden Huldinnen des Kreises seinen Arm zum Geleit bis an die Treppe, welche nach dem Tanzsaal im oberen Stockwerke führte, erinnerte die stattliche Gemahlin des Herrn Amtshauptmanns an ihre Zusage der ersten Menuett, küßte mehr als einer Schönen zum Willkomm die zarte Hand, er lächelte, er lispelte, er witzelte, er schwebte auf und nieder, mit einem Worte: er war ein würdiger Epigone der großen Epoche des galanten Sachsens, der kurfürstliche Kammerherr Moritz Graf von Fink; nicht das seelenkundigste Auge hätte auf dieser wolkenlosen Stirn gelesen, daß ein gewaltiger Entschluß in ihrem Innern reif geworden war.

Wir wollen mit dieser Andeutung keineswegs eine bängliche Apprehension[157] in dem Gemüte einer holden Leserin erwecken und beileibe nicht behaupten, daß das Blut eines Othello[158] in den Adern unsers kursächsischen Kavaliers gekocht habe; ja, wir tragen billiges Bedenken, daß die Missetat des schwarzen Afrikaners, wäre sie jenerzeit schon über den Kanal in die Musentempel der Elbe und Pleiße vorgedrungen, den zürnenden Eheherrn zur Bewunderung oder gar zu verbrecherischer Nachahmung hingerissen haben würde.

Immerhin jedoch entbehrte er der Dosis Eitelkeit nicht, welche zu dem Mixtum der Eifersucht auch in einem weißen

---

[156] Torbauten.

[157] Befürchtung.

[158] *Othello, der Mohr von Venedig* ist ein Trauerspiel von William Shakespeare. Othello ermordet seine Frau Desdemona, weil er sie für untreu hält.

Männerherzen erforderlich ist und welche unter Umständen, nicht minder als die Leidenschaft, eine unberechnete Katastrophe zum Ausbruch bringen kann.

Die Sänfte der Dame, geleitet von zwei Windfackeln tragenden Heiducken,[159] ließ nicht lange Zeit auf sich warten, und der artige Franzose eilte herbei, statt des nebenherschreitenden Kammerdieners ihren Schlag zu öffnen und seiner schönen Wirtin den Arm zum Geleit in das Festlokal zu bieten.

„Einen Augenblick, *mon duc,*" rief indessen der herbeispringende Eheherr lächelnd, „die Damen lieben es, einen prüfenden Blick in den Spiegel zu werfen, bevor sie den Ballsaal betreten. – Ein Zimmer für die Gräfin, Herr Wirt!"

Unter den devotesten Bücklingen und Entschuldigungen, daß nur ein einziges, wenig standesgemäßes Kämmerlein noch disponibel sei, öffnete der eilfertige Scheffelwirt, dem bei seinen heutigen, unerhörten Obliegenheiten der Kopf unter der weißen Zipfelmütze im buchstäblichen Sinne wirbelte und wackelte, die Tür eines langen, schmalen Korridors, auf eine zweite am entgegengesetzten Ende desselben deutend, und sprang darauf in die Torfahrt zurück, wo seine Gegenwart von den verschiedensten Stimmen aus Küche und Keller gefordert ward.

Gräfin Eleonore hatte ihren Gemahl bei seiner unvermuteten, ihr völlig überflüssig dünkenden, fürsorglichen Forderung erstaunt angeblickt; um sich jedoch in keine auffällige Erörterung einzulassen, nahm sie rasch dem Wirt den Leuchter aus der Hand, schritt unmutig, beide Wände des Ganges mit der steifen, glänzenden Robe streifend, ihrem Gemahl voran und öffnete, seine nochmalige dringende Frage: ob sie darauf bestehe, den Ball zu besuchen, keiner Antwort würdigend, die Tür des angewiesenen Zimmers.

Der Herr Herzog von Crillon hielt es für angemessen, nicht länger im Torweg des „Goldenen Scheffels" des rückkehrenden Ehepaars zu warten und statt dessen oben am Eingange des Tanzsaales den Posten als harrender Ritter einzunehmen. Zehn lange Minuten mochten auf diese Weise vergangen sein, als sein gräflicher Wirt erschien – *ohne* seine Frau Gemahlin.

---

[159] Im 15. und 16. Jh. Söldner im osmanischen Machtbereich in Südosteuropa; hier: Diener, Lakaien.

„Die Damen sind *incalculable, incommensurable, mon duc*,"[160] sagte er, gewohnter Weise lächelnd, „eine verschobene Schleife, eine in der Nachtluft aufgelöste Locke – machen ihnen Migräne. Die Gräfin – –"

Die Klänge der eröffnenden Polonäse[161] unterbrachen die Erklärung; der Graf reichte der Gemahlin des Landesstallmeisters, Freiherrn von Tettenborn,[162] die Fingerspitzen und verschwand mit ihr im Gedränge des Saales. Über des Herzogs Mienen aber lagerte sich eine verdrießliche Wolke. Was sollte er auf diesem deutschen Kirmesfest ohne sie? Er nahm im Nebenzimmer Platz unter einer Gruppe französischer Herren, welche so wenig wie er Lust bezeigten, die des Pariser Parketts gewohnten choreographischen Künste auf den rauhen Dielen, unter den Staubwolken des „Goldenen Scheffels" zu riskieren. Der Champagner floß, es wurde hoch pointiert;[163] voran der Herzog, der seine Kühnheit, wie seinen Reichtum in den gewagtesten Sätzen dokumentierte. Er siegte und ließ sich besiegen mit gleichmütiger Noblesse. Unser Graf dahingegen, als der vornehmste der *maîtres de plaisir*,[164] wetteiferte in kunstfertigen Pas[165] mit den jüngsten französischen Helden. Die unerwartete Nachricht, daß die Besatzung in der Frühe des nächsten Morgens die Stadt zu verlassen und sich über den Fluß zu ziehen habe, schien ihn wenig zu überraschen. Er hatte ja früher als selbst sein kriegerischer Gast diese Nachricht attrappiert, als er dem *Commandeur en chef*,[166] Herzog von Hildburghausen, seine Aufwartung machte, wenige Minuten bevor im Polnischen

---

[160] Unberechenbar, nicht einzuschätzen, mein Herzog.

[161] Feierlicher polnischer Schreittanz, seit dem 18. Jahrhundert im ¾-Takt.

[162] Das Herrengeschlecht von Tettenborn ist eine weit verzweigte altritterliche, später in den Freiherrenstand erhobene Uradelsfamilie aus der Grafschaft Hohenstein. Bis um die Mitte des 19. Jahrhunderts besaß die Familie neben dem Stammsitz Tettenborn auch Güter um Weißenfels herum. Vermutlich hat François den Namen dieses Geschlechts einfach in die Novelle eingebaut, weil er ihr bekannt war. Zur Zeit des Siebenjährigen Krieges spielten die von Tettenborns keine bedeutende Rolle.

[163] Beim Phar(a)o (siehe auch Anm. 47) um hohe Einsätze (Mindesteinsatz = Point) spielen.

[164] Tanzmeister; jemand, der ein Fest organisiert.

[165] Schritten.

[166] Feldherr.

Hause seine ehemännische Galle so bedenklich aufgeregt werden sollte.

Und wo war Gräfin Eleonore während der Zeit, daß Gemahl und Kavalier sich dergestalt mit ritterlichen Spielen unterhielten? Ach, es wird schwer fallen, dieses unglückliche Opfer der Eifersucht in einer Situation darzustellen, die ihre Heldenrolle gefährlich zu beeinträchtigen vermöchte.

Wir sahen die Dame zuletzt mit hastigem Unmut, den Leuchter in der Hand und ein gütliches Nachgeben stolz verschmähend, die Schwelle des improvisierten Toilettenzimmers überschreiten. Der Gemahl hielt sich bescheidentlich vor der offen gebliebenen Türe, während sie rings an den Wänden umherleuchtete und endlich den Spiegel in Form und Größe einer Schiefertafel entdeckte. Ein rascher Blick widerlegte ihre unbestimmte Erwartung einer der Redressur[167] bedürfenden Unordnung; sie sah, daß alles gut und daß sie schön genug sei, um auch die schönste Nebenbuhlerin nicht zu fürchten. So eilig, als sie gekommen, wendete sie sich daher dem Ausgange wieder zu und war eben im Begriff, durch die Tür zu treten, als dieselbe, – der unfeine Ausdruck läßt sich nicht vermeiden, – als dieselbe ihr eigentlich vor der Nase zugeschlagen, der Schlüssel von außen umgedreht und hörbar abgezogen wurde.

Die schöne Frau prallt einige Schritte zurück und steht einen Augenblick wie in einem Sprunge schon wieder an der Türe. Sie rüttelt am Drücker – das Schloß gibt nicht nach; sie ruft laut und immer lauter den Namen ihres Gemahls, ihres Dieners, des Wirtes selber – keine Antwort; sie lugt durch das Schlüsselloch – alles finster; jetzt stürzt sie nach dem Fenster und reißt es auf – aber auch hier schweigende, unenthüllbare Nacht. Keine menschliche Spur zu erkennen, keine menschliche Hülfe zu errufen – die schöne Frau ist eine Gefangene!

Bei dieser Entdeckung fiel unsre Heldin in einen Zustand, ja, es läßt sich nicht glimpflicher bezeichnen, in einen Zustand von Wut. Zornesröte wechselte mit einer tödlichen Blässe auf ihrem Gesicht, ihre Glieder zitterten, die Brust rang nach Atem und Luft. Von oben herab vernahm sie die einladende Weise der Polonäse. Sie schleuderte das Pariser Bukett an den Boden, riß die Rosen aus ihrem Haar und trat sie mit Füßen, sie rannte im Zimmer auf und nieder, die Hände krampfhaft gegen ihre Stirn geballt.

---

[167] Wiederherstellung von Ordnung.

„O diese Feigheit, diese Gemeinheit!" stöhnte sie mit einem konvulsivischen Lachen, das zu ihrer Erleichterung nach und nach in einen Tränenstrom überging.

Sie warf sich auf den niedrigen Tritt am Fenster, vergrub ihr Gesicht in die Hände, und während die heißen Tropfen auf das silberglänzende Stoffkleid niederrieselten, wechselte in ihrem Herzen ein Kreislauf qualvoller Empfindungen vom bittersten Hohn und Haß bis zu dem ihrer stolzen, mutigen Seele so ungewohnten Mitleiden mit sich selbst. Die Tränen versiegten allmählich, sie versank in dumpfes Brüten, saß mit geschlossenen Augen gleich einer Schlafenden, während holde Erinnerungen, Träume der Vergangenheit, wechselnd mit bedrohlichen Zukunftsbildern vor ihrem Geiste kamen und schwanden. Vom Saale herunter drang die Musik der verschiedenen Tänze, von der Straße herauf wirbelte der Zapfenstreich, sie hörte es nicht, sie saß wie erstarrt.

Endlich aber sprang sie auf mit einem jähen Entschluß. „Niemals, niemals," rief sie laut und leidenschaftlich, „nein, niemals werde ich in dieses Haus zurückkehren, niemals diesem Elenden wieder angehören. Pflicht um Pflicht, Treue bis in den Tod! Aber ausharren, wo man verachten muß, macht uns verachtenswert!" Unwillkürlich fielen ihr bei diesen Worten die Forderungen ihrer beiden abendlichen Besucher wieder ein: „Treue schlechterdings", und „auch an die Schwachheit bindet die Treue", hatten sie gesagt, ein jeder in seinem Sinn. Seltsam, daß sie es just heute sagen, daß ihre Gedanken heute just diese Richtung nehmen mußten. Aber nein, nein. Die also sprachen, es waren ein Priester und ein Soldat. Was wußte der eine von den Kämpfen eines weiblichen Herzens in den überfeinerten Zuständen der großen Welt? Was wußte der andre von den Leiden des Menschenherzens überhaupt? Gelte, was sie behaupten, für die Masse des stumpf in Arbeit und Notdurft ringenden Volks; sei es ein Gesetz für Männer unter irgendwelchem Panier, – eine Frau verliert ihren Adel, wenn sie sich an einen Unwürdigen heftet, die Gemeinheit überwältigt sie, wenn sie sich seiner Gemeinschaft nicht entringt.

Der Herzog, der Herzog? was war ihr dieser Mann? konnte sie sich einer Schuld bewußt werden? fühlte sie den Vorwurf auch nur eines sträflichen Gedankens, auch nur eines sträflichen Empfindens? Hatte ihr Gemahl auch nur einen Schatten von Recht, Schmach und Erniedrigung über sie zu verhängen?

Sie preßte die Hand gegen das Herz, sie suchte gleichsam seine Schläge zu zählen. Aber, „Nein, nein!" – rief sie auch jetzt, „ich tastete nach einem Ideal, um meinen wankenden Glauben zu stützen, ich tändelte mit einem Traum, um meine leer gewordenen Stunden zu füllen, aber selber meine Träume waren nicht meiner Treue feind. O, wohl der Frau," fuhr sie nach einer Pause fort, „wohl der Frau, welche einem ungeliebten Manne ihre Treue verpfändet hat, aber einem Manne, der sie ehrt und dem sie vertraut. Doch einem in Neigung sich zugesellen und von Stunde zu Stunde, Schritt für Schritt seine Hohlheit innezuwerden, zu sehen, wie er jede Größe lächelnd bezweifelt und das Gemeine sich lächelnd gefallen läßt, wie er feige vor dem Mächtigen kriecht und ehrlos den Schwachen, ein Weib gar, mit Füßen tritt, das heißt elend, das heißt elend sein wie ich. Zur Stunde erst ist dieses Elend mir klar geworden in seiner vollen, vernichtenden Bedeutung, und zur Stunde noch werde ich ihm entfl-, nein, nicht heimlich entfliehen, offen ihm ins Angesicht zerbreche ich die schmähliche Fessel."

Wieder saß sie eine Weile unbeweglich. Aber sie blieb nicht lange allein; eine zarte, liebliche Gestalt schmiegte sich an ihre Brust, und eine Kinderstimme stammelte: „Mutter, Mutter, was wird aus mir, wenn du mich verlässest?" – „Mein Leo!" – rief sie – „mein Knabe, dich soll ich lassen, *ihm* lassen, dich, mein einziges Kind?" – Ihre Tränen strömten von neuem, sie rang verzweifelnd die Hände. Aber auch jetzt faßte sie sich bald. „Nimmermehr!" – rief sie entschlossen, „mir gehörst du, mir zuerst, mir allein; auch dich muß ich ja retten, retten von dem Fluche, eines Tages deinen Vater verachten zu müssen. Dich mir zu sichern, fliehe ich, entführe dich zu meinem Vater, zu meinem alten, herrlichen Vater. Er wird dich schützen, vor ihm wollen wir uns beugen. Unter seinen Augen sollst du ein Mann werden, ein Edelmann wie er selber, würdig des Helden, der seinen Zepter über dich halten wird. Ein Kind, ein Weib, jeder Mensch vermag zu bestehen ohne das Glück, ja ohne die Liebe selbst. Aber Ehre und Ehrfurcht sind wie der Atem in unsrer Brust, entflieht er uns, steht das Leben still."

Schnell entschlossen überdenkt sie den Weg und die Mittel zur Flucht; in heftiger Bewegung schreitet sie das Zimmer auf und nieder. Ein Duft von Blumen strömt ihr entgegen, ihr Fuß hat den Strauß berührt, den sie vor Stunden im Zorn von sich geworfen. Sie hebt ihn auf und blickt eine Weile sinnend in die künstlichen Kelche. „Er," flüstert sie, „auch er würde uns schützen, würde mich freimachen und rächen. Aber schützen gegen wen? rächen an wem? Gegen deinen Vater, an deinem Vater, mein Kind, nein, nein! Auch er darf meine Flucht nicht ahnen. – Kein buhlerischer

Schein auf ein bis heute makelloses Leben – auf das Andenken deiner Mutter, mein Sohn, deiner Tochter, mein Vater, auf das Andenken einer Preußin in fremdem, verderbtem Land."

Es mußte schon tief in der Nacht sein, als ihr Plan fix und fertig war. Von der Straße, vom Hofe herauf kein Laut. Nur über ihr fast ohne Unterbrechung die Musik der wechselnden Tänze.

Sie öffnete leise das Fenster und spähte hinaus in den düsteren Raum. Ein Lichtstrahl, von einem Seitengebäude streifend, ließ sie allmählich einen engen, kleinen Seitenhof, nach der Landessprache einen „Schlüfter", unterscheiden, auf welchen das Fenster mündete. Ein Haufen von Schutt und Scherben unter demselben mußte das Entkommen erleichtern.

Sie nestelte nun hastig die Zitternadeln aus ihrem Haar, die Diamantgehänge von Brust und Ohr, nahm Kollier und Armspangen ab und verbarg sie in ihrer Poche.[168] Wenn der Brokat des Gewandes nur ebenso leicht zu verhüllen gewesen wäre! Aber Lehmann mußte ja die dunkle, warme Saloppe[169] bei sich haben und ihrer längst in Begleitung der Sänfte im Hause harren. Auf diesen treuen Mann konnte sie bauen. Er war ihr aus der Heimat mitgegeben als zuverlässiger Diener, ja fast als Freund. Hatte sie ihn aufgefunden, war sie geborgen. Nun herzhaft auf die Brüstung des Fensters und mit einem mutigen Sprunge in die Freiheit!

Der Kopf, die schlanken Schultern waren glücklich durch die schmalen Fensterflügel geschlüpft, aber, o weh! jetzt ist sie gebannt, der standfeste Reifrock hindert das Entkommen. Sie muß noch einmal zurück, sich der modischen Fessel zu entledigen. Da steht das eherne Gerüste gleich einem Haus, das erste Hindernis auf neuer Bahn, ein Symbol des Herkommens, mit dem sie bricht. Nun mit frischem Mute noch einmal auf die Brüstung – ein rascher Sprung, und die Gefangene ist frei!

Tastend gleitet sie längs der Mauer dahin und hat bald den Ausgang nach dem großen Hofe erreicht, den ein Schimmer der einzigen, dunkel glimmenden Lampe der Torfahrt notdürftig erhellt. Hinter einem Karren geborgen rekognosziert sie das Terrain. Der Flur steht gefüllt von Sänften, der rückkehrenden Tänzerinnen harrend, aber die Träger und Diener haben sie verlassen. Man hört ihre klappenden Krüge und lärmenden

---

[168] Tasche.

[169] Untaillierter Pelzmantel, hier ist eine Zobelsaloppe gemeint (vgl. S. 116).

Stimmen aus der Wirtsstube dringen. Nur eine einsame Gestalt hat Platz auf einer Bank dicht an der Hoftür genommen. Der Flüchtigen Herz schlägt freudig auf; der glückliche Zufall erleichtert ihren Entschluß: es ist Lehmann, der Getreue!

Sie schleicht auf ihn zu, faßt seinen Arm und flüstert: „Folge mir, Lehmann!"

„Alle Teufel, Frau Gräfin!" ruft der Diener erschreckt, als sähe er eine Spukgestalt.

„Still, still, verrate mich nicht, folge mir."

Er ging ihr nach. Sie traten in eine Scheune, die heute abend als Remise aushelfen mußte.

„Sind wir hier sicher, Lehmann; kann uns niemand hören?"

„Höchstens eine Maus, gnädige Gräfin. Sie sitzen alle in der Kneipe und kauderwelschen sächsisch mit den Französischen. Mir wurde der Spuk zu toll, ich –"

„Still, still, Lehmann, wir haben Eile, höre mich. Du bist meiner Familie von jeher ein treuer Diener, ja ein Freund geworden. Du folgst mir gern, nicht wahr?"

„Gnädigste Gräfin, bis in den Tod."

„Ich danke dir, Alter; und nun merke auf. Mein Gemahl hat mich gröblich beleidigt. Ich werde nicht mehr in sein Haus zurückkehren."

„Die gnädige Gräfin haben sächsische Lunte gerochen, juchhe!"

„Still, Lehmann, still, ich fliehe!"

„Wir fliehen!" rief der Alte, vor Freude in die Höhe springend. Plötzlich aber schien ihm ein Bedenken aufzustoßen. Er kratzte sich am Kopfe und murmelte einige unverständliche Laute.

„Was hast du, rede!" rief die Dame beunruhigt.

„Ich meine nur, Frau Gräfin, – nicht wahr –"

„Was meinst du? rasch, rasch!"

„Na, ich meine – – Wir fliehen, wir zwei beide, gut! Aber – na – na, was Französisches ist doch nicht zu dritt?"

„Schäme dich, Lehmann!" sagte Eleonore, dunkel errötend. Dieser Argwohn selber in dem ergebensten Herzen war der erste Stein des Anstoßes auf ihrer Bahn. „Schäme dich! wir gehen nach Preußen zu meinem Vater."

„Nach Preußen, hurra! nach Preußen!" jubelte der Veteran. „Soll ich die Sänfte bestellen, Komtesse?"

„Behüte, Lehmann. Ich sage dir ja, daß ich nicht in des Grafen Haus zurückkehren werde."

„Oder unsern Wagen?"

„Der würde mich verraten. Ich muß unbemerkt auf preußisches Gebiet zu gelangen suchen. Wir gehen zu Fuß aus der Stadt."

„Zu Fuß in diesen Flitterschuhen? Aber nun zu! Ich weiß schon Rat. Unter der Treppe hat die Hanneliese ihre Holzpantoffeln stehen lassen."

„Das wird sich finden, Lehmann. Aber gib mir meine Sachen, mich friert."

Sie hüllte sich in Saloppe und Abendschleier, welche der Kammerdiener bisher sorgfältig auf seinem Arm gehalten, und fuhr dann fort: „Wir müssen nun so rasch als möglich hinüber, meinen Leo zu holen."

„Versteht sich, unser Leochen! Das Leochen muß mit nach Preußen!"

„Aber der Weg über die Brücke wäre zu weit und unsicher; wir würden entdeckt und verfolgt werden."

„Gnädige Komtesse, wir schlagen uns durch."

„Wir sind nicht im Feldlager, Lehmann, wir sind auf einer Reise und auf einer heimlichen Reise. Wir müssen einen nähern Weg nehmen. Der Fährmann Adam ist dein Freund, du kannst dich auf ihn verlassen?"

„Wie auf mich selber, Komtesse, eine ehrliche Haut bis auf die Knochen und zum Ausplaudern viel zu faul."

„Nun gut, Lehmann. Wir gehen nach dem Fährhause; der Weg ist nicht weit und wenig belebt. Wir setzen über; ich warte im Dorfe bei der blinden Mutter Veit, bis du vom Gute den ersten besten Wagen besorgt und Leo mit seiner Bonne[170] zu mir gebracht haben wirst. Du sagst, daß wir in der Frühe nach Dresden aufzubrechen gedenken, erregst so wenig als möglich Aufsehen. Du fährst natürlich selbst. Vor Tagesanbruch müssen wir aber schon über die Grenze sein. Hast du mich verstanden, Lehmann?"

„Bin nicht von Stroh, Komtesse."

„So sieh dich in der Torfahrt um, ob ich unbemerkt hindurch kann."

Der Alte ging und kehrte nach wenigen Minuten zurück, ein Paar schwere Klappantoffeln triumphierend in die Höhe haltend.

„Glücklich erwischt!" rief er, „und keine Katze zu spüren. Nur dreist zu, Komtesse!"

---

[170] Kinderfrau.

„Warum Komtesse?" fragte die Gräfin, wehmütig die Pantoffeln betrachtend, die sie, das Geräusch zu vermeiden, noch nicht überzuziehen wagte.

„Na, nach Preußen, Komtesse," antwortete der Alte vergnügt; „und unsern Grafen, den wären wir ja los."

„Noch nicht so ganz, Freund," entgegnete die Dame. „Bei der Gräfin Fink mag es sein Bewenden haben. Für diese Schuhe soll dein Fährmann die Magd entschädigen."

Der Veteran ging voran, die Dame schlich hinter ihm drein über den Hof. Am Eingang zur Torfahrt blieb sie stehen und fragte leise: „Ist der Graf noch oben, Lehmann?"

„Zu Befehl, gnädige Gräfin."

„Und der – Herr Herzog?"

„Auch noch, gnädige Gräfin."

„Desto besser," murmelte sie mit bitterem Lächeln. „Sie tanzen, und ich – ich werde sie niemals wiedersehen."

Sie traten in das Tor und wanden sich durch das Gewirre der Sänften. Noch aber hatten sie den Ausgang nicht erreicht, als eine Stimme von der Treppe die Gräfin erbeben machte. Es war ihr Gemahl, der nach den Sänfteträgern der Frau Amtshauptmännin rief.

Die Gräfin stürzte nach der Tür. Der Riegel war vorgeschoben, und ehe sie zu öffnen vermochte, war der Graf, seine Dame am Arm, am Fuße der Treppe angelangt.

„Steh still, Lehmann," flüsterte die Gräfin zitternd und hinter eine Sänfte schlüpfend, „hier, dicht vor mich. Rühre dich nicht, weiche nicht von der Stelle."

Die Träger der Frau Amtshauptmännin erschienen auf den nochmaligen Ruf des Grafen. Er hob die stattliche Schöne in ihr Vehikel, ihren vollen Arm küssend und einige galante Redensarten flüsternd. Eleonores Herz klopfte zum Zerspringen – vor Unwillen in diesem Augenblicke mehr als vor Furcht. Das Tor wurde geöffnet. Die Sänfte verschwand. Der Graf sah sich ziemlich scheu im Flure um. „Die arme Eleonore," murmelte er, „die Zeit wird ihr lang geworden sein."

Er bemerkte den Diener und befahl ein wenig kleinlaut: „Gehe Er hinein, Lehmann, und hole Er die Träger der Frau Gräfin."

„Rühre dich nicht, Lehmann," flüsterte die Gräfin.

Lehmann rührte sich nicht. Sein Gebieter wandte sich gegen den Korridor, der zu dem verhängnisvollen Toilettenzimmer führte. Ein rascher Schritt auf der Treppe ließ ihn aber stocken. Hinter der Tür verborgen, sah er seinen herzoglichen Gast herunterkommen und den Torweg durchschreiten, hörte ihn, als er stutzend den Kammerdiener der Gräfin gewahr wurde, nach seiner Dame Befinden sich erkundigen. Ehe Ehren-Lehmann die schwierige Antwort gefunden hatte, stürzte der verlegene Eheherr aus seinem Versteck. Gewiß, er sah bleicher aus, als das Opfer seiner Rache; zitternd, mit einer Armensündermiene, machte er einen schwachen Versuch zu lächeln, indem er den Herzog bat, seine Equipage zu benützen und allein vorauszufahren, da er selber noch für eine Viertelstunde gefesselt sei.

Der Herzog ging aus dem Tor, der Wagen rollte von dannen.

Der Graf wischte sich den Angstschweiß von der Stirn.

„Rasch, die Träger!" stammelte er, an Lehmann vorüber und in den Korridor schlüpfend.

„Rasch, rasch, Lehmann, hinaus!" rief die Gräfin, stürzte hinter der Sänfte hervor und aus dem Tore. Lehmann folgte ihr. Das Haus bildete eine Ecke. Als die Flüchtigen kaum in die schmale Seitengasse eingebogen waren, hörten sie den wiederholten, angstvollen Ruf nach dem Diener aus des Grafen Munde. So war denn ihre Flucht ruchbar schon in dem Momente der Ausführung; eine Entdeckung, Ergreifung nur allzu möglich, jede Minute kostbar!

Eleonore flog durch die nächtlich einsamen Straßen gleich einem gescheuten Reh. Der alte Diener vermochte kaum ihr zu folgen. Sie nahm sich nicht die Zeit, die unbehilflichen Überschuhe anzuziehen, ohne Umsehen durch dick und dünn, nur voran, nur fort, hinaus, hinüber, nur frei!

Vor dem Tore hielt ein französischer Posten die Wache.

„Diener und Kammerjungfer der Gräfin Fink," repetierte vernehmlich der alte Preuße.

Der Posten ließ das verdächtige Paar passieren. Eleonore mußte einen Augenblick innehalten, dann ging sie in etwas gemäßigterem Schritt durch die Vorstadt, die sich lang und schmal zwischen dem Flusse und seinem erhöhten Uferrande hinzieht. Die große Straße nach Leipzig führt durch diese Vorstadt, von deren Häusern etwa tausend Schritte entfernt das Fährhaus am Eingange einer auf die Höhen führenden Schlucht gelegen ist. Etwas weiter talab sieht man auf dem entgegengesetzten Ufer das gräflich Finksche Dorf und Stammschloß, anmutig zwischen Wiesen, Weinbergen und Gärten gruppiert, die Aue überragen.

Gräfin Eleonore war bis jetzt in so leidenschaftlicher Aufregung gewesen, daß sie das Abenteuerliche ihres Unternehmens nur wenig in Betracht gezogen hatte; es schien ihr leicht, weil das

Verlangen danach sie beherrschte. Jetzt, da für den Moment die dringendste Gefahr der Entdeckung beseitigt schien, in der feuchten, finsteren Nacht, längs des stillrauschenden Flusses an der Seite ihres stummen Begleiters dahinschreitend, tauchten nach und nach die Bedenken und Fährnisse deutlich vor ihrem inneren Auge auf. Eine junge Frau, ein zartes Kind in herbstlicher Jahreszeit, in kriegerischer Aufregung, ohne Geld und Gepäck, ohne jegliche Vorkehrung auf der Flucht weit über hundert Meilen nach einem unwirtlichen Lande! Denn eine Reise aus dem Leipziger Kreise nach der Ostsee war vor hundert Jahren beileibe kein Katzensprung, wie heute, und würde auch in friedlichen Zeiten von einem besonnenen Manne nicht ohne rechtsgültiges Testament, auf dem heimischen Amte niedergelegt, unternommen worden sein.

Aber die Tochter des alten preußischen Soldaten war so leicht keineswegs von einem gefaßten Entschlusse abzuschrecken. Sie besaß einen stolzen, energischen Willen, dessen Feuer sieben Jahre verweichlichenden Genusses nicht abgedämpft hatten und, was selten der Fall bei raschen, phantasiereichen Naturen, sie besaß dabei eine kluge, umsichtige Art, die, ging Not an den Mann, die Mittel zu ihren Zwecken zu finden wußte. Mit einem Worte: unsre Heldin hatte Charakter. Sie konnte Böses und Gutes tun, was just nicht vielen, auch Männern nicht, gegeben ist, und in diesen Stunden, so schien es, stand sie auf dem Scheidewege zwischen beiden.

„Komme es, wie es wolle," sagte sie endlich abschließend zu sich selbst, „zurück kann und will ich nicht mehr. Nur mein Kind – und über die Grenze! Das Übrige wird sich finden. Und wenn ich mich an den König selber wenden sollte. – Hast du Geld bei dir, Lehmann?" fragte sie nach einer Weile, zu dem Diener gewendet.

„Dreißig Spezies! einen Gulden und zwei Zwanziger,[171] Frau Gräfin," antwortete Lehmann.

„Welcher Mammon, alter Freund!"

„Meine gesamte Barschaft, gnädige Gräfin. Seitdem die fremden Raben im Lande hausen, hat einer ja nur noch, was er auf seinem Leibe bei sich trägt."

---

[171] Der Speciestaler, eine Silbermünze, war ein vollwichtiger Silbertaler, im Wert etwa ein Drittel höher als der Rechnungstaler (= Reichstaler). Ein Speciestaler entsprach 2 Gulden. Bei der Währungsumstellung 1873 belief sich der Wert des Talers auf umgerechnet 3 Mark und der des Gulden auf umgerechnet 1.71 Mark.

„So wirst du mir vorschießen müssen, bis wir etwa in Halle meine Juwelen verkaufen und in Berlin den Kredit meines Vaters geltend machen können."

Sie versank wieder in nachdenkliches Schweigen, bis sie nach etlichen Minuten vor dem kleinen, einsamen Fährhause standen. Es dauerte eine Weile, ehe Lehmann durch Klopfen und Rufen ein menschliches Wesen ermunterte. Das Fensterchen wurde endlich geöffnet, und eine weibliche Stimme brummte verdrießlich: „Der Fährmann ist nicht heim, 's kann nicht übergesetzt werden."

„So lasse Sie uns ein, wir wollen auf ihn warten," sagte der Alte.

„Zum Kuckuck, warten!" versetzte die Frau Fährmännin und wollte das Schößchen[172] zuschlagen.

Aber Freund Lehmann streckte seinen einen langen Arm nach dem Fenster und packte ihre Hand.

„Sie ist noch im Traume, Hanne," sagte er, „so sperr Sie doch Ihre alten dummen Gucklöcher auf. Wir sind ja die gnädige Herrschaft von drüben."

„Schöne Herrschaft, in stockpechrabenschwarzer Nacht auf den Beinen und so'n Gebrüll wie'n preußischer Kanonier!"

„Kennt Sie denn den Lehmann nicht, Hanne? Steck Sie die Lampe an und riegle Sie auf, sonst trete ich Ihr die Tür in Stücke."

Schon machte er Anstalt, seine Drohung auszuführen, als Mutter Hanne in der Tür erschien und, das Lämpchen vorhaltend, mit weit aufgerissenen Augen die seltsamen Gäste anstarrte.

„Weiß der Herr, die Gnädige," sagte sie verblüfft.

„Ich muß auf der Stelle hinüber," nahm jetzt die Gräfin das Wort. „Ruft den Adam, Mutter, rasch, rasch!"

„Nun eben, Gnädige, den Adam," versetzte Mutter Hanne gelassen, „aber der Adam ist ja eben nicht da."

„Wo ist er?"

„Zum Fischen ist er."

„Und wann kommt er zurück?"

„Wenn er was gefangen hat, kommt er möglich zurück."

„So mag mich Lehmann hinüberrudern. Leuchtet zum Kahn, Mutter."

„Nu eben, zum Kahn! Aber der Kahn ist ja eben nicht da."

„Wo ist der Kahn?"

---

[172] Kleines (Schiebe)fenster, das in ein größeres Fenster oder eine Tür eingebaut ist.

„Der Adam sitzt drinnen und fischt."

Ein Donnerschlag für die vor Ungeduld zitternde Dame. Sollte sie die unschätzbare Zeit mit Warten verbringen? Ein andrer Fischer hätte sie hinüberrudern können. Die lange Vorstadt, welche sie eben durchwandert hatte, war Haus bei Haus von Holzhändlern und Fischern bewohnt, deren Innung sich seit Jahrhunderten den Fluß entlang ansehnlicher Privilegien von seiten weiland Landgraf Ludwigs von Thüringen erfreute, zum Dank dafür, daß ein Bootsmann des Städtchens ihn nach seinem kühnen Sprunge aus dem Turme von Giebichenstein in den rettenden Kahn aufgenommen hatte.[173] Sollte sie sich die Straße zurück nach der Vorstadt wagen, den großen Umweg nach ihrem Gute machen? Das nächtliche Wachklopfen mußte Aufsehen erregen, ein Erkennen war unvermeidlich, ein Entdecken von seiten ihres Gemahls nur allzu wahrscheinlich. Der Fährmann konnte jeden Augenblick zurückkommen. So schwer es war, stillhaltend zu warten, es schien rätlicher, als jenes Wagnis.

Sie folgte daher Mutter Hannen in deren Unterstübchen und bat sie, sich in ihrer nächtlichen Ruhe nicht weiter stören zu lassen.

Die brave Alte deprezierte: „Zu Bette gehen, derweile die Herrschaft im Hause auf der Lauer ist! Na, wenn der Adam heimkäme, da kriegt ich was Hübsches auf die Mütze!"

Ehren-Lehmann, als Hausfreund, gab lachend eine erläuternde Pantomine zu diesem Satze, die Dame aber fragte unwillig: „Er mißhandelt Euch, arme Mutter?" Mutter Hanne schüttelte ihr ehrwürdiges graues Haupt.

„Was zur Sache gehört, bewahre, Gnädige, sonsten nicht," antwortete sie.

„Was zur Sache gehört? Wie versteht Ihr das, Frau?"

---

[173] Landgraf Ludwig II. von Thüringen (1042-1143), auch Ludwig der Springer genannt, verliebte sich in Adelheid, die Ehefrau des Pfalzgrafen zu Sachsen Friedrich III., und ließ denselben ermorden, um sie zu besitzen. Zur Strafe wurde er auf Burg Giebichenstein an der Saale eingesperrt. Als im dritten Jahr seiner Haft die Hinrichtung drohte, entwickelte er einen Fluchtplan. Heimlich gab er den Auftrag, seinen Schimmel direkt am Fluss bereitzustellen; er sprang aus großer Höhe ins Wasser, worauf ihn Fischer zu seinem wartenden Leibdiener und seinem Pferd übersetzten. Aus Dankbarkeit für seine Rettung ließ er in Sangerhausen die Ulrichkirche erbauen und erteilte den Fischern von Weißenfels „auf ewige Zeiten" die Befugnis, auf der Saale von Giebichenstein bis zur Mündung der Ilm zu fischen.

„Herr Jechens, Gnädige, wenn eine einem zugeschworen ist, vor Gottes Altar!"

„Barbarische Ehestandslogik! – und Volkes Stimme Gottes Stimme, heißt es," murmelte die Gräfin.

Sie beschwichtigte indessen die Bedenklichkeiten ihrer Wirtin, indem sie versprach, die Verantwortung vor dem rückkehrenden Hausherrn zu übernehmen, und so zog sich denn Mutter Hanne zurück mit den Worten: „Nu eben, Gnädige, man wird eben alt, und sein bißchen Nachtruhe ist einem zu gönnen. Um sein Stündchen Kirchenruhe ist man so schon gekommen, seitdem der Fritze so grausam auf dem Tapete ist."

Die Gräfin setzte sich an das Fenster, die geschlossene Zimmerluft, Ofenrauch und Lampenqualm beklemmten ihren Atem.

„Wie diese Armen leben," sagte sie zu sich selbst. „Schätzt man es auch, was man vor ihnen voraus hat? Ich hätte weit mehr Gutes tun können. Der Graf ließ mir freie Hand. Mein Leben würde reicher gewesen sein, hätte ich mehr auf andrer Mangel geachtet."

Doch weilten ihre Gedanken nicht lange in dieser philanthropischen Richtung; sie öffnete das Fenster, zog die Zobelsaloppe dichter um ihre Schultern und starrte durch die nur von einzelnen den Nebel durchbrechenden Sternen erhellte Nacht hinüber nach ihrem nahen und doch so unerreichbaren Schlosse. Der alte Diener hatte als Schildwache auf der Bank vor der Hütte Posto gefaßt. Mutter Hannes schnarchende Atemzüge in der Kammer, das Unisono der plätschernden Wellen waren die einzigen Töne, welche die Stille unterbrachen und allmählich auch die aufgeregte Frau am Fenster in einen halben Schlummer lullten.

Wirre Bilder von Helden und Ungetümen, von Tänzern und Kämpfern, von Flucht und Verfolgung scheuchten sich beängstigend vor ihrem Sinn. Von Zeit zu Zeit sprang sie in die Höhe, machte einen Gang durch das Zimmer, störte das schwachglühende Lampenlicht auf und sah an der alten Schwarzwälder Uhr das erschreckende Vorschreiten der Stunden. Dann setzte sie sich wieder, um sich von neuen Halluzinationen beklemmen zu lassen.

Schwankend treibt sie auf heimischem Meere, ihren Leo fest an die Brust gedrückt; der Nordwind braust, hochschlagende Wogen drohen das Boot zu verschlingen. Vor ihr die rettende Düne, dort drüben das Vaterhaus. O, nur noch einen einzigen kräftigen Ruderschlag, alter Adam, und sie ist heim, sie ist frei! Da, da plötzlich am Strande lauernd ein Punkt, eine Gestalt, ein elender

Zwerg, aber immer wachsend und wachsend, von schattenhaften Gebilden gehoben, von dämonischen Sklavenhänden getragen, jetzt ist es ein Riese mit weit ausgreifenden Armen, Heiland der Welt, es ist ihr Gemahl – *eine* Spanne – und er faßt ihr Kind! – hinter ihm das Haus, es ist nicht ihres Vaters Haus, es ist sein eignes, lichterstrahlendes Schloß, seines, des Verfolgers! Entsetzt fährt sie in die Höhe, kalte Tropfen stehen auf ihrer Stirne, die Uhr schlägt vier. Wie fern hatte sie gehofft um diese Stunde zu sein, und nun noch immer harrend am Ufer! Aber was ist das? Das Schloß da drüben, vorhin in tiefem Dunkel, jetzt ist es erhellt, so wie sie es im Traume gesehen; flackernde Lichter blinken durch die Scheiben, als ob hastige Schritte von Zimmer zu Zimmer stürmten.

Tödlich erschreckt eilt sie hinaus vor die Tür.

„Hinüber, Lehmann, hinüber!" ruft sie, „siehst du die Unruhe da drüben, mein Leo ist krank."

„Behüte, Frau Gräfin, behüte," beruhigte der Diener, „der Herr Graf werden gekommen sein, uns zu suchen. Ein Glück, daß sie alles in Ruhe finden; hier hüben werden sie uns nicht vermuten."

„Du kannst recht haben, Freund," versetzte die Gräfin einigermaßen beschwichtigt, „indessen wir müssen jetzt eilen, ihn zu kreuzen. Der Graf wird sich drüben nicht aufhalten und mich weiter verfolgen. Komme es, wie es wolle, geh, schaffe einen Kahn. Im äußersten Falle suchen und finden wir Schutz bei dem König."

Im Begriff, diesem Befehle zu folgen, hielt der alte Diener aufhorchend still.

„Was ist das, Lehmann?" fragte die Gräfin gleichfalls stutzend.

Man hörte Pferdegetrappel und flüsternde Laute auf der Straße hinter dem Hause.

„Hurtig hinein!" rief Lehmann, die Gräfin in das Haus drängend. Kaum hatte sie das Zimmer erreicht, als dicht vor dem Fenster Tritte und Stimmen vernehmbar wurden. Sie verbarg die Lampe im Ofenloch und sich selber hinter dem geöffneten Fensterflügel. Im flüchtigen Sternenlicht erkannte sie einen Trupp berittener Gestalten.

„Holla!" rief eine Stimme, „das ist das Haus, wo wir das Licht schimmern sahen, holla!"

„Das sind preußische Leute," sagte die Gräfin zu sich selbst.

„Preußen! Preußen!" rief Lehmann zu dem Fenster hinein.

„Wer spricht hier?" fragte der Führer der Truppe vom Pferde herab.

„Ein Preuße!" antwortete der alte Soldat, militärisch salutierend.

„Ist dies das Fährhaus vor dem Leipziger Tor?"

„Das Fährhaus, zu Befehl."

„Ist Er der Fährmann?"

„Halten zu Gnaden, der bin ich nicht."

„Wer ist Er?"

„Wachtmeister Lehmann, vormals von Belling-Husaren."[174]

„Der bei Molwitz den Arm verlor?"[175]

„Der nämliche, zu Befehl."

„Ein braver Soldat. Wie kommt Er hierher?"

„In Diensten meiner Herrschaft, der gnädigen Komtesse von Looß,[176] verehelichten Gräfin von Fink."

„Der Frau des Kammerherrn drüben?"

„Seine gewesene, zu Befehl."

„Sind noch Franzosen in der Stadt?"

„Marschall Soubise mit seinem Korps rückten vorgestern ab, eine Besatzung ist zurückgeblieben."

„Wie stark?"

„Zirka dreitausend Mann inklusive derer vom Reich."

„Der Herzog von Hildburghausen?"

„Logieren oben auf dem Schlosse."

„Die Garnison zieht sich diesen Morgen zurück?"

„Diesen Morgen über den Fluß, zu Befehl."

„Weiß Er in hiesiger Gegend Bescheid?"

„Zwei Meilen in der Runde jedweden Weg und Steg."

„So folge Er dem Pikett und weise Er uns den Weg auf die Höhen."

„Zu Befehl, alsobald ich meine gnädige Komtesse sicher an Ort und Stelle expediert."

„An Ort und Stelle, wohin?"

„Nach Ganditten[177] zu ihres Herrn Vaters Exzellenz."

---

[174] Wilhelm Sebastian von Belling (1719-1779) war ein preußischer Husarengeneral und einer der bedeutendsten Reitergenerale Friedrichs II.

[175] In der Schlacht bei Molwitz (auch Mollwitz), einem Dorf in der früheren preußischen Provinz Schlesien, errangen die Preußen am 10. April 1741 den ersten Sieg gegen Maria Theresia von Österreich im Ersten Schlesischen Krieg (1740-1742).

[176] Im wahren Leben hieß die Frau des Rittergutbesitzers Antoinette Wilhelmine von Lohse (1722-1792). Sie heiratete am 24.06.1742 Ferdinand Wilhelm von Funke (siehe Anm. 103), mit dem sie später drei Kinder hatte.

„Da würden unsre Kanonen ein Weilchen warten müssen, Freund. Ich denke, die Frau Gräfin wird ihre Reise verschieben können, bis Er uns den Weg gezeigt."

„Halten zu Gnaden, sie kann sie nicht verschieben. Wir lauern nur auf den Kahn, um unsern Junker drüben zu holen, danach, geht's fort."

„Wo ist die Gräfin?"

„Drinnen in der Hütte."

„So laß Er sie drinnen, bis Er wiederkommt. Vor Tag ist Er wieder da. Allons![178] Marsch!"

Der alte Preuße stand einen Augenblick verlegen, was zu lassen oder was zu tun. Seine Gebieterin kam ihm zu Hülfe. Sie hatte das Zwiegespräch am Fenster mit angehört. Die Ankunft der Preußen war ein Zwischenfall, von dem sie nicht wußte, ob sie ihn für unheilvoll oder ermutigend halten sollte. Doch war sie zu einer glücklichen Auffassung gestimmt und sah ein, daß Widerstand unmöglich sei. Schnell entschlossen nahm sie daher die Lampe aus dem Ofen und trat unter die Tür.

„Tue, was der Herr dir befiehlt, Lehmann. Wir können nicht widerstreben," sagte sie; und sich würdevoll gegen den Führer wendend, setzte sie hinzu: „Ich stelle mich unter den Schutz der Ehre eines preußischen Offiziers."

„Serviteur,[179] Madame," versetzte trockenen Tons der Preuße. Die junge, schöne Frau im silberglänzenden Gewande, bei nächtlicher Weile, in der einsamen Fischerhütte war wohl eine wundernehmende Erscheinung selber für die just nicht zur Romantik geneigten preußischen Helden. Auch lief ein überraschtes Geflüster durch die Truppe, deren Führer einen Augenblick schweigend verharrte, sich dann zu einigen Zurückstehenden wendete und leise Worte mit ihnen wechselte. Nach einer Weile kehrte er, ohne der Dame zu achten, zu dem vormaligen Wachtmeister zurück.

„Liegt die Garnison auf dem Schlosse?" fragte er.

„Auf dem Schlosse und bei den Bürgern in der Stadt."

---

[177] Hier ist Kanditten, ein Dorf in Ostpreußen, gemeint. Dorthin verlegt François den Geburtsort der Gräfin. In ihrem späteren Roman *Frau Erdmuthens Zwillingssöhne* (1873) kommt der Ort wieder vor.

[178] Auf! / Los!

[179] Zu Diensten!

„Und hier in der Vorstadt?"

„Keine."

„Wo steht die übrige Armee?"

„Kantoniert in den jenseitigen Dörfern stromauf und ab."

„Wie weit ist es von der Rippach[180] bis zu den Höhen über der Stadt?"

„Kaum eine Stunde, zu Befehl."

„Weiß Er einen sicheren Übergang für schweres Geschütz?"

„Zu Befehl."

„So folge Er dem Pikett, wir werden bei seiner Dame Wache halten, bis Er wiederkommt."

Ehren-Lehmann machte kehrt mit einem ermutigenden Blicke auf die Gräfin, die er ja sicher in preußischem Schutze zurückließ. In wenigen Minuten waren die Tritte des Detachements[181] in der Schlucht verhallt. Der Rest der Preußen, ihre Zahl ließ sich nicht im entferntesten bestimmen, schien sich rings um das Haus zwischen Berg und Fluß zu postieren. Alles schwieg; man hörte nur das Wiehern und Stampfen der Pferde, das zufällige Rasseln einer Waffe.

Der Reiter, der bisher das Wort geführt hatte, war abgestiegen und allein auf das Haus zugeschritten, unter dessen Tür Gräfin Eleonore noch immer in zweifelhafter Erwartung stand. In dem Augenblicke, als sie, ihrem unbekannten Schutzherrn voran, zurück in das Zimmer treten wollte, erschallte von dem jenseitigen Ufer der Ruf: „Hol über!"

Der Preuße stutzte. Die Gräfin rief erschreckt:

„Der Graf, der Graf!"

„Welcher Graf?" fragte der Preuße.

„Mein Gemahl, mein Verfolger!"

„Er wird seine Ungeduld zähmen oder durch den Fluß schwimmen müssen. Kahn und Fährmann, wie ich höre, sind nicht da," sagte der Unbekannte, indem er gelassen die Tür schloß.

Eleonore atmete erleichtert auf und trat in das Zimmer. Mutter Hanne, durch den preußischen Überfall nicht im mindesten in ihrem Morgenschlummer gestört, schnarchte gleichtönig in der Kammer fort. Die Gräfin nahm ihren früheren Platz am Fenster

---

[180] Bach, der bei Hohlenmölsen entspringt und in Dehlitz (nordöstlich von Weißenfels) in die Saale mündet.

[181] Sonderkommando.

wieder ein und lauschte auf den vom jenseitigen Ufer noch öfter wiederholten Ruf nach dem Fährmann, bis endlich der Rufer, keine Erwiderung findend, sich zu entfernen schien.

Der Preuße hatte sich währenddessen auf der Bank im Ofenwinkel niedergelassen, und die Dame schielte forschend nach ihm hinüber, in der Hoffnung, ein früher bekanntes Gesicht zu entdecken. Aber er saß dicht in seinen dunklen Mantel gehüllt, den Hut tief in die Stirn gedrückt, den Kopf vorwärts gebeugt und das Kinn auf den Säbelgriff gestützt, den er mit beiden Händen umklammerte. Diese Stellung und das Dämmerlicht des schwachen Ölflämmchens gestatteten keine weitere Untersuchung.

Jung und gefährlich schien der preußische Held indessen nicht zu sein, denn er machte keine Miene, sein Tete-a-tete[182] mit der schönen Frau auch nur zu einem Gespräch zu benutzen. Dahingegen ließ sich, nach der Haltung der Truppe ihm gegenüber, seine höhere Stellung in der Armee kaum bezweifeln, und so faßte sich denn die Gräfin das Herz, ihn noch einmal um seinen Schutz anzusprechen und sich einen wichtigen Rat von ihm zu erholen.

„Eine glückliche Fügung", begann sie nach einigem Besinnen, „scheint mir die Hülfe entgegengeführt zu haben, welche ich aufzusuchen im Begriff stand. Sie würden mich verbinden, mein Herr, wollten Sie mir die erforderlichen Schritte bezeichnen, um von Sr. Majestät dem König einen Geleitsbrief durch preußisches Gebiet zu erlangen."

„Die Straßen in Preußen sind sicher, Madame," entgegnete der Unbekannte, „ein gehöriger Paß ist hinreichend Schutz und Geleit."

„Ich weiß es, mein Herr. Aber eben diesen mir mangelnden Paß zu ersetzen, rechne ich auf ein königliches Wort, um es diesseitigen Reklamationen gegenüberzustellen."

„Wessen Reklamationen, Madame?"

„Mit einem Worte, mein Herr, den Ansprüchen des Grafen Fink an mich oder meinen Sohn – –"

„*Seinen* Sohn, Madame?"

„Allerdings."

Der Preuße schwieg.

„Nun, mein Herr?" fragte die Dame nach einer Pause.

---

[182] Vieraugengespräch, vertrauliche Begegnung.

„Sparen Sie sich die Mühe, Frau Gräfin," antwortete das unerschütterliche Gegenüber, „die preußischen Gesetze schützen keine Frau, die ihrem Manne davonläuft."

„Mein Herr!" fuhr die Gräfin beleidigt auf.

„Ist es nicht so, Madame?" versetzte der Preuße gleichmütig, „desto besser, wenn ich falsch verstanden habe."

„Ich bin eine Preußin, mein Herr –"

„Gewesen, Gräfin Fink, gegenwärtig sind Sie eine Sachsin. Sie müßten uns denn die Ehre erweisen, das Kurfürstentum als eine eroberte Provinz zu betrachten. Aber Preußin oder Sachsin, in diesem Falle gleichviel."

„Ich bitte um Schutz auf dem Wege zum Hause meines Vaters, eines preußischen Edelmanns, und um Sicherheit unter seinem Dache für mich und meinen Sohn, einerlei aus welchen Gründen."

„*Nicht* einerlei, Madame. Ein Kind gehört seinem Vater und eine Frau unter das Dach ihres Ehemanns."

„Und wenn ihr die Ehre verbietet, unter diesem Dache zu weilen?"

„Die Ehre? Eine Frau hat keine Ehre, die ihr etwas verbietet, Madame."

„Unverschämt!" rief die Gräfin in höchster Entrüstung.

Der Preuße versetzte desto gelassener:

„Beruhigen Sie sich, Frau Gräfin; was Ehre ist, wissen nur Männer, denn sie allein wissen für sie einzustehen. Bei den Weibern heißt das Ding anders."

„Und wie heißt es, wenn ich fragen darf?"

„Es heißt Keuschheit und Treue, Madame."

„Und welche Genugtuung soll aus diesem Quiproquo[183] für eine beleidigte Frau deduziert werden?"

„Die Genugtuung einer übereinstimmenden Pflicht. Denn gleichwie der Mann von Ehre seinen Posten nicht verlassen darf, – wie, zum Exempel, ich den meinigen nicht verlassen dürfte, bis der Wachtmeister Lehmann mich ablöst, – gleicherweise verpflichtet die Treue auch die Frau, auf dem ihrigen standzuhalten."

„Und was nennen Sie den Posten der Frau, mein Herr?"

„Allemal das Haus, in welchem ihre Kinder erzogen werden müssen."

„Und wenn sie auf diesem Posten beleidigt worden ist?"

---

[183] Verwechslung.

„Mag sie Hand über Herz legen und kein Geschrei erheben. Ein jeder Wachedienst hat seine Last."

„Eine bequeme Moral für die hohen Herren, die ihre Beleidigungen rächen dürfen."

„*Au contraire*,[184] Madame, eine bequeme Moral für die schönen Damen, die sie nicht rächen, *eventualiter*[185] sich auf einen Verteidiger berufen dürfen."

„Ganz gut, mein Herr, insofern der berufene Verteidiger nicht zugleich der Beleidiger ist."

„Madame, ein Mann, der seine Frau beleidigt, ist ein Poltron[186] und hat alle Chancen, ein Pantoffelheld zu werden. Zu seinem Nutz und Frommen, versteht sich, und durch eine räsonable Frau. Möge sie denn in Gottes Namen die Hosen anziehen an seiner Statt, und weder er noch sie und ihre Schutzbefohlenen werden sich zu beklagen haben."

Die Gräfin drückte ihr errötendes Gesicht gegen die Scheiben; ihr Herz hämmerte vor Unwillen. Wer war dieser Mann, der eine solche Sprache gegen sie zu führen wagte und der so unbeweglich in sich gekrümmt in jenem Winkel saß? Sie hätte dem höhnenden Grobian die Tür weisen mögen und fühlte sich doch in eigentümlicher Weise durch ihn imponiert.

„Ich sehe," nahm sie nach einer Pause noch einmal das Wort, „daß ich die gewünschte Auskunft von Ihnen nicht zu gewärtigen habe."

„Wenn Sie eine andre gewärtigen als die ich gegeben: nein, Madame."

„So werde ich mich ohne dieselbe an einen Höheren wenden."

„Versuchen Sie Ihr Heil, Madame."

Die bitterlich enttäuschte Frau versank in die beängstigendsten Grübeleien. Sonnenaufgang war nahe. Was sollte sie beginnen, wenn der ungeschliffene Soldat im Ofenwinkel recht hatte, der König sie nicht schützte, den Grund einer Scheidung, einer Trennung mindestens, nicht anerkannte, den Sohn dem Vater zusprach, die Gattin den Reklamationen des Gatten überlieferte?

Unter so qualvollen Erörterungen mochten Stunden vergangen sein; der seltsame Wächter hatte keine Muskel geregt, in

---

[184] Im Gegenteil.

[185] Vielleicht, eventuell.

[186] Memme; feiger Mensch.

unverändert gebeugter Haltung schien er in Schlummer gesunken. Kaum aber dämmerte der erste Morgenschimmer, so erwachte er oder belebte sich. Er ließ seine Uhr repetieren. Sechs Schläge. Ohne Gruß und Blick ging er aus dem Zimmer. Die Gräfin sah ihn der Mannschaft entgegenschreiten, die gleich einer Mauer zum Schutz um die arme Hütte gereiht stand und vor ihm in schweigender Ehrfurcht salutierte.

„Wer ist dieser Mann?" fragte sich Eleonore von neuem. Ein jäher Blitz durchzuckte ihr Hirn. „Herr der Welt!" rief sie aufspringend, „sollte es – –? Aber nein – unmöglich!" – Seine Züge konnte sie auch jetzt nicht unterscheiden in dem grauen Oktobernebel, unter dem eingedrückten Hut, dem in die Höhe gezogenen Kragen des Mantels. Aber diese kleine, fast dürftige Gestalt, diese nachlässige Kleidung und Haltung, dieser unelastische Gang, der kurze, ungewählte Ton, – nein, nein, so täuscht kein Ideal: *so* sah, *so* schritt, *so* sprach nicht der Held, der Dichter, der geistreichste Mann des Jahrhunderts.[187]

Sie öffnete das Fenster, bog sich hinaus und folgte mit immer lauter klopfendem Herzen seinen Bewegungen, als er den Berg bis zur halben Höhe hinanstieg und durch ein Fernrohr die Gegend nach allen Seiten überblickte. Der Nebel senkte sich nach und nach, ein Pikett sprengte die Schlucht hinab an ihn heran. Eine kurze Meldung des führenden Offiziers, und der Unbekannte wendete sich rasch beweglich, ein veränderter Mann, nach dem Hause zurück. Ist er gewachsen in den wenigen Minuten? Welches Federwerk hat Nerv und Muskel gespannt? – Wer ist dieser Mann? – fragte Eleonore schier entsetzt und sah ihn plötzlich Auge in Auge sich gegenüber.

„Die Ablösung naht, Madame," redete er sie an. „Sie werden mir das Zeugnis geben, daß ich meinen Posten treulich gehütet habe. Tun Sie desgleichen, Gräfin Fink. Sie sollen in der Kürze auf demselben visitiert werden."

Er reichte ihr nach diesen Worten mit einem gewinnenden Lächeln und mit einer Bewegung von so unnachahmlich einfacher Hoheit die Hand, daß unsre Heldin unwillkürlich erzitterte und sich bis zur Erde verneigte.

---

[187] Friedrich II. war in der Tat ein körperlich zierlicher Mensch. Er galt als Vertreter des aufgeklärten Absolutismus und wurde nicht nur wegen seiner Schlachtensiege, sondern auch als Dichter, Philosoph und Musiker verehrt.

„Darf ich nicht wissen, mein Herr," stammelte sie schüchtern, „*wem* ich die Ehre dieser Aussicht, *wem* ich so ritterlichen Rat und Schutz zu danken habe?"

„Einem Preußen, Madame, und einem Freunde Ihres braven Vaters," antwortete der Offizier. „Es war ein kräftiges Mark in dem alten Stamme der Looß. Sorgen Sie dafür, daß das letzte Reis, auf fremden Stamm gepfropft, unentartet Wurzel schlage. Auch die Treue hat ihr Heldentum wie die Ehre, junge Frau, und vielleicht sind es nicht die schwersten Kämpfe, die mit dem Schwert in der Hand zum Austrag kommen. „Zum Ehestand gehört mehr Herz, als in die Schlacht zu ziehen", hat eine Königin gesagt,[188] die freilich *nur* bewiesen, daß sie keins besaß."

Er wendete sich nach dieser Rede der Türe zu, Eleonore folgte ihm in unaussprechlicher Bewegung.

„O Gott, Sie gehen!" rief sie unter hervorbrechenden Tränen, „alles verläßt mich, was soll ich tun?"

„Standhalten, haushalten, *Ihr* Haus halten, Gräfin Fink," versetzte der Preuße. „Einst lautete der Ehrenspruch einer Frau: „*Casta vixit, lanem fecit, domum servavit*",[189] das heißt auf deutsch _ _"

„Ich weiß, was es heißt," fiel die Dame unter Tränen lächelnd ein, „aber wir sind keine Römerinnen."

„Schlimm genug, Madame, denn wir brauchen wieder Römer," sagte der Preuße, indem er die Hütte verließ.

Er bestieg das bereitgehaltene Pferd und ritt die Anhöhe hinauf, gefolgt von der wachthabenden Truppe. Die aufsteigende Sonne vergoldete die klirrenden Waffen; der Berg, die Schlucht, die ganze Gegend schienen wie mit Zauberschlag lebendig geworden. Eleonore sah mit Staunen, daß sie die Nacht an der Spitze einer Armee zugebracht hatte.

In demselben Augenblicke bog der alte Diener, von der Wasserseite kommend, um die Ecke des Hauses.

„Kennst du diesen Preußen, Lehmann?" rief ihm die Gräfin in atemloser Spannung entgegen.

---

[188] Nicht ermittelt.

[189] „Sie blieb ihrem Gemahl treu, sie spann Wolle, sie versorgte den Haushalt" (Grabinschrift einer römischen Frau). Der zweite Satzteil sollte eigentlich „lanam fecit" heißen.

„Welchen Preußen, Frau Gräfin? Sie sind alle da, alle!" entgegnete der Veteran trunken, ja taumelnd in einem Freudenrausch.

„Den, der da oben reitet, Lehmann."

„Die Sonne blendet mich, Frau Gräfin, aber sie sind alle da, alle!"

„Alle? – – auch der König?"

„Seine Majestät kommandieren die Vorhut, wie man sagt."

„Lehmann, – sahst du ihn?"

„Und ob? Im Feuer von Molwitz zum letztenmal."

„Ich meine heute."

„Ich müßte ja die Batterien da oben auf die Berge führen. Links über uns, da stehen sie. Hurra, hurra! Nun pfeift der Wind aus preußischem Loche!"

„Aber dieser Mann, Lehmann –"

„Welcher Mann, Frau Gräfin?"

„Der diese Nacht hier vor der Hütte mit dir sprach."

„Die Nacht war schwarz wie ein Bärenfell, nicht die Hand vor den Augen –"

„Lehmann – Lehmann, – ich glaube – dieser Mann war –" Ehe sie den großen Namen genannt, machte eine Salve von der Höhe Haus und Tal erbeben.

Die Gräfin stand starr vor Schreck, der Veteran aber jubilierte:

„Das sind die Preußen, das ist der König! Nun fahre hin, Hildburghausen und Franzosenbrut: König Friedrich ist da, Fredericus Rex, hurra!"

„Einen Kahn, Lehmann, schaffe einen Kahn!" unterbrach ihn seine Herrin, in unsäglicher Angst, „hinüber, auf der Stelle hinüber!"

„Na, was sollen wir denn drüben, wenn die Preußen hüben sind?" fragte Lehmann verwundert.

„Und drüben mein Kind, mein Kind!"

„Aber wie sollen wir denn hinüberkommen, wenn die Kegeln so mir nichts, dir nichts über das Wasser pfeifen?"

„Ich *muß* hinüber, ich *muß*! Mein Leo in Gefahr, mein Leo ohne Schutz! Komm, Lehmann, wir gehen durch die Stadt."

„Unserm Grafen rectamente[190] ins Garn? Na, warum sind wir denn da erst echappiert?[191] Die Preußen haben sich zwischen uns geschoben, von einer Verfolgung – –"

---

[190] Direkt.

126

„Was frage ich nach dem Grafen, was frage ich nach Verfolgung und Ehre; mein Kind, mein Kind!"

„Und hören Sie denn nicht diese Flintensalven, gnädige Gräfin? Wir nehmen die Stadt mit stürmender Hand. Nur erst die Windbeutel proper hinausgefegt, dann 'nüber und fort nach Ganditten! Sehn Sie doch, wie die Kugeln alle links nach der Brückenseite fliegen! Unser Leochen sitzt drüben wie in Abrahams Schoß,[192] und wir desgleichen unter dem vorspringenden Berge."

Die Dame mußte sich überzeugen, daß ihr alter Diener im Rechte, und daß Geduld haben und warten der einzige Rat sei, den sie sich selber zu geben vermöge. Aber was waren das für Stunden der Spannung und der Todesqual, die sie zu durchleben hatte! Händeringend ging sie aus der Hütte ins Freie und aus dem Freien in die Hütte. Das Geschützfeuer von oben, Flintensalven vom Tore her drängten sich von Sekunde zu Sekunde.

Das Getös erweckte auch endlich Mutter Hannen aus ihrem Morgenschlummer; doch nahm sie es kaltblütiger als ihre unfreiwilligen Gäste, so gewohnt war sie bereits der „preußischen Jachtereien" geworden. Sie schäffterte[193] unbekümmert im Hause hin und her. „Wo nur der Adam steckt?" war der einzige Ausdruck ihrer Gemütsbewegung.

Die Gräfin hatte ihren alten Platz am Fenster wieder eingenommen mit jener Ruhe, welche das eiserne Wörtchen „Not" auch dem Verdrängtesten schließlich einzuflößen versteht. Aber das Abenteuer, dessen sie sich so kühn unterfangen, das sie so leicht ausführbar gewähnt hatte, in welchem zweifelhaften Lichte erschein es ihr jetzt! Die Mahnung *vor* der Gefahr hatte sie überhört, jetzt *in* der Gefahr mußte sie fühlen, was es heißt, seinen Posten zu verlassen. Stolz und Vorwurf rangen in ihrer Brust, Ratlosigkeit lehrte sie Unterwerfung. Was konnte, was durfte sie tun? Der ewige Zuchtmeister da oben, was war sein Wille, sein Gebot? Sie faltete ihre Hände und flehte inbrünstig: „Anwalt der

---

[191] Entkommen.

[192] Die Redewendung „sicher wie im Abrahams Schoß" hat ihren Ursprung in dem neutestamentlichen Gleichnis vom armen Lazarus, der nach seinem Tod von den Engeln in den Schoß des Stammvaters Abrahams getragen wird, während der egozentrische Reiche in die Hölle verdammt wird (Lk 16,19-31).

[193] Herumwirtschaften.

Schwachen, lehre mich wollen, was stark macht; Herr und Vater, schütze, behüte mein Kind."

Stimmen vor dem Hause unterbrachen ihre fromme Erhebung. Ehren-Adam war von der Stadtseite her zurückgekehrt, und der alte Wachtmeister, welchem unter dem Donner der Kanonen von der Höhe, dem Trommelwirbel und Gewehrfeuer von dem Tore her das Herz im Leibe vor Ungeduld kaum weniger zitterte als seiner schwer beängstigten Gebieterin, quästionierte ihn in so polternder Hast, daß der gleichmütige Fischer, das glückliche Vor- und Ebenbild seiner Ehehälfte, kaum zu Worte gelangen konnte, auf die sich überstürzende Neugier Bescheid zu geben.

Jetzt aber schnitt die Gräfin alle Fragen und Erkundigungen mit einem Zuge ab, indem sie hastig auf die Gruppe zutrat und unter allen Umständen an das jenseitige Ufer gerudert zu werden verlangte. Sie stellte die großmütigste Belohnung in Aussicht. Der Alte antwortete indes nur mit einem gelassenen Kopfschütteln.

„Es ist ja keine Gefahr, lieber Adam," bat die Dame, „Ihr seht, die Geschütze sind nach der Brückenseite gerichtet."

„Geht nicht, Gnädige," antwortete der Alte, „geht nicht! der Kahn – –"

„Herrjemine, Adam, wo hast denn deinen Kahn?" fiel ihm Mutter Hanne in die Rede.

„Am Brückentore angebunden, Hanne."

„Aber warum denn, Adam?"

„Weil die Kugeln wie Hagel ins Wasser schmeißen, Hanne!"

„Aber wie hast denn runter kommen können ohne Kahn, Adam?"

„Füßlings am Berge, zwischen den Häusern hingeduckt, Hanne."

„So schafft einen andern Kahn," flehte die Gräfin, „habt Erbarmen, lieber Adam, – drüben mein Kind, mein liebes Kind."

„Geht nicht, Gnädige, wahr und wahrhaftig, geht nicht, solange das Feuern über der Vorstadt anhält."

Noch einmal mußte sich die unglückliche Gräfin in Geduld fassen, an das Fensterchen setzen und den Blick nach ihrem Schlosse richten, oder dem Laufe der Kugeln folgen, die über die Häuser der Vorstadt hinwegausten. Auch ihr Haus war dort bedroht, ihre Dienerschaft, ihr Gemahl waren es, und die junge Frau spürte an dem ängstlichen Klopfen ihres Herzens, daß ein siebenjähriges Band doch nicht so gleichgültig gelöst werde, wie sie noch vor wenigen Stunden gewähnt hatte. In dieser vielseitigen Aufregung hörte sie nur mit halbem Ohr auf des alten Fischers knappe Mitteilungen über den Zustand in der Stadt. „Die Garnison ist schon zum Ausrücken auf dem Marktplatze versammelt, als die feindlichen Kanonen so unerwartet über ihren Häuptern erdröhnen. Die Preußen suchen durch das östliche und südliche Tor in die Stadt zu dringen, die Besatzung will den Eintritt wehren, bis sie selber sich über die Brücke zurückgezogen und mit der jenseitigen Armee vereinigt hat. Aber schon sind die Tore genommen, eine Schar Österreicher ist zu Gefangenen gemacht, nur an der Brücke halten französische Grenadiere noch tapfere Gegenwehr."

„Wer kommandiert die Franzosen am Brückentor?" fragt die Gräfin, in banger Ahnung von ihrem Sitze auffahrend.

„Mög' der Herzog aus dem Polschen Hause, Gnädige," antwortete der Fischer.[194]

Leichenblässe auf dem Gesichte, sank Eleonore auf ihren Stuhl zurück. Auch er, ihr Ritter, auch er in Todesgefahr! Und sie allein, losgerissen von Freund und Feind, von Haus und Kind!

„Die Brücke brennt!" riefen jetzt die drei Stimmen draußen wie aus einem Munde, und in demselben Moment erdröhnte Kanonendonner von den jenseitigen Höhen. Die Besatzung mußte demnach glücklich hinübergekommen sein, die Brücke angezündet haben und durch das Feuern die Preußen von der Verfolgung des Feindes und dem Löschen des Brandes abzuhalten suchen.

Eleonore stieg die Leiter hinan, welche auf den Boden des Hauses führte, und beobachtete aus einer Dachluke das jähe Umsichgreifen der Flammen. Das Feuern ließ nach, die Feinde hatten sich gesammelt und zogen weiter. Sie konnten sich stromab nach der Seite des Gutes wenden, vielleicht waren sie schon drüben; drüben bei ihrem vielbedrohten, verlassenen Kinde. Verlassen, verlassen von seiner Mutter. Jetzt mußte sie hinüber um jeden Preis. Sie flehte von neuem händeringend, unter heftigem Schluchzen.

---

[194] Siehe Quellendokumentation im Anhang, Auszug 1 b). Vgl. auch die Inschrift an der Apotheke am Friedrichsplatz in Weißenfels, eine von drei heute nicht mehr erhaltenen Gedenktafeln, die 1857 zur Feier des hundertjährigen Gedenktages der Schlacht bei Roßbach an verschiedenen Stellen in der Stadt angebracht wurden: „Auf seinem Zuge nach Roßbach hielt am 31. Oktober 1757 in der Nähe dieses Hauses Friedrich der Große, in der Verfolgung des fliehenden Feindes, gehemmt durch die brennende Saalbrücke. Auf dem jenseitigen Ufer im Hinterhalt liegende französische Scharfschützen wollten auf den König schießen; ihr Befehlshaber, der Herzog von Crillon, verbot es aus schuldiger Ehrfurcht vor der geheiligten Person eines Königs."

„O, nur einen Kahn!" rief sie. „Adam, nur einen Kahn.
Lehmann rudert mich hinüber. Es bringt Euch keine Gefahr, Adam,
nur einen Kahn!"

Der Alte kratzte sich eine Weile nachgrübelnd am Kopfe. Die
trostlose Dame dauerte ihn. Endlich hatte er einen Ausweg
gefunden. *Sein* Kahn lag zu nahe dem Brückentore, *den* konnte er
nicht schaffen. Aber beim letzten Hause der Vorstadt hatte ein
andrer Meister sein Fahrzeug angebunden. Wenn die Gräfin sich
traute, die Strecke dahin zurückzugehen, wollte er sie wohl
hinübersetzen. Die Straße, man konnte sie aus der Dachluke
überblicken, war menschenleer, der Fluß an jener Stelle schmal, da
eine kleine Insel – bei dem niedrigen Wasserstande jedoch mit dem
jenseitigen Ufer durch eine Sanddüne verbunden – das Bett
verengte. Freilich, der Weg von der Insel nach dem Schlosse
schlug einen gewaltigen Bogen, die Fährnisse auf demselben ließen
sich nicht im voraus berechnen.

„Ich wage den Weg!" rief die Gräfin entschlossen, und in
wenigen Augenblicken waren alle drei auf der Straße nach der
Vorstadt; die Gräfin voran mit beflügelten Schritten, die beiden
Alten vermochten nur keuchend zu folgen.

Unbehindert erreichten sie das letzte Haus gegenüber der
kleinen Insel, deren dichte Baumgruppen noch nicht völlig ihres
herbstlichen Blätterschmuckes beraubt waren. Die Vorstadt ließ
nichts von dem Tumulte ahnen, der die innere Stadt erfüllte. Die
Bewohner hielten sich ängstlich in ihren Häusern verborgen, froh
genug, daß die Kegeln vom Berge, ohne zu zünden, über denselben
hinweggeflogen waren und daß die Preußen sämtlich nach der
Brückenseite drängten.

Der Kahn wurde ohne Umstände losgebunden; Meister Adam
saß am Ruder, die Dame und ihr Diener stiegen ein. Im
Augenblicke des Abstoßens bemerkte Eleonore auf einem
Felsenvorsprunge, halb von der den Berg hinankletternden
Häuserreihe verdeckt, unmittelbar sich gegenüber und deutlich
erkennbar, ein preußisches Detachement in gemessener Entfernung
von einem Führer, der durch ein Fernglas den Brand der Brücke
beobachtete.

Dieser Führer, sie täuschte sich nicht – es war der kleine Mann
im blauen Reitermantel und dreikrempigen Hut, ihr
geheimnisvoller Rater und Wächter von dieser Nacht! Jetzt, im
vollen Tageslichte, den Kopf zum Gebrauche des Glases ein wenig
gehoben, konnte sie seine Züge unterscheiden; sie unterdrückte
einen Schrei, um den der Gruppe den Rücken zukehrenden Schiffer

130

nicht stutzig zu machen; die Hände über der Brust gefaltet, neigte sie mit einer demütigen Gebärde nur leise den Kopf und bebte freudig zusammen, als sie zum Gegengruß eine freundliche Handbewegung gewahrte, ähnlich der, welche sie heute morgen mit einer elektrischen Ahnung durchzuckt hatte.

In einiger Entfernung loderte die Brücke und sprühte Funken über das ruhig dahingleitende Wasser. Hin und wieder tönte noch ein Kanonenschlag, ohne Fährnis aber landete man an der kleinen, buschigen Insel. Der Kahn lenkte zurück. Eleonore bahnte sich mit der Hast des gescheuchten Wildes einen Weg durch das dichte Weidengestrüpp, gefolgt von dem Diener gleich ihrem Schatten.

Plötzlich, etwa in der Mitte der Insel, bleibt sie stehen, regungslos, wie in den Boden gewurzelt. Welche Begegnung! Kaum zehn Schritte entfernt lagert unter einem Erlenbusche, gleichfalls den Brand der Brücke beobachtend, ein französisches Pikett, und sein Führer ist – der Herzog von Crillon!

Das Ufergebüsch hat vor den spähenden Blicken die Überfahrt, das Getöse aus der Stadt den leisen Ruderschlag gedeckt, und so sieht die Eilende ihren Helden und ihren Ritter einander auf Schussesweite als Feinde gegenüberstehend, und sich selbst wie durch ein Wunder zwischen beide gedrängt, um, starr vor Entsetzen, Zeugin einer Gefahr zu werden, die o wie viel Höheres! als ihr eignes Leben bedroht.

„Ich komme, den Herrn Marschall zu fragen," diese Worte hört sie einen jungen französischen Scharfschützen an den Herzog richten, „ob ich den preußischen General niederschießen darf, der hinter den gegenüberliegenden Häusern den Brand der Brücke rekognosziert. Er ist in unsrer Gewalt und nach seiner Erscheinung, wie nach der Ehrerbietung, welche seine Umgebungen ihm erweisen, kein Geringerer, als –"

„Der König!" ruft Eleonore in tödlicher Angst aus dem Gebüsche hervor, und zu des Herzogs Füßen niederstürzend, „schonen Sie, retten Sie den König!"

Herr von Crillon war vom Boden aufgesprungen und hatte einen raschen Blick nach dem jenseitigen Ufer hinübergeworfen. „Beruhigen Sie sich, Madame," sagte er jetzt, indem er sie vom Boden in die Höhe zog, „Ihr König ist nicht in Gefahr."

Und sich mit strengem Ansehen gegen den meldenden Offizier zurückwendend, setzte er hinzu:

„Leutnant Brünet, Sie sind auf diesen Posten gestellt, um die Bewegungen des Feindes gegen den Brückenübergang zu beobachten, nicht aber, um einen rekognoszierenden General meuchelmörderisch zu erschießen. Am wenigsten, wenn Sie in demselben die geheiligte Person eines Monarchen vermuten sollten, der selber als Feind noch Anspruch auf unsre Ehrfurcht hat. Tun Sie Ihre Schuldigkeit, Leutnant Brünet.“[195]

Er nahm nach diesen Worten den Arm der tief erschütterten Frau, welche mit schlagendem Herzen und begeistertem Blicke dieser ritterlichen Entscheidung gelauscht hatte. „Eleonore,“ sagte er, nachdem er einige Schritte schweigend an ihrer Seite gegangen und vor den Blicken seiner Begleiter durch das Gebüsch gedeckt war, „Eleonore, ich ahne, was Sie in dieser Nacht gelitten, und ich weiß, warum Sie es gelitten. Aber Ihr Leid wird gesühnt, die Beleidigung gerächt werden.“

„O, nicht diese Erinnerungen, Herr Herzog,“ rief die Gräfin rasch und bewegt. – „Ein großer Moment hat Leid und Beleidigung getilgt. Hochherziger Mann, was Sie in diesem Augenblicke getan, wiegt schwerer, als zehn gewonnene Schlachten.“

„Madame,“ begnügte der Herzog sich zu entgegnen, „mein Ahnherr hieß Louis Berton von Crillon!“[196]

„Der Schild der Ehre, – im Enkel ungebrochen!“ sagte die Gräfin. „Er schirmt ein Heldenleben, und in dem Herzen eines irrenden Weibes hat er den Mut der Tugend, den Glauben an Menschenhoheit wieder wach gezündet. Das Kleine schwindet im Schatten großer Seelen.“

Sie zog ihren Arm aus dem seinen und wollte vorwärts eilen. Er hielt ihre Hand zurück. „Sie fliehen, Eleonore?“ fragte er, „wohin gehen Sie?“

„In mein Haus,“ antwortete sie, „zu meinem Sohne, ihn nach dem Vorbild edler Männer zu erziehen.“

„Schönes, angebetetes Weib!“ rief Herr von Crillon mit strahlendem Blick, indem er ihre Hände an sein Herz drückte. „Der Dienst des Soldaten bindet mich in dieser Stunde. Ja, kehren Sie zurück in Ihr Haus, aber erinnern Sie sich – und ich bürge Ihnen dafür, daß Sie es unbehelligt von verwirkten Ansprüchen werden tun dürfen – erinnern Sie sich an einen Freund, dessen teuerstes

---

[195] Diese Anekdote ist auch in den *Mémoires militaires* des Louis de Crillon-Mahon (Paris, 1791, S. 166) zu finden, nach dessen Angaben allerdings der fragliche Offizier Hauptmann Bertin hieß.

[196] Siehe Anm. 137.

Glück es sein wird, Sie zu verehren und zu schützen. Wir werden uns wiedersehen, Eleonore."

„Niemals, niemals, Herr Herzog!" entgegnete die Gräfin. „Die Erinnerung an dieses Begegnen wird meine Sterbestunde freudig machen, – aber lassen Sie uns niemals, niemals wiedersehen."

Sie riß sich los und floh mit bebenden Schritten über die Düne. Am jenseitigen Ufer hielt sie an und blickte noch einmal zurück nach der Stätte einer geheiligten Erfahrung. Der Felsenvorsprung ihr gegenüber war von den Preußen verlassen, der Herzog stand noch unbeweglich an der Stelle, wo sie von ihm geschieden war.

Vogelleicht, mit hochgeröteten Wangen und strahlenden Auges schwebte sie nun über die Wiesen, den nachkeuchenden Diener weit hinter sich zurücklassend. Kein Menschentritt störte sie, so nahe dem wildesten Getümmel; ein Strom freudiger Begeisterung wogte durch ihre Brust; sie hätte es in die Lüfte hinausjubeln mögen: „Die Ahnungen meiner Jugend sind wahr geworden, ich habe einem Helden und einem Ritter Auge in Auge geblickt!"

In der Nähe des Dorfes bog sie von der Fahrstraße ab und gelangte durch wüstliegende Gärten zu den Terrassen, die vom Flusse nach ihrem Schlosse hinaufführten. Ohne Atem zu schöpfen, eilte sie die Treppen hinan, drängte sonder Gruß noch Laut durch die in banger Unruhe versammelten Leute ihres Hofes und Hauses bis zu dem Zimmer, aus welchem ihr Knabe ihr fröhlich entgegensprang. Sie stürzte vor ihm nieder, preßte ihn in ihre Arme und hielt ihn lange unter strömenden Tränen an ihrem Herzen.

„Mein Kind, mein Leo!" rief sie endlich, „vor dir will ich Wache halten und meinen Posten nicht verlassen, so wahr mir Gott helfe!"

Sollen wir hier schließen, die Versuchung von uns weisen, als Nachtrag zu erzählen, ob, wann und von wem unsre Heldin auf ihrem Posten visitiert worden ist? Wir bitten noch um eine kleine Geduld, auf den Vorwurf hin, gegen eine gute Regel zu verstoßen und in den Fehler unsres würdigen Pfarrherrn zu verfallen, der sich gleicherweise schwer entschließen konnte, das Buch im rechten Augenblicke zuzuklappen.

Dieser vortreffliche Mann war es, dessen Räuspern die junge Frau aus ihrer Ekstase erweckte. Er war der Dame in ihr Zimmer gefolgt, sein Herz brannte nach der Lösung des Rätsels, das ihn seit dieser Nacht, wo der Graf seine Gemahlin vergeblich auf dem Schlosse und selbst im Pfarrhause gesucht hatte, so

unaussprechlich, ja mehr noch als die preußischen Kanonen
beängstigte. Er hatte schon lange unbemerkt hinter der Dame
gestanden, als diese sich endlich von ihren Knieen erhob und, ihm
beide Hände entgegenreichend, zwischen ihren Tränen lächelnd
sagte:

„Es ist Reformationstag heute,[197] mein Freund, und ich gelobe
Ihnen, eine treue Mutter zu werden."

Sie hatte darauf eine Unterredung mit ihm, oder eigentlich eine
Beichte vor ihm, in welcher keine Falte ihres Herzens verborgen
blieb. Er hörte sie an ohne Erwiderung, aber mit beredtsamen
Tränen, und kam zum Schlusse mit ihr überein, noch heute der
Friedensunterhändler zwischen ihr und ihrem Gemahl zu werden.

„O, wenn Sie diese Nacht seine Angst gesehen hätten,
Gnädigste," sagte er, nach seiner Weise zur Sühne redend, „seine
Reue und Qual, einen Stein in der Erde hätte es erbarmen mögen."

Die junge Frau zuckte die Achseln. Sie zweifelte ja nicht daran,
daß er ihretwegen in Sorge gewesen, sie wußte ja wohl, er hatte
kein Kieselherz, ihr heiterer, flottlebiger Gemahl. O, wenn er doch
etwas von einem Kiesel in sich getragen, wenn er doch Funken
hätte sprühen können, sobald ein Stahl ihn berührt!

Am selbigen Nachmittage sehen wir den guten Herrn Magister
in dem nämlichen Aufzuge, in dem wir gestern seine
Bekanntschaft gemacht haben, in Schuhen und Sergemäntelchen,
Hut und Parapluie unter dem Arm, in Ehren-Adams glücklich
wieder an seinem gewohnten Ankerplatze ruhenden Kahne nach
der Stadt hinüberrudern, in welcher die Preußen seit morgens
unbehelligt hausten. Seinen Herrn Patron fand er im Polnischen
Hause inzwischen nicht, er war im Gefolge der Franzosen von
dannen gezogen.

Am andern Morgen stand der alte Herr schon wieder zu einer
Fußtour gerüstet. Direkt im Lager der verbündeten Armeen, das
kaum zwei Wegstündchen fern vom Gute aufgeschlagen war,
gedachte er Erkundigungen über den Verbleib seines gnädigen
Patrons einzuziehen und nebenbei eine delikate, seelsorgerische
Mission auf eigne Verantwortung bei dem ritterlichen
französischen Herzog zu erfüllen. Indessen noch ehe er das Dorf

---

[197] Der Reformationstag wird von der Evangelischen Kirche am 31. Oktober
gefeiert. An diesem Tag hat im Jahr 1517 laut Überlieferung Martin Luther seine
95 Thesen zu Ablass und Buße an die Tür der Schlosskirche zu Wittenberg
geschlagen. Dieser Akt gilt als die Geburtsstunde der Reformation.

überschritten hatte, stellte zum Schutze des Schlosses auf höheren Befehl eine französische Sauvegarde[198] sich ein, und er wurde durch ein Billett seines Herrn Patrons unterrichtet, daß selbiger, von der glücklichen Heimkehr seiner Frau Gemahlin avertiert,[199] eine Geschäftsreise nach seinen thüringischen Gütern unternommen habe. Schweigend wechselte der geistliche Herr einen Blick des Einverständnisses mit der errötenden Gräfin und legte die Ansprache zu den Akten, die er in der Stille der Nacht in französischen Lettern aufgebaut und memoriert hatte. Ach, er ahnte nicht, der brave Sachse, daß der fremde Herr ihn allenfalls noch leichter in seinem heimischen Deutsch verstanden haben würde.

Die Sauvegarde tat not; denn die nächstfolgenden Tage waren sturm- und drangvoll für die unglückliche Gegend. Franzosen und Reichsvölker hausten und plünderten in ihr um die Wette, die Verlegenheit der entblößten Bauern war unaussprechlich.

Gräfin Eleonore hatte keine Ruhe, sich mit ihrem eignen Schicksal zu beschäftigen. Ihrer selbstauferlegten Order getreu, stand sie Tag und Nacht auf ihrem Posten: anordnend, aushelfend, Rat und Beistand spendend, die Hungernden speisend, die Nackten kleidend, die Obdachlosen beherbergend, den Übermut bändigend, entschlossen wie ein Mann. Mehr als einmal hörte man stundenlangen Kanonendonner gegen die noch immer von den Preußen besetzte Stadt, man fühlte sich mitten im Kriegsgetümmel und ahnte einen nahen, entscheidenden Zusammenstoß. Nach einigen Tagen sahen sich die ausgeplünderten Dörfer eine kurze Weile befreit, indem die verbündeten Lager einige Stunden weiter nach Westen vorgeschoben wurden. Die Preußen dahingegen schlugen eine Brücke über den Fluß und sammelten sich auf dem jenseitigen Ufer. Eleonore beobachtete von dem Turme ihres Schlosses den Übergang des Königs unfern dem Platze, an welchen sich eine so denkwürdige Erinnerung für sie knüpfte; sie erwartete mit Spannung die Ankunft heimischer Gäste. Aber der König wendete sich, die Uferhöhe zwischen den Weinbergen durchschneidend, – ein Punkt, der lange Zeit den Namen des Preußengäßchens geführt hat, – der Richtung des Guts entgegengesetzt, westlich den feindlichen Lagern zu, und so folgten denn nach der außerordentlichen Aufregung zwei Tage

---

[198] Schutzwache.

[199] Benachrichtigt.

verhältnismäßiger Stille, welche der Gräfin einen prüfenden Blick in ihre innere wie äußere Lage gestatteten.

Sie hatte die erste Probe ihrer Tüchtigkeit abgelegt und fühlte ihre Kräfte einer Aufgabe gewachsen, die ihr nicht nur not, sondern auch wohl tat; ein freudiger Mut durchleuchtete ihr ganzes Wesen.

Sechs Tage waren seit ihrer Heimkehr verflossen, als man in der Mittagsstunde des fünften November anhaltendes Feuern in abendlicher Richtung vernahm und sich die Kunde eines Entscheidungskampfes verbreitete,[200] wie seltsamerweise häufig in verhängnisvollen Krisen, noch ehe ein solcher zum Austrag kam. Der alte preußische Wachtmeister, der in den Tagen zögernder Ungewißheit stumm und kopfhängerisch einhergeschlichen war, vermochte nicht länger seiner Unruhe zu widerstehen; die Knechte des Hofes folgten ihm zu Pferde in der Richtung des Schalles, die Bauern strömten zu Fuß über die wüstliegenden Felder.

Gräfin Eleonore harrte ihrer Heimkehr in einem Fieber innerlicher Widersprüche. Ihr König und Held, ihr Ritter und Freund standen sich gegenüber zwischen Sieg und Gefahr. Daneben ihr Kind, Haus und Hof, ihr Gatte – wohin sollte sie sich wenden mit ihrem Hoffen und Sorgen? Wohl uns, daß das arme gebrechliche Menschenhirn kritische Momente selten nach eigner Wahl zu entscheiden hat, daß eine unberechenbare Macht den Ausschlag gibt und wir uns schließlich, bei gutem Willen auch meist mit gutem Glück, in das Unvorhergesehene, ja in das Widerstrebendste fügen lernen.

Der Nachmittag war schon vorgerückt, als plötzlich der verschwundene Gemahl mit triumphierender Miene in den Hof sprengte. „In diesem Augenblick ist alles entschieden!" rief er im Eintreten, der Gräfin die Hand küssend, so unbefangen, als ob zwischen ihnen beiden eine Störung nicht zu erwähnen wäre. Eleonoren versagte die Stimme, sie klammerte sich bebend an die Lehne ihres Sessels, und ihr unzertrennlicher Begleiter, der gute Magister, mußte die Frage von ihren Lippen nehmen, zu welcher ihre Brust nach Atem rang.

---

[200] Die Schlacht von Roßbach in Sachsen, die am 5. November 1757 stattfand, gilt als einer der Wendepunkte im Siebenjährigen Krieg. Hier besiegte Friedrich II. die Franzosen unter dem Prinzen von Soubise sowie die mit ihnen koalierende Reichsarmee unter dem Kommando des Feldmarschalls Joseph Friedrich Prinz von Sachsen-Hildburghausen.

„Eine Bataille, gnädiger Herr?" forschte er, selber in zitternder Spannung, „und welche Partei hat obtiniert?"[201]

„Welcher Zweifel, mein Bester?" antwortete achselzuckend der sächsische Kavalier. „Diese elende Handvoll Preußen! in meinem Angesichte brachen sie ihr Lager ab; wie eine Theaterdekoration,[202] *parole d'honneur!*[203] Das versteht sie, die Potsdamer Wachtparade! Für diesen Winter, für immer, will's Gott, wird er uns in Ruhe lassen, der großhänsige Störenfried!"

Die Preußin stand wie vernichtet, kaum hatte sie Kraft, des siegestrunkenen Eheherrn zärtlich schmeichelnde Annäherung abzuwehren. Der geistliche Freund kam ihrer Pein erbarmend mit einer bedenklichen Einschaltung zu Hülfe. „Der Herr Graf," fragte er, sich zwischen beide schiebend, „der Herr Graf, trügte mein Ohr mich nicht, waren Augenzeuge der Schlacht?"

„Augenzeuge? nicht so eigentlich, Verehrtester," versetzte der Graf. „Und eine Schlacht? Nun? wenn Sie es so nennen wollen, ich nenne es Schach und Matt. Über Freyburg von unsern thüringischen Gütern kommend, – eine Geschäftsreise unaufschieblich, liebes Lorchen. Indessen freue ich mich des Zufalls, der mir diese artige Kleinigkeit in die Hände spielte."

Eleonore setzte das Schmuckkästchen, das er ihr mit diesen Worten überreichte, uneröffnet beiseite und erwiderte durch einen Dankesblick die gefällige Neugier ihres Freundes, mit welcher er noch einmal ihr eine Frist zur Sammlung bereitete.

„Von Ihren thüringischen Gütern kommend, Gnädigster – –?"

„Sah ich des Hildburghausen Disposition gen Nord und Süd. Endlich zur Tat entschlossen, dieser Soubise! In drei Kolonnen, auf vier Meilen Distanz den Feind den Fluß passieren lassen,

---

[201] Durchgehalten.

[202] Dieser Ausdruck stammt aus zeitgenössischen Berichten. Die Franzosen zollten der Disziplin und Schnelligkeit, mit der das preußische Lager abgebrochen wurde, so viel Bewunderung, dass sie es mit der Verwandlung einer Theaterdekoration verglichen. Es gelang den Preußen innerhalb weniger Minuten, gefechtsbereit dazustehen. Die Reichsarmee dagegen hielt die Bewegungen im preußischen Lager fälschlicherweise für den Versuch, sich abzusetzen oder sogar für Flucht.

[203] Ehrenwort!

wahrhaftig, es klänge unerhört, säße er jetzt nicht dafür wie die Maus in der Falle. Revanche für Pirna,[204] hahaha!"

„Indessen, mein Herr Graf, dieses anhaltende Feuern –"

„Das Feuern begann erst, nachdem mir beide Lager außer Sicht waren. Der Garaus, den man ihnen macht; *tant pis*,[205] wenn sie sich zur Wehr gesetzt. Aber, liebste Eleonore – "

„Eine Mutmaßung demnach, lediglich, hochzuverehrender Herr Graf, ein Schluß *a priori*,[206] sozusagen, von wegen des Schach und Matt!"

„Eine Notwendigkeit, mein Bester, eine Naturnotwendigkeit geradezu. Eine französische Armee, eine vierfältige Übermacht,[207] und diese miserablen Trümmer! Hätten Sie ihre Klemme gesehen zwischen Geisel und Janusrücken![208] – – Aber Sie haben böse Tage zu überstehen gehabt, Teuerste, – gottlob! daß sie hinter uns liegen; nach der heutigen Affäre wird unser vielgeliebter Herr nicht zögern, aus Warschau zurückzukehren,[209] und morgen schon, denke ich, daß auch wir zu einem fröhlichen Winter nach Dresden aufbrechen können."

Gräfin Eleonore hatte allmählich Spannung und leidige Erinnerungen zu bannen und sich zu einem Entschluß zu fassen gewußt. „Nach Dresden aufbrechen?" wendete sie mit äußerer Ruhe mindestens ein; „nicht ich, Graf, ich bleibe hier."

„In dieser Jahreszeit, dieser Wüstenei, beileibe nicht, liebes Herz," entgegnete schmeichelnd der Herr Gemahl.

„Zu jeder Zeit und in jeder Lage, Graf. Unter dem Drucke schwerer, gegenwärtiger Pflichten zumeist. Ich bitte, hören Sie

---

[204] Am 16. Oktober 1756 kapitulierte in Pirna die kleine sächische Armee nach 48-tägiger Belagerung vor den angreifenden Preußen.

[205] Es machte nichts aus.

[206] Ohne weitere Überprüfung.

[207] Historische Quellen berichten von einer zweifachen Übermacht. Preußen hatte eine Truppenstärke von etwa 22 000 Mann, die Reichsarmee war etwa 41 000 Mann stark.

[208] Janus ist ein römischer Gott, der in den Darstellungen mit einem Doppelgesicht – sowohl nach vorne als auch nach hinten blickend – abgebildet wird. Hier ist ein Fluchtmanöver gemeint, bei dem sich die fliehenden Soldaten ständig nach dem Feind umsehen.

[209] Kurfürst Friedrich August II. kehrte erst nach dem Ende des Siebenjährigen Krieges nach Dresden zurück.

mich an. Noch ist diese Stunde unser, Gott weiß, was die nächstfolgende bringen kann. Darum gleich jetzt möge es klar werden zwischen Ihnen und mir."

„Wozu diese Erörterungen, Liebchen! Vergessen wir beide, was hinter uns liegt, und suchen uns in Zukunft weniger verdrießlich einzurichten."

„Eben weil ich suchen will, das Vergangene zu vergessen und unsre Zukunft leidlicher einzurichten, muß ich auf diese Erörterungen dringen, Graf," erklärte die Dame unerschütterlich – und gegen den Prediger gewendet, der unbemerkt zu entschlüpfen beabsichtigte, setzte sie hinzu:

„Bleiben Sie, mein Freund, ich wünsche, daß diese Unterredung einen Zeugen habe."

„Himmel, welcher feierliche Eingang!" rief der junge Herr im voraus ungeduldig; seine Gattin aber, indem sie Platz nahm und den verlegen zu Boden blickenden frommen Freund an ihre Seite winkte, versetzte mit einem bittern Anklang: „Ich verspreche, Ihre Geduld zu schonen und das, was ich vergessen will, so wenig als möglich zu berühren."

Der Graf warf sich auf einen Sessel ihr gegenüber. „Der Sache ein Ende zu machen, was wünschen Sie?" fragte er seufzend.

„Einfach: Ihre Vollmacht für meine Pflicht," antwortete die junge Frau. „Ich bin zu der Überzeugung gelangt, daß ein unstetes, zerstreuendes Leben, wie ich es bis heute geführt habe, mir selbst, unsrem Sohne, Ihrem Besitzstande, unsrem gegenseitigen Verhältnisse, Graf, unzuträglich ist, und nur mit dem unwandelbaren Vorsatze, hinfort lediglich dem Dienste meines Hauses zu leben, habe ich nach einer schweren Erfahrung den Fuß über seine Schwelle zurückgesetzt."

„O, der ernsthaften Kindereien, liebes Herz!" unterbrach sie der Gemahl. „Nennen Sie das die Vergangenheit nicht berühren?"

„Nicht mehr als unerläßlich ist. Hören Sie mich zu Ende, Graf. Ihre Neigungen, Ihre Verhältnisse vielleicht, fesseln Sie zurzeit an den Wechsel eines weitläufigen Verkehrs. Ich dürfte Sie daran erinnern, daß, wie die Erziehung unsres Sohnes einen stetigen Platz, so die Verwaltung Ihrer Güter in hartbedrängter Zeit, der Notstand unsrer Eingesessenen die ununterbrochene tätige Gegenwart eines Herrn erheischen. Indessen, solange Sie nicht selbst geneigt sein werden, ein so ernstes Amt zu übernehmen, beschränke ich mich auf die Forderung, dasselbe mit unbedingter Vollmacht in meine Hand gelegt zu sehen. Ich werde treu und wachsam an der Pforte Ihres Hauses stehen, unsern Leo sorgfältig und kräftig bilden, keine Mühe des Erlernens und Ausübens scheuen, mit einem Worte, gewissenhaft als Ihre Statthalterin schalten und da, wo das Vertrauen des Herzens wankend geworden ist, die Treue der Pflicht unerschütterlich wahren. Verlangen Sie dahingegen niemals wieder, daß ich in einen Kreis zurückkehre, vor welchem Sie mir wie sich selber erst ein Brandmal aufdrücken mußten, ehe ich zu der Erkenntnis gelangte, daß ich in demselben ein verlorner Posten sei."

„Gut, sehr gut, ganz vortrefflich!" murmelte der geistliche Herr, indem er sich vor Bewunderung die Hände rieb. Der aber, dem diese lange Rede gegolten hatte, erwiderte sie zunächst mit einem unterdrückten Gähnen, dann aber sagte er halb lächelnd, halb verstimmt:

„Wie hartnäckig Sie sind, Eleonore! Wer weiß um jene flüchtige Übereilung, wer denkt noch daran?"

„Ich weiß darum, Graf, – ich denke daran, denn vergeben *wollen* heißt nicht vergessen *können*. Ich fordere daher in Gegenwart unsres Freundes Ihr Wort, und ich werde es standhaft zu –"

„*Quel bruit pour une omelette!*"[210] rief Graf Moritz aufspringend. „In der Tat, Gräfin, Sie treiben es zu arg mit dieser salbungsreichen Exhortation.[211] Sie haben meine Frau angesteckt, Herr Magister. Wollten wir Rechnung miteinander halten, liebes Kind, so würde ich wohl nicht minder mit einem kleinen Sündenregister aufwarten dürfen. Aber ich meine, wir schließen ab. Im übrigen könnte ich mir Ihr Paktum wohl gefallen lassen, sicher genug, daß Sie bald gelangweilt von der Tugend des Butter- und Käsemachens kommen würden, den Hausschlüssel in meine Hand zurücklegen und den Ballfächer dagegen einzutauschen. O, ich kenne meine Weiberchen!"

Wirre Stimmen vom Hofe herauf unterbrachen den ehemännischen, lächelnden Verdruß. „Was ist das? Schon die Sieger?" rief er, nach dem Fenster und dann schnell auf die Rampe eilend, die aus dem Parterresaal in den Hof herunterführte.

„Lehmann, – das halbe Dorf! Sie schreien Sieg!"

Der Prediger drückte der schmerzlich bewegten Freundin tröstend die Hand. „Der Übermut der Jugend und des Glücks,"

---

[210] Viel Lärm um nichts.

[211] Ermahnung.

sagte er. „Aber nur standhaft, standhaft, edle Frau. Ihrer harren zwei unwiderstehliche Verbündete: Not und Zeit, der Sieg bleibt Ihnen!"

„Sieg, Sieg!" jubelte vom Hofe herauf die Stimme des preußischen Veteranen.

Auch die Gräfin sprang auf und eilte in den Hof, der sich im Umsehen mit einem Troß um die rückkehrenden Späher gefüllt hatte.

„Sieg, Sieg!" wiederholte, aller Devotion vor seiner sächsischen Herrschaft vergessend, der alte Preuße in einem Freudenrausch. – „Gloria, Viktoria! Eine Hasenhatz! König Friedrich, hurra!"

Der Graf war im Begriff, dem unverschämten Prahler mit seiner Reitgerte eine Lektion zu geben.

Eleonore fiel ihm in den Arm, Mienen und Reden der gleichzeitig Heimgekehrten bestätigten das Unerhörte. Ein in den Hof sprengendes preußisches Pikett ließ den letzten Zweifel schwinden. Was für ein Märchen unglaublich, für ein Lustspiel übertrieben geschienen haben würde, es wurde wahr. Ein Triumph der Schwachen, wie nie ein zweiter mit geringeren Opfern erkauft:[212] Geist und Gewandtheit feierten ihn; eine Niederlage der Starken, wie nie eine zweite mit geringeren Wunden gesühnt: nur die Ehre der Feinde blieb als Leiche auf der Walstatt. Kunde auf Kunde drängte sich, Waffe auf Waffe. Ein verwundeter Held wird preußischerseits im Schlosse angemeldet, für den königlichen Sieger selber zur Nacht Quartier bestellt; die allgemeine Verwirrung, des Grafen Bestürzung sind unbeschreiblich.[213]

„Schnell gesattelt!" rief er, aus seiner Erstarrung auffahrend, seinem Reitknechte zu, und die Gräfin hastig in den Saal zurückführend, flüsterte er mit scheuem Blick: „Ich muß fort auf der Stelle. Der König hält mich für seinen Feind."

„Ich bezweifle es, Graf," versetzte Eleonore mit verächtlichem Achselzucken, „der König von Preußen wird nicht auf Sie achten."

---

[212] Die preußische Armee hatte 165 Gefallene und 376 Verwundete zu verzeichnen, während die Reichsarmee mit fast 1 000 Gefallenen, mehr als 2 000 Verwundeten und 5 000 Gefangenen hohe Verluste erlitt.

[213] Nach der Schlacht bei Roßbach am 5. November 1757 bezog Friedrich II. auf Schloss Burgwerben (siehe Anm. 102) Nachtquartier. Da alle Räume mit verwundeten französischen Offizieren besetzt waren, ließ der König, um keinen derselben zu stören, sein Feldbett in einer Dienerstube aufstellen.

„Doch, doch, ich bin verdächtigt, unschuldig, Gott weiß es, aber ich bin's! Und wenn selbst – – mein König, mein armer Herr – geschlagen – "

„Fern genug vom Schlag!"

„Ohne Land – –"

„Zur Vorsicht außer Lands!"

„Zu ihm nach Warschau! Was bleibt ihm, als die Treue seiner Diener?"

„Wo der Herr, da sein – – – – Sie haben recht."

Graf Moritz wischte sich die Augen. „Werden Sie mir folgen, Eleonore?" schluchzte er.

„Nein, – ich bleibe."

„Ich darf Ihnen nicht zureden, armes Weib. Eine Reise, eine Flucht – unter diesen Verhältnissen, – in dieser Jahreszeit – unser Kleiner – Sie sind eine Preußin, man kennt Ihre Sympathien – man wird Rücksicht auf Sie nehmen, Ihnen eine Sauvegarde bewilligen – –"

„Ohne Sorge, Graf, ich fürchte mich nicht," unterbrach ihn Eleonore mir schnödem Ton und schnöderer Miene.

Ein langsam in den Hof rollender Wagen unterbrach das peinliche Zwiegespräch. Der Graf schlüpfte hinter die Tür, vor deren Aufgang die Gräfin ruhig stehen blieb. Ein preußisches Pikett eskortierte das Gefährt, in dessen Inneren der Leibarzt des Königs und ein Diener in preußischer Livree den angemeldeten „verwundeten Helden" unterstützten. Der Schlag wird geöffnet, der Leidende sorgfältig herausgehoben. Totenbleich und schwankend klammert sich die Gräfin an die Brüstung der Rampe, der Graf stürzt, sich selber vergessend, aus seinem Lauschwinkel hervor: – der besinnungslose, blutende Gast seines Hauses, der Gefangene Preußens – es ist der Herzog von Crillon!

„Tot?" fragte Graf Moritz in aufrichtiger Angst.

„Nur schwer blessiert, mein Herr," antwortete der Arzt, mit bedenklicher Miene schnell einen Ruheplatz für den seiner Sorgfalt Anvertrauten fordernd.[214]

Graf Moritz drückte die schlaffhängende Hand des Verwundeten an sein Herz und entfernte sich hastig unter

---

[214] Nach der Schlacht bei Roßbach wurden insgesamt 33 gefangene und verwundete französische Offiziere auf Schloss Burgwerben untergebracht, darunter der General Marquis Marc-Antoine de Custine, der François für diese Episode der Novelle als Vorlage für die Figur des Crillon diente.

hervorbrechenden Tränen. Eleonore, mit gewaltsamer Anstrengung sich zusammenraffend, geleitete den traurigen Zug durch den Saal des Erdgeschosses in ein anstoßendes Zimmer, auf ihr eigenes Ruhebett. Während man die Anstalten zu dem erforderlichen Verbande vorbereitete, blieb sie einige Minuten mit dem Ohnmächtigen allein, zu seinen Füßen knieend, sein blutendes Haupt an ihrem Herzen. Er schlägt die Augen auf, sein Blick trifft den ihren mit einem Ausdruck verzweifelnden Erkennens. „Daß wir uns niemals, niemals wiedergesehen hätten, Eleonore!" flüsterte er mit schmerzbeklommener Stimme.

Der Arzt, gefolgt von Lehmann, dem preußischen Diener und dem hilfreichen Magister, trat wieder ein. Die Gräfin mußte sich entfernen. Noch lauschte sie an der Tür des Kabinetts, als ihr Gemahl in der Livree seines Reitknechts, den kleinen Leo auf dem Arm, in den Saal geschlichen kam. Jede Spur einer eifersüchtigen Anwandlung schien in seinem Herzen erloschen, er umarmte seine Frau, herzte das Kind und stammelte unter Tränen: „Gott weiß, es bricht mir das Herz, mein liebes Lorchen, dich zu verlassen in dieser Qual und Not."

Eleonore faßte seine Hand, der Schmerz hatte ihre höhnende Bitterkeit gebrochen. Auch sie hatte eine Schuld zu bereuen und zu büßen. „Bleibe, Moritz," sagte sie. „Laß uns gegenseitig vergeben und uns einander das Schicksal kommender Tage tragen helfen. Bleibe in der Heimat, bei deinem Sohn – –"

Der junge Mann schwankte, sein Knabe schmiegte sich an ihn; seit Jahren hatte sein Weib nicht ein so herzliches Wort zu ihm gesprochen. „Lorchen, mein Lorchen," schluchzte er. „Was soll ich tun? Ich hasse ja keinen, ich fürchte auch keinen, aber ich liebe meinen Herrn, meinen armen, guten Herrn. Was, ach, was soll ich tun?"

„Deine Pflicht, Moritz!" sagte die Gräfin.

„Meine Pflicht!" wiederholte er mechanisch, während sein Ohr nach dem Fenster spannte.

Rascher Hufschlag, ein einstimmiger Ruf: „Der König!" schallte vom Hofe herauf. Dann alles totenstill.

„Der König!" rief Graf Moritz zusammenfahrend. „*Mein* König, mein armer Herr, zu ihm, fort, fort!"

Der Magister, der Inspektor, der Haushofmeister drängten in den Saal und Rat fordernd an ihn heran.

„Dort mein *alter ego!*"[215] rief er zurück, und mit einem Satze war er aus ihren Augen verschwunden.

„Den Grafen ruft die Pflicht zu seinem Landesherrn," sagte die Gräfin, den fliehenden Gebieter vor seinen Bediensteten rechtfertigend. Dann aber auch ihn vor sich selber rechtfertigend, fügte sie hinzu, ihren Knaben an die Brust drückend: „Er liebt einen Herrn. Du aber, mein Sohn, daß du ein Mann werdest, kenne, liebe ein Vaterland."

Darauf nahm sie den Knaben an die Hand und eilte nach der Tür, ihren hohen Gast zu begrüßen.

Der König war vom Pferde gestiegen, während sein Gefolge im Hofe zurückblieb; mit rascher Bewegung schritt er die Stufen der Freitreppe hinan in den Saal, der kleine Mann im blauen Mantel, den Hut tief in die Stirn gedrückt, ihr Wächter und Rater in jener Vornacht verhängnisvollen Kampfes und Sieges. Sein Anblick gab ihr die volle Fassung zurück, sie neigte sich bis zur Erde mit jenem vornehmen Anstand, der ihrer höfischen Zeit und Zone eigen war. Ohne sie zu bemerken oder zu beachten, ging er an ihr vorüber und rasch dem aus des Verwundeten Zimmer tretenden Diener entgegen.

„Der Herzog, Deesen?"

„Sind einpassiert,[216] Majestät."

„Rufe Er den Doktor."

Der Arzt erschien in der nächsten Minute.

„Wie steht es um den Herzog, Doktor?"

„Wir haben ihm den Verband erneuert, Majestät."

„Sind die Wunden gefährlich?"

„Ich hoffe es nicht, Majestät."

„Werden wir die Reise wagen können?"

„Mit Vorsicht, ja, Majestät."

„Darf ich ihn sehen, Doktor?"

„Ich werde seine Durchlaucht auf diese Gnade vorbereiten, Majestät."

Der Arzt ging in das Kabinett zurück, der König stand unbeweglich in der Mitte des Saales, die Gräfin lauschte unter der Eingangstür in zitternder Erwartung.

---

[215] „Mein anderes Ich." Der Begriff wird für eine eng vertraute Person gebraucht.

[216] Hineingegangen.

„Was sinnt er? was hat er vor?" flüsterte der Magister, der sich lugend hinter der Portiere verborgen hielt: – „ahnt er, weiß er?"

„Ja, er weiß es," antwortete die Gräfin zuversichtlich. „Er hat das Ahnen großer Seelen und den Scharfblick, der dem Helden ziemt."

„Der Herr Herzog bitten um die Gnade, vor Seiner Majestät erscheinen zu dürfen," meldete der rückkehrende Arzt.

„Daß er sich nicht rühre, Doktor! ich komme zu ihm," befahl der Monarch, rasch und leise in des Verwundeten Zimmer tretend. Die Gräfin folgte ihm bis an die offenbleibende Tür, der Herr Magister schlüpfte hinter ihr drein und noch einmal zwischen die Falten der Portiere.

Der Gefangene stand vor seinem Ruhebett mit verbundenem Haupt, den Arm in der Binde, totenbleich, den Blick zu Boden geschlagen; der preußische Diener und der preußische Exwachmeister stützten ihn zu beiden Seiten, der letztere, indem er durch seine martialischste Miene sich dafür entschädigte, an dem gebührlichen Salut vor seinem König verhindert zu sein.

Herr von Crillon versuchte es, seinen hohen Besucher einige Schritte entgegenzugehen, der König kam ihm durch eine gebietend abwehrende Bewegung zuvor. Rasch und dicht an ihn herantretend, zog er den Hut und begrüßte ihn mit jener eigentümlichen, schlichten Hoheit, die ihm die widerstrebendsten Gemüter zu unterwerfen pflegte.

„Herr Herzog," sagte er, „ich beklage das Mißgeschick eines Helden, dessen Bravour ich bewundert habe."

„Sire," stammelte der Gefangene, sich tief verbeugend, und eine dunkle Röte überflammte sein Gesicht, „Sire, – so viel Gnade, – nach so viel – Schma–"

„Keine Aufregung, mein Herr!" fiel ihm der König lächelnd ins Wort. „Ich habe Ihre Landsleute niemals für meine ernsthaften Feinde halten mögen; meine gelungene Überraschung hat mir heute bewiesen, daß dies Vertrauen gegenseitig war. – Aber wie fühlen Sie sich, lieber Herzog?" fuhr er mit herzlichem Tone fort, indem er dem Verwundeten die Hand reichte. „Ich bin gekommen, Sie als werten Gast in meine Hauptstadt einzuladen, um Sie heil und neu gekräftigt Ihrem Vaterlande zurückzugeben."

Der Franzose beugte sich auf die Hand des Königs nieder und führte sie an seine Lippen, während sichtbarlich ein Schauder seinen Körper überrieselte. „Sire," sagte er zitternd, „Sie sind größer – als Turenne,[217] – denn er verhöhnte – seine Feinde, und – Ihre Majestät – gießen Öl in ihre Wunden."[218]

Er schwankte; der König gab hastig ein Zeichen, ihm Ruhe zu gewähren, und verließ das Krankenzimmer.

„Tu Er sein Bestes, Doktor," damit verabschiedete er den ihn in den Saal begleitenden Arzt, „das mögliche, hört Er, mir den Herzog bei Kräften nach Berlin zu bringen. *Monsieur de Voltaire* soll sich nicht rühmen dürfen, daß Roßbach Frankreich einen Mann gekostet habe, der seine Schuldigkeit getan."[219]

Der Arzt zog sich unter ehrerbietiger Verbeugung in das Kabinett zurück, Gräfin Eleonore trocknete ihre Tränen, ein Blick hinter den Vorhang offenbarte ihr, daß der Sieger des Tages einen Gegner mehr überwunden habe.

Mit einer raschen Bewegung wendete sich der König zu ihr, die er erst jetzt zu bemerken schien.

„Gräfin Fink, Madame?" fragte er.

Die Gräfin bewältigte ihre Rührung und versetzte mit ruhiger Würde: „Majestät, mein Gemahl ist auf dem Wege nach Warschau, an der Seite seines Königs die Folgen dieses großen Tages zu erwarten." – Der König blickte der Dame mit gutmütigem Spotte ins Gesicht.

„Und die Frau Gräfin scheuten ein improvisiertes Itineraire[220] sonder Schutz und Geleite?"

„Allerdings, Majestät. Denn man hatte sie belehrt: der Posten einer Frau sei das Haus, in welchem sie ihrem Sohne," sie deutete auf den Knaben an ihrer Hand, „den Vater zu vertreten habe."

---

[217] Henri de la Tour d'Auvergne, Vicomte de Turenne (1611-1675) war ein französischer Heerführer und Marschall von Frankreich.

[218] Ähnliche Worte sind dem schwer verwundeten Marquis Marc-Antoine de Custine zugeschrieben. Als Friedrich II. ihm persönlich einen Besuch abstattete, richtete er sich mühsam auf seinem Lager auf, um den Sieger zu begrüßen. Am nächsten Tag wurde er von Schloss Burgwerben nach Merseburg gebracht, wo er bald darauf verstarb.

[219] Voltaire stand lebenslang in einem Verhältnis gegenseitiger Hassliebe zu Friedrich II. 1750 trat er das gut dotierte Amt des Königlichen Kammerherrn am Potsdamer Hof an, wurde aber zwei Jahre später in Unehren entlassen. Im Siebenjährigen Krieg äußerte er sich dem preußischen König gegenüber kritisch und versuchte zwischen den Franzosen und Preußen zu vermitteln. Nach der Schlacht bei Roßbach schrieb er jedoch neue Elogen auf Friedrich.

[220] Reise.

„Eine heilsame Lehre, Madame, und am rechten Orte appliziert."

„Sie dankt sie auch einem großen Zuchtmeister, Majestät, und der Gnade, auf ihrem bescheidenen Posten von dem ruhmreichsten Helden visitiert zu werden."

Der ruhmreiche Held nahm eine Prise. Dann mit freundlichem Lächeln seine Wirtin auf die Schulter klopfend, sagte er leise: „Kompliment für Kompliment: die Hosen passen Ihnen gut, Madame."[221]

Unsre Heldin lachte unverhohlen. Ihr König und Herr reichte ihr eine Hand, indem er die andre auf des Knaben Haupt legte:

„Nun, halten Sie mutig stand auf Ihrem Posten, brave Frau," so schloß er seine huldvolle Visitation; „das verheißt dem Stamme meines alten Looß noch einen kräftigen Zweig, und der Herr Graf von Fink wird seiner schönen Hausehre die Ehre seines Hauses danken lernen."

---

[221] Vgl. dazu auch die Anekdote, die François 1855 bereits in der Novelle *Die Geschichte meines Urgroßvaters* verwendet hatte, Anhang, Auszug 2.

Anhang

1. Auszüge aus dem *Weißenfelser Kreisblatt*

a) Nr. 32, Mittwoch, den 22. April 1857:

Fortsetzung der Weißenfelsischen Nachrichten aus dem
siebenjährigen Krieg

Der Magistrat zu Weißenfels erhält hierdurch die gemeßeste *Ordre*
alsofort und ohne Zeit Verlust allen und jeden Einwohnern und
Unterthanen zu Weißenfels anzudeuten, daß sie alle in ihren
Häusern befindl. Preuß. *Armaturen* und *Effecten*, sie mögen
immediate zum Kriegs Stab gehören oder denen Preuß. *Officiern*
zustehen, alsbald zu Rathhauße liefern wo solche samt und sonders
durch den von mir hierzu *commandirten* Wachtmeister
übernommen werden sollen. Und da man in Erfahrung gebracht,
daß der Preuß. Lieut. von Jzenbliz in dem Neustädtischen Hauße
am Markt annoch drey *Coffere* mit *Meubles* und Silberwerk
zurückgelaßen hat, als sind solche zusamt aller übrigen dergl. bey
Strafe der Confiscation des Verhehlers Vermögen sofort
auszuantworten.

Marchquartier Meseburg, den 27. Aug 1757

Le Comte Turpien

Eod.

den 27. Aug. 1757

Ist denen Gaßenmeistern und Rathsdienern anbefohlen, in allen
Häusern in der Stadt anzusagen, daß wer Preuß. *Armatur* oder
Effecten so Preuß. Officieren gehörig bey sich, solche bei Verlust
ihres Vermögen, aufs Rathhauß zu schaffen,
nach Verlauf 2. Stunden
referiren Dieselben, daß Sie das anbefohlene verrichtet. *reg. uts.*

Tobias Seybicke, Reg.

Vermöge der von S. Gräfl. *Excell.* des H. General von Turpien an den H. Wachtmeister Lengern ertheilten und mir *produc. Ordre* habe ich mich mit demselben in das Neustädtische Hauß begeben, alle Stuben, Cammern und *Couffres* durchsuchet und von des Preuß. Lieut. von Jzenbliz Meublen nichts als

> Ein grüner Ungarischer Pelz
> Ein Weiße Weste
> Eine rothe kurze Weste
> Ein paar Stieffeln
> Ein *Portrait*
> Einen Weißen Ober-Rock

gefunden worden. Als wird solches hiermit unter Vordrückung der Stadt Insiegel und *Subsc.* des regierenden Bürger Meisters *attestiret.*

Weißenfels, d. 27 Aug. 1757

D[er] R[ath] d[aselbst]
H. B. F. C.

b) Nr. 44, Mittwoch, den 3. Juni 1857:

1. Aus Preuß' Lebensgeschichte Friedrichs des Großen

Maréchal de Camp, Herzog von Crillon, sollte sich den 31. [Oktober] Morgens 7 Uhr mit 17 [nach anderen Berichten 10] französischen Grenadier-Kompanien über die Brücke von Weißenfels zurückziehen und in die bestimmten Kantonnements einrücken. Die Brücke brannte ab, aber die Preußen waren den Franzosen auf den Fersen: Friedrich an der Spitze des Vortrabs. Ihn zu beobachten, hatte Crillon zwei bewährte Offiziere, Canon und Brunet, auf einer Insel, die mit dem linken Ufer zusammenhing, aufgestellt, indeß er selbst, mit seinen Offizieren auf dem Rasen gelagert, ein Frühstück einnahm. Da kommt Brunet und fragt: ob es erlaubt sei, den König von Preußen totzuschießen, den sie von ihrem Hinterhalte aus dem Busche an den Brückpfeilern bemerkten. Crillon reichte seinem treuen Brunet ein Glas Wein und schickte ihn auf seinen Posten zurück mit dem Bemerken, daß er ihn und seinen Kameraden dorthin gestellt habe, Acht zu geben, ob die Brücke gehörig abbrenne, nicht um einen General zu tödten, der allein vorkomme, um zu rekognosciren: viel weniger die geheiligte Person eines Königs, die verehrt werden müsse. Alle Anwesenden waren seiner Meinung.

2. Aus Friedrich's des Großen Werken, insbesondere aus einem Briefe d'Alemberts an den König

Paris, 27. Sept. 1773

Der Herzog von Crillon kommandierte an der Brücke von Weißenfels 10 Compagnien französische Grenadiere, deren Bravour die Lobeserhebungen Ew. Majestät verdiente.

Aber der Herzog selbst verdiente bei dieser Gelegenheit durch eine seiner Ahnen würdige That die dankbare Anerkennung aller Derjenigen, welche sich für die Erhaltung großer Männer interessieren.

Auf einer Insel hatte er zwei Officiere postirt, welche Ew. Majestät Armeen beobachten sollten, während man die Brücke abbrannte.

Einer von diesen Officieren meldete dem Herzog von Crillon daß, sobald er es haben wolle, sie den General tödten könnten, welcher nach der Ehrfurcht, die ihm die Officiere erwiesen, der König von Preußen sein müsse.

Der Herzog verbat sich dies.

c) Nr. 87, Sonnabend, den 31. Oktober 1857:

Eine ernste Erinnerung am 31. October 1857

Heute ist der hundertste Jahrestag eines Ereignisses aus dem siebenjährigen Kriege, welches den Bürgern der Stadt Weißenfels und allen Freunden der Größe und des Ruhmes unseres preußischen Vaterlandes unvergesslich bleiben wird. Am 31. October 1757 früh 8 Uhr kam Friedrich der Große mit seiner ganzen Armee vor Weißenfels an, nahm Stadt und Schloß im Sturme und verjagte aus beiden die östreichsche und französische Besatzung, welche nach ihrem Rückzuge über die Saalbrücke diese in Brand steckte. Das Kleingewehrfeuer diesseits und jenseits der Saalbrücke und das Geschützfeuer von den Höhen nächst der Stadt währte 8 lange Stunden, bis es der die Umgebung der Stadt beherrschenden preußischen Batterie auf dem Klemmberge gelang, der gegenüberstehenden Artillerie der französischen und Reichs-Armee Herr zu werden und sie zum Schweigen zu bringen.

Friedrich der Große, an der Spitze des Vortrabs seiner dem Feind auf den Fersen folgenden Truppen, hatte sich mittlerweile bis an die Saalbrücke gewagt und wurde zurückgehalten durch die Flammen derselben. Hier wurde das Leben des Königs aus naher Gefahr gerettet durch die Achtung eines hochherzigen Feindes vor der „geheiligten Person eines Königs", des größten Feldherrn seiner Zeit, indem der auf dem jenseitigen Ufer lagernde französische Befehlshaber Herzog Crillon seinen Soldaten verbot, den inmitten seiner Generale haltenden König todt zu schießen. Welches Schicksal würden die Feinde über Preußen und Deutschland und die protestantische Kirche verhängt haben, wenn göttliche Fügung nicht gewaltet hätte über das Leben eines Königs, der am 5. November bei Roßbach und am 5. December bei Leuthen immerblühende Zweige in den Lorbeerkranz Preußens geflochten hat!

Der 31. Oktober, welcher morgen kirchlich gefeiert werden wird, ist für uns Weißenfelser ein dreifacher Festtag: zum Gedächtnis an die Reformation, an die Errettung der Stadt aus großer Gefahr und an die wunderbare Fügung, die Freidrich des Großen Leben schützte!

2. Auszug aus François' Novelle *Die Geschichte meines Urgroßvaters* (1855)

Ich will bei dieser Gelegenheit nicht unerwähnt lassen, daß meine mütterlichen Ahnen dem kühnen, philosophischen König, welchem Europa eben im Begriffe war, den Namen des Großen beizulegen, recht von Herzen abhold waren, ja fast ihn verachteten. Freilich zum Abholdsein hatten sie Grund; denn was mußten ihr Land, ihre Gegend und selber die Stadt nicht alles durch ihn leiden! Was aber die Geringschätzung anbelangt, so war allerdings einer seiner glänzendsten Siege in unserer Nachbarschaft erfochten worden, ist aber der Glückliche denn auch immer der Gerechte? Hatten nicht feige, übermütige Verbündete das deutsche Heer in ihr Verderben gezogen? Hatte man irgend etwas Majestätisches oder Heldenartiges in der dürftigen, gebeugten Figur des Siegers zu erkennen vermocht, als er im abgetragenen Mantel, mit kotigen Reiterstiefeln vor und nach der Bataille unsere Stadt passierte? Mußte man es nicht höchst unköniglich, ja höchst unanständig finden, was er zu der gnädigen Frau, der Gemahlin des reichsten Gutsbesitzers unserer Pflege, gesagt hatte, als er nach jener

Schlacht auf ihrem Schlosse übernachtete? Der Gutsherr war kurfürstlich königlicher Kammerherr, und da er den Zorn des übermütigen Triumphators fürchtete, hielt er sich während dessen Anwesenheit verborgen, wie man munkelte im Schafstall. Seine Gemahlin dahingegen, ihr siebenjähriges Söhnchen in kurfürstlicher Fähnrichsuniform an der Hand, war couragiert genug, den königlichen Gast an der Pforte ihres Schlosses zu empfangen und mit würdevollem Anstand die Abwesenheit ihres Gemahls zu entschuldigen. Der hohe Herr geruhte sich längere Zeit mit der schönen, klugen Dame zu unterhalten und ihr beim Abschiede die Hand reichend zu sagen: „Ein Glück, Madame, für Ihr Haus und Ihren Sohn, daß Sie die Hosen angezogen haben statt Ihres Gemahls."

Die Hosen! Man wollte es anfänglich in der Bürgerschaft nicht glauben, daß Er „Hosen" gesagt und noch obendrein zu einer Dame von Adel, einer geborenen Gräfin. Es wurde aber von Ohrenzeugen versichert, und mein Urgroßvater hatte einen Grund mehr, an dem Helden des Tages zu zweifeln und seinen Kurfürsten zu verehren, dessen Lippen ein solcher Ausdruck nimmermehr verunziert haben würde.

Louise von François, *Die Geschichte meines Urgroßvaters, Gesammelte Werke in fünf Bänden* (Leipzig: Insel, 1918), V, S. 234-36.

Bibliographie

Louise von François: Ausgaben

Ausgewählte Novellen , 2 Bde. (Berlin: Duncker, 1868):
Bd. 1, *Das Jubiläum; Der Posten der Frau; Die Sandel*
Bd. 2, *Judith, die Kluswirtin.*
Erzählungen, 2 Bde. (Braunschweig: Westermann, 1871):
Bd. 1, *Geschichte einer Häßlichen; Glück*
Bd. 2, *Der Erbe von Saldeck; Florentine Kaiser; Hinter dem Dom.*
Die letzte Reckenburgerin: Roman, 2 Bde. (Berlin: Janke, 1871), übers. v. J. M. Percival als *The Last von Reckenburg* (Boston: Cupples & Hurd, 1887; Paisley und London: Gardner, 1888).
Frau Erdmuthens Zwillingssöhne: Roman, 2 Bde. (Berlin: Janke, 1873).
Geschichte der preußischen Befreiungskriege in den Jahren 1813 bis 1815. Ein Lesebuch für Schule und Haus (Berlin: Janke, 1874).
Hellstädt und andere Erzählungen, 3 Bde. (Berlin: Janke, 1874):
Bd. 1, *Hellstädt; Die Schnakenburg, erster Teil*
Bd. 2, *Die Schnankenburg, Schluß; Die goldene Hochzeit, erster Teil*
Bd. 3, *Die goldene Hochzeit, Schluß; Eine Formalität; Die Geschichte meines Urgroßvaters.*
Natur und Gnade, nebst anderen Erzählungen, 3 Bde. (Berlin: Janke, 1876):
Bd. 1, *Natur und Gnade; Eine Gouvernante, erster Teil*
Bd. 2, *Eine Gouvernante, Schluß; Ein Kapitel aus dem Tagebuche des Schulmeisters Thomas Luft in Matzendorf; Des Doctors Gebirgsreise, erster Teil*
Bd. 3, *Des Doctors Gebirgsreise, Schluß; Fräulein Mutchen und ihr Hausmeier; Die Dame im Schleier.*
„Etwas von Brauch und Glauben in sächsischen Landen", in *Leipziger Volkskalender*, hg. v. Leipziger Zweigverein der Gesellschaft für Verbreitung von Volksbildung (Leipzig: Seemann, 1876).
Stufenjahre eines Glücklichen: Roman, 2 Bde. (Leipzig: Breitkopf und Härtel, 1877).
Der Katzenjunker (Berlin: Paetel, 1879).

Phosphorus Hollunder; Zu Füßen des Monarchen, Deutsche Hand- und Hausbibliothek, Bd. 1 (Stuttgart: Spemann, 1881).

Der Posten der Frau: Lustspiel in fünf Aufzügen (Stuttgart: Spemann, 1881).

Das Jubiläum und andere Erzählungen, Deutsche Hand- und Hausbibliothek, Bd. 94 (Stuttgart: Spemann, 1886), enthält: *Das Jubiläum; Der Posten der Frau; Die Sandel.*

Gesammelte Werke in fünf Bänden (Leipzig: Insel, 1918):
  Bd. 1, *Die letzte Reckenburgerin*
  Bd. 2, *Frau Erdmuthens Zwillingssöhne*
  Bd. 3, *Stufenjahre eines Glücklichen*
  Bd. 4, *Ausgewählte Novellen: Judith, die Kluswirtin; Der Posten der Frau; Fräulein Mutchen und ihr Hausmeier; Die goldene Hochzeit; Phosphorus Hollunder*
  Bd. 5, *Ausgewählte Novellen: Der Katzenjunker; Die Geschichte meines Urgroßvaters; Zu Füßen des Monarchen; Hinter dem Dom.*

Judith, die Kluswirtin und andere Novellen (Berlin: Gesellschaft deutscher Literaturfreunde, 1927).

Aus einer kleinen Stadt: Erzählungen, hg. v. Fritz Oeding, Heimatkundliche Schriften, H. 2 (Weißenfels: Kell, 1937), enthält: *Erinnerungen aus einer kleinen Stadt; Potsdam: Ein Frühlingsbrief; Die Krippe; Die Benneckensteiner Marlene; Von einem lustigen Nönnlein.*

Vergessene Geschichte(n): Aus der Provinz Sachsen und Thüringen, hg. v. Joachim Jahns (Querfurt: Dingsda, 1991).

Potsdam, ein Frühlingsbrief; und andere Prosa aus dem Brandenburgischen, hg. v. Joachim Jans (Querfurt: Dingsda, 1992).

Louise von François: Veröffentlichungen in Zeitschriften

„Potsdam: Weihnachten 1854", als V. L., *Morgenblatt für gebildete Leser*, Nr. 3, 14. Januar 1855: 68–70.

„Aus dem Leben meines Urgroßvaters: Eine bürgerliche deutsche Geschichte von F. von L.", *Europa, Chronik der gebildeten Welt*, Nr. 28–31, Leipzig, 1855.

„Aus dem preußischen Herzogthum Sachsen", anonym, *Morgenblatt für gebildete Leser*, Nr. 14, 6. April 1856.

„Der Erbe von Saldeck", als F. v. L., *Morgenblatt für gebildete Leser*, Nr. 7, 17. Februar 1856: 145–50; Nr. 8, 24. Februar 1856:

181–84; Nr. 9, 2. März 1856: 202–08; Nr. 10, 10. März 1856: 226–33; Nr. 11, 16. März 1856: 250–57; Nr. 12, 23. März 1856: 269–76; Nr. 13, 30. März 1856: 289–96.

„Das Leben der George Sand", als einer Dame, *Deutsches Museum: Zeitschrift für Literatur, Kunst und öffentliches Leben*, 6, Nr. 45, 1856: 680–93.

„Aus Mitteldeutschland", anonym, *Morgenblatt für gebildete Leser*, no. 35, 22. Februar 1856: 839–40; Nr. 36, 7. September 1856: 856–59.

„Eine Formalität", als F. v. L., *Morgenblatt für gebildete Leser*, Nr. 8, 22. Februar 1857: 169–74; Nr. 9, 1. März 1857: 202–08; Nr. 10, 8. März 1857: 217–23.

„Das Jubiläum: Anekdote", anonym, *Morgenblatt für gebildete Leser*, Nr. 12, 22. März 1857: 272–77; Nr. 13, 29. März 1857: 299–305.

„Aus dem Tagebuche des Schulmeisters Thomas Luft; Eine Gesitergeschichte", anonym, *Morgenblatt für gebildete Leser*, Nr. 15, 12. April 1857: 344–50; Nr. 16, 19. April 1857: 375–79; Nr. 17, 26. April 1857: 390–97; Nr. 18, 3. Mai 1857: 421–26.

„Aus Thüringen", anonym, *Morgenblatt für gebildete Leser*, Nr. 29, 19. Juli 1857: 692–95.

„Der Posten der Frau", anonym, *Morgenblatt für gebildete Leser*, Nr. 42, 18. Oktober 1857: 992–97; Nr. 43, 25. Oktober 1857: 1005–15; Nr. 44, 1. November 1857: 1041–47; Nr. 45, 8. November 1857: 1057–63.

„Phosphorus Hollunder", als F. von L., *Novellenzeitung: Eine Wochenchronik für Literatur, Kunst, schöne Wissenschaften und Gesellschaft*, dritte Serie, Nr. 4–5, 1857.

„Die Dame im Schleier", als F. von L., *Allgemeine Modenzeitung*, 2, Nr. 35–39, 1957.

„Aus der Provinz Sachsen", anonym, *Morgenblatt für gebildete Leser*, Nr. 2, 10. Januar 1858: 48; Nr. 3, 17. Januar 1858: 62–72.

„Geschichte einer Häßlichen", anonym, *Morgenblatt für gebildete Leser*, Nr. 47, 21. November 1858: 1105–11; Nr. 48, 28. November 1858: 1138–44; Nr. 49, 5. Dezember 1858: 1154–62; Nr. 50, 12. Dezember 1858: 1177–84; Nr. 51, 19. Dezember 1858: 1208–15; Nr. 52, 26. Dezember 1858: 1223–31.

„Hinter dem Dom", anonym, *Morgenblatt für gebildete Leser*, Nr. 23, 5. Juni 1859: 534–41; Nr. 24, 12. Juni 1859: 560–68.

„Eine Gouvernante", anonym, *Morgenblatt für gebildete Leser*, Nr. 28, 10. Juli 1859: 649–57; Nr. 29, 17. Juli 1859: 682–89; Nr. 30, 24. Juli 1859: 697–705; Nr. 31, 31. Juli 1859: 728–34.

„Die goldene Hochzeit", anonym, *Morgenblatt für gebildete Leser*, Nr. 38, 18. September 1859: 889–94; Nr. 39, 25. September 1859: 924–28; Nr. 40, 2. Oktober 1859: 938–45.

„Fräulein Mutchen und ihr Hausmaier", *Hausblätter von F. W. Hackländer und Edmund Hoefer*, 4, 1859: 161–94.

„Des Doktors Gebirgsreise", anonym, *Morgenblatt für gebildete Leser*, Nr. 24, 10. Juni 1860: 553–59; Nr. 25, 17. Juni 1860: 589–93; Nr. 26, 24. Juni. 1860: 610–16; Nr. 27, 1. Juli 1860: 625–32; Nr. 28, 8. Juli 1860: 660–64; Nr. 29, 15. Juli 1860: 680–84; Nr. 30, 22. Juli 1860: 707–12.

„Natur und Gnade", anonym, *Morgenblatt für gebildete Leser*, Nr. 18, 30. April 1861: 409–16; Nr. 19, 7. Mai 1861: 438–43; Nr. 20, 14. Mai 1861: 457–65; Nr. 21, 21. Mai 1861: 487–94.

„Judith, die Kluswirtin" ", *Hausblätter von F. W. Hackländer und Edmund Hoefer*, 3, 1862: 321–90, 402–53.

„Die Schnackenburg", *Allgemeine Modenzeitung*, 1, Nr.13–25, 1865.

„Die letzte Reckenburgerin", *Deutsche Romanzeitung*, 4, 1870: 581–624, 663–704, 743–84, 821–64, 905–38.

„Frau Erdmuthens Zwillingssöhne", *Deutsche Romanzeitung*, 3, 1872: 513–46, 589–620, 667–96, 743–76, 825–56, 913–30; 4, 1872: 41–64, 117–40.

„Hellstädt", *Deutsche Romanzeitung*, 4, 1873.

„Teplitz", Salon für Literatur, Kunst und Gesellschaft, 1, 1873:591–99.

„Ein Plauderbrief aus Chamounix", *Salon für Literatur, Kunst und Gesellschaft*, 2, 1874: 541, 712.

„Stufenjahre eines Glücklichen", *Daheim*, 13, Nr. 1–26, 1877.

„Ein deutscher Bauernsohn", *Die Nation*, 11, 1878.

„Der Katzenjunker", *Deutsche Rundschau*, 19, April–Juni 1879: 167–201, 335–60; 20, Juli–September 1879: 21–50.

„Maria und Joseph, nach einer kalabresischen Volkssage", *Vom Fels zum Meer*, 1, Oktober 1881 – März 1882: 1–8.

„Schauen und Hörensagen: Aus meinen Kindertagen", hg. v. Adolf Thimme, *Deutsche Revue*, Januar 1920: 55–79.

Louise von François: Briefe

„Marie von Ebner-Eschenbach und Louise von François", hg. v. Anton Bettelheim, *Deutsche Rundschau*, 27 (1900), 104–19.

Louise von François und Conrad Ferdinand Meyer: Ein Briefwechsel, hg. v. Anton Bettelheim, 2. Aufl. (Berlin: de Gruyter, 1920).

Briefe deutscher Frauen, hg. v. Fedor von Zobelitz (Berlin und Wien, Ullstein, 1910), S. 511–37.

„Eine Dichterin von Gottes Gnaden: Louise von François im Briefwechsel mit Gustav Freytag", hg. v. Gerhard Pachnicke, *Gustav-Freytag Blätter,* 26 (1982), 31–35.

„Briefe von Louise von François und Julius Rodenberg", hg. v. Hermann Hoßfeld, *Thüringen: Monatsschrift für alte und neue Kultur,* 6 (1930), 166–77.

„Louise von François und Eisenach: Drei Briefe der Dichterin an Hedwig Bender und an Frau Oberstleutnant Bender, Adelheid, geb. von François in Eisenach", hg. v. Hermann Hoßfeld, *Der Bergfried,* Eisenach, 2, 1924.

„Aus den Briefen von Fanny Tarnow an Louise von François (1837–1862)", hg. v. Adolf Thimme, *Deutsche Rundschau,* 53 (1927), 223–34.

Die Akte Louise von François, hg. v. Helmut Motekat, *Veröffentlichungen aus dem Archiv der Deutschen Schillerstiftung,* 7 (Weimar: Aufbau, 1964).

Secondary Sources

Alker, Ernst, *Geschichte der deutschen Literatur,* 2 Bde. (Stuttgart: Cotta, 1950).

Bäumer, Gertrud, *Gestalt und Wandel: Frauenbildnisse* (Berlin: Herbig, 1939): „Luise von François", S. 456–68.

———, „Preußische Typen. Luise von François", *Die Hilfe* (47, 1919), 665–68.

Bender, Hedwig, „Louise von François: Ein Nachruf", *Neue Bahnen,* 15. Januar 1894, S. 9–11.

Blume, Wilhelm, „,Fräulein Mutchen und ihr Hausmeier' als Lyzeums-Lektüre im Gedenkjahr der Dichterin", *Frauenbildung. Zeitschrift für die gesamten Interessen des weiblichen Unterrichtswesens,* 17 (1918), 17–29.

Buchwald, Reinhard, „Die Dichterin der Befreiungskriege", *Bonner Zeitung,* 316 (1913).

Crillon-Mahon, Louis des Balbes de Berton de Quiers, duc de, *Mémoires militaires* (Paris, 1781).

Düring-Oetken, Helene von, „Louise von François: Ein Gedenkblatt zu ihrem hundertsten Geburtstag", *Vossische Zeitung* (Berlin), 322, 27. Juni 1917.

Ebner-Eschenbach, Marie von, „Louise von François", *Neue freie Presse* (Wien), 23. Februar 1894, S. 1–3.

———, „Louise von François: Erinnerungsblätter", *Velhagen und Klasings Monatshefte* (Bielefeld), 8 (März 1894), S. 18–30.

Ellinger, Georg, „Louise von François", *Die Nation* (Berlin), 4 (Oktober 1893), S. 59–61.

Eloesser, Arthur, „Louise von François und Conrad Ferdinand Meyer", *Literarisches Echo* (Berlin), 9 (1906).

Engel, Eduard, *Geschichte der deutschen Literatur*, 2. Aufl. (Leipzig: Koehler und Amelang, 1907)

Enz, Hans, *Louise von François* (Zürich: Rascher, 1918)

Fox, Thomas C., „Louise von François: A Feminist Reintroduction", *Women in German Yearbook*, 3 (1986), 123–38.

———, *Louise von François and „Die letzte Reckenburgerin": A Feminist Reading* (New York: Lang, 1988)

———, „Louise von François Rediscovered", *Autoren damals und heute. Literaturgeschichtliche Beispiele veränderter Wirkungshorizonte*, hg. v. Gerhard P. Knapp, *Amsterdamer Beiträge zur neueren Germanistik*, 31/33 (Amsterdam: Rodopi, 1991), S. 303–19.

———, „A Woman's Post: Gender and Nation in Historical Fiction by Louise von François", *A Companion to German Realism, 1848–1900*, hg. v. Todd Kontje (Rochester: Camden House, 2002), S. 109–31.

Frederiksen, Elke (Hg.), *Women Writers of Germany, Austria and Switzerland* (New York: Greenwood Press, 1989).

Frey, Adolf, „Louise von François und Conrad Ferdinand Meyer", *Deutsche Rundschau* (Berlin), 32 (April 1906), 146–49.

Freytag, Gustav, „Ein Roman von Louise von François", *Im Neuen Reich*, 8 (1872), 295–300. Auch in *Vermischte Aufsätze aus den Jahren 1848 bis 1894*, 2 Bde., hg. v. Ernst Elster (Leipzig: Hirzel, 1901), I, S. 139–47.

Geiger, Eugen, „Louise von François, ‚Stufenjahre eines Glücklichen'", *Der Lesezirkel* (Zürich), 4,9 (Juni 1917), 139–40.

Berliner Freimaurerreden: 1743–1804, hg. v. Karlheinz Gerlach (Frankfurt a.M.: Lang, 1996).

Goethe, Johann Wolfgang von, *Sämtliche Werke, Briefe, Tagebücher und Gespräche*, hg. v. Friedmar Apel, Hendrik Birus und Dieter Borchmeyer (Frankfurt a.M.: Deutscher Klassiker Verlag, 1985-1999).

Gregor-Dellin, Martin, *Was ist Größe? Sieben Deutsche und ein deutsches Problem* (München: Piper, 1985): „Exkurs: Louise von François", S. 175–96.

Hartwig, Otto, „Zur Erinnerung an Louise von François", *Deutsche Rundschau*, 20 (1893), 456–61.

Helbig-Tränkner, Helene, „Louise von François: Zum 17. Juni 1917", *Deutscher Kurier* (Berlin), 25 June 1917.

Hillebrand, Joseph, *Die deutsche Nationalliteratur im XVIII. und XIX. Jahrhundert*, durchges. und vervollst. vom Sohne d. Verf., Karl Hillebrand, 3 Bde. 3. Aufl. (Gotha: Friedrich Andreas Perthes, 1875).

Homberger, Heinrich, „Der Posten der Frau", *Essays, Nord und Süd*, hg. v. Ludwig Bamberger und Otto Gildemeister (Berlin: Besser, 1892), S. 132–79.

Hoßfeld, Hermann, „Louise von François", *Westermanns Monatshefte* (Braunschweig), 61 (1917), 679–84.

———, „Zur François-Forschung", *Geistige Arbeit*, 4 (20 Oktober 1937), 9.

Krause, Elisabeth, „Louise von François", *Mitteilungen der literarhistorischen Gesellschaft Bonn*, 10 (1915–16), 117–55.

Laane, Tiiu V., „Louise von François's Critical Perspectives of Society", *European Studies Journal*, 8 (1991), 13–41.

———, „The Incest Motif in Louise von François's *Der Katzenjunker*: A Veiled yet Scathing Indictment of Patriarchal Abuse", *Orbis Litterarum*, 47 (1992), 11–30.

———, „Louise von François (27 June 1817 – 25 September 1893)", *Dictionary of Literary Biography*, Bd. 129: *Nineteenth-Century German Writers, 1841-1900*, hg. v. James Hardin und Siegfrid Mews (London und Detroit: Bruccoli Clark Laymann und Gale Publishers, 1993), S. 74–85.

———, „Louise von François and the Education of Women", *Continental, Latin-American and Francophone Women Writers*, 3 (1993), 1–16.

——— (Hg.), *Louise von François. The Last von Reckenburg*, übers. v. J. M. Percival (Columbia, Camden House, 1995).

Landau, Paul, „Louise von François, zu ihrem 100. Geburtstag am 27. Juni", *Norddeutsche Allgemeine Zeitung* (Berlin), 28 Juni 1917, S. 2.

Lehmann, Gertrud, *Louise von François: Ihr Roman „Die letzte Reckenburgerin" als Ausdruck ihrer Persönlichkeit* (Greifswald: Abel, 1918).

Lerch, Eugen, „Die Dichterin der ‚letzten Reckenburgerin'", *Münchner Neueste Nachrichten*, 27 Juni 1917, S. 2.

Marx, Leonie, „Der deutsche Frauenroman im 19. Jahrhundert", *Handbuch des deutschen Romans*, hg. v. Helmut Koopmann (Düsseldorf: Bagel, 1983), S. 448–51.

Méry, Marie-Claire, „Héros de l'Histoire, personages du roman historique. Notes de lecture et réflexions théoriques à partir de l'oeuvre de Louise von François", *Chroniques Allemandes* (1992), 27–40.

———, *Louise von François. Lecture du passé et sagesse humaniste* (Nancy: Presses universitaires, 1992).

Meyer, Richard, *Die deutsche Literatur des neunzehnten Jahrhunderts* (Berlin: Bondi, 1900).

Möhrmann, Renate, *Die andere Frau. Emanzipationsansätze deutscher Schriftstellerinnen im Vorfeld der Achtundvierziger-Revolution* (Stuttgart: Metzler, 1977).

Neues Lieder-Buch, No. 1 (Hamburg. Zu bekommen in der Brauerschen Buchdruckerei. Dammthorwall No. 92 [o.J.]).

Nußberger, M., 'Conrad Ferdinand Meyer und Louise von François. Zum hundertsten Geburtstag der Dichterin', *Der Lesezirkel* (Zürich), 4,9 (Juni 1917), 125–32.

Oeding, Fritz, *Bibliographie der Louise von François*: Heimatkundliche Schriften, 1 (Weißenfels: Kell, 1937).

Pachnicke, Gerhard, „Eine Dichterin von Gottes Gnaden: Louise von François im Briefwechsel mit Gustav Freytag", *Gustav-Freytag-Blätter*, 26 (1982), 31–35.

Pretzel, C. L. A., „Luise von François: Ein Gedenkblatt zur 100. Wiederkehr ihres Geburtstages", *Volksbildung* (Berlin), 47 (1917), 186–89.

Purver, Judith, „‚Zufrieden mit stillerem Ruhme'? Reflections on the Place of Women Writers in the Literary Spectrum of the late Eighteenth and early Nineteenth Centuries", *Publications of the English Goethe Society*, 64–65 (1993–95), 72–93.

Scheidemann, Uta, *Louise von François: Leben und Werk einer deutschen Erzählerin des 19. Jahrhunderts* (Frankfurt a.M.: Lang, 1987).

———, „Erzählen zwischen konservativen Überlieferungen und freien Standpunkten: Über Louise von François", *Horen*, 37 (1992), 61–66.

Schollenberger, Hermann, „Louise von François, ‚Die letzte Reckenburgerin'", *Der Lesezirkel* (Zürich), 4,9 (Juni 1917), 137–38.

Schroeter, Ernst, *Louise von François: Die Stufenjahre der Dichterin. Zur Erinnerung an die 100. Wiederkehr ihres Geburtstages am 27. Juni 1917* (Weißenfels: Lehmstedt, 1917).

———, „Das Modell und seine Gestaltung in den Werken der Louise von François", *Bilder aus der Weißenfelser Vergangenheit*, hg. v. Weißenfelser Verein für Natur- und Altertumskunde (Weißenfels: Selbstverlag des Vereins, 1925), S. 187–252.

Schuch, Uta, *„Die im Schatten stand". Studien zum Werk einer vergessenen Schriftstellerin: Louise von François* (Stockholm: Almqvist & Wiksell, 1994).

Schwarzkoppen, Clotilde von, „Louise von François: Ein Lebensbild", *Vom Fels zum Meer* (Stuttgart), 10 (1894), 193–98.

Sent, Eleonore, *Louise von François: Zum 100. Todestag am 25.9.1993* (Weißenfels: Druckhaus Naumburg, 1993).

———, „Louise von François. Dichterin der Landschaft zwischen Elbe und Saale", *Mitteldeutsches Jahrbuch für Kultur und Geschichte*, 3 (1996), 151-75.

Staiger, Emil, „Vorwort", *Frau Erdmuthens Zwillingssöhne* (Zürich: Manesse, 1954), S. 7–28.

Spiero, Heinrich, *Geschichte der deutschen Frauendichtung* (Leipzig: Teubner, 1913).

Szczepanski, Paul von, „Louise von François", *Daheim* (Leipzig), 30, (1894), 92–94.

Thomas, Lionel, „Luise von François: ‚Dichterin von Gottes Gnaden'", *Proceedings of the Leeds Philosophical and Literary Society*, 11 (1964), 7–27.

Urech, Till, *Louise von François. Versuch einer künstlerischen Würdigung* (Zürich: Juris, 1955).

Weißenfelser neues Gesangbuch, 3. Aufl. (Weißenfels, 1832).

Worley, Linda Kraus, „Louise von François (1817–1893): Scripting a Life", *Out of Line / Ausgefallen: The Paradox of Marginality in the Writings of Nineteenth-Century German Women*, hg. v. Ruth-Ellen Boetcher Joeres und Marianne Burkhard, *Amsterdamer Beiträge zur Neueren Germanistik*, 28 (Amsterdam: Rodopi, 1989), S. 161–86.

———, „The ‚Odd' Woman as Heroine in the Fiction of Louise von François", *Women in German Yearbook*, 4 (1988), 155–65.

MHRA Critical Texts

This series aims to provide affordable critical editions of lesser-known literary texts that are not in print or are difficult to obtain. The texts will be taken from the following languages: English, French, German, Italian, Portuguese, Russian, and Spanish. Titles will be selected by members of the distinguished Editorial Board and edited by leading academics. The aim is to produce scholarly editions rather than teaching texts, but the potential for crossover to undergraduate reading lists is recognized. The books will appeal both to academic libraries and individual scholars.

Malcolm Cook
Chairman, Editorial Board

Editorial Board

Professor John Batchelor (English)
Professor Malcolm Cook (French) (*Chairman*)
Professor Ritchie Robertson (Germanic)
Professor Derek Flitter (Spanish)
Professor Brian Richardson (Italian)
Dr Stephen Parkinson (Portuguese)
Professor David Gillespie (Slavonic)

Published titles

1. *Odilon Redon, 'Écrits'* (edited by Claire Moran, 2005)

2. *Les Paraboles Maistre Alain en Françoys* (edited by Tony Hunt, 2005)

3. *Letzte Chancen: Vier Einakter von Marie von Ebner-Eschenbach* (edited by Susanne Kord, 2005)

4. *Macht des Weibes: Zwei historische Tragödien von Marie von Ebner-Eschenbach* (edited by Susanne Kord, 2005)

5. *A Critical Edition of 'La tribu indienne; ou, Édouard et Stellina' by Lucien Bonaparte* (edited by Cecilia Feilla, 2006)

6. *Dante Alighieri, 'Four Political Letters'* (translated and with a commentary by Claire E. Honess, 2007)

7. *'La Disme de Penitanche' by Jehan de Journi* (edited by Glynn Hesketh, 2006)

8. *'François II, roi de France' by Charles-Jean-François Hénault* (edited by Thomas Wynn, 2006)

10. *La Peyrouse dans l'Isle de Tahiti, ou le Danger des Présomptions: drame politique* (edited by John Dunmore, 2006)

11. *Casimir Britannicus. English Translations, Paraphrases, and Emulations of the Poetry of Maciej Kazimierz Sarbiewski* (edited by Piotr Urbański and Krzysztof Fordoński, 2008)

12. *'La Devineresse ou les faux enchantements' by Jean Donneau de Visé and Thomas Corneille* (edited by Julia Prest, 2007)

13. *'Phosphorus Hollunder' und 'Der Posten der Frau' von Louise von François* (edited by Barbara Burns, 2008)

15. *Ovide du remede d'amours* (edited by Tony Hunt, 2008)

Forthcoming titles

9. *Istoire de la Chastelaine du Vergier et de Tristan le Chevalier* (edited by Jean-François Kosta-Théfaine, 2008)

14. *Le Gouvernement present, ou éloge de son Eminence, satyre ou la Miliade* (edited by Paul Scott, 2009)

16. *Angelo Beolco (il Ruzante), 'La prima oratione'* (edited by Linda L. Carroll, 2008)

17. *Richard Robinson, 'The Rewarde of Wickednesse'* (edited by Allyna E. Ward, 2009)

18. *Henry Crabb Robinson, 'Essays on Kant, Schelling, and German Aesthetics'* (edited by James Vigus, 2009)

For details of how to order please visit our website at www.criticaltexts.mhra.org.uk

Lightning Source UK Ltd.
Milton Keynes UK
UKOW03f2341210813

215750UK00001B/9/P